古典文獻研究輯刊

六 編

潘美月・杜潔祥 主編

第 24 冊

《躋春臺》研究

陳 怡 君 著

國家圖書館出版品預行編目資料

《躋春臺》研究／陳怡君著 — 初版 — 台北縣永和市：花木蘭文化出版社，2008〔民97〕

目 2+146 面；19×26 公分
（古典文獻研究輯刊 六編：第 24 冊）

ISBN：978-986-6657-22-1（精裝）
1. 章回小說　2. 研究考訂

857.4　　　　　　　　　　　　　　　　97001032

ISBN 978-986-6657-22-1

9 789866 657221

古典文獻研究輯刊
六 編　第二四冊　　　　　　　　ISBN：978-986-6657-22-1

《躋春臺》研究

作　　者　陳怡君
主　　編　潘美月　杜潔祥
企劃出版　北京大學文化資源研究中心
出　　版　花木蘭文化出版社
發 行 所　花木蘭文化出版社
發 行 人　高小娟
聯絡地址　台北縣永和市中正路五九五號七樓之三
　　　　　電話：02-2923-1455／傳眞：02-2923-1452
電子信箱　sut81518@ms59.hinet.net
初　　版　2008 年 3 月
定　　價　六編 30 冊（精裝）新台幣 46,500 元　　　版權所有‧請勿翻印

《躋春臺》研究

陳怡君　著

作者簡介

陳怡君，女，1976 年生，臺灣基隆人，1999 年、2004 年畢業於國立嘉義師範學院語文教育學系、國立嘉義大學中國文學研究所，分別獲得學士學位、碩士學位，曾任國科會研究助理、臺中市中正國小、基隆市暖暖國小教師，現任教於基隆市暖西國小，2005 年獲基隆市語文競賽小學教師組作文第二名，曾發表〈孝節烈婦——唐貴梅故事研究〉、〈魏晉嫂叔禮制之辯探析〉等單篇論文。

提　　要

　　出現於晚清光緒己亥（二十五年／西元 1899 年）的《躋春臺》，為四川中江縣劉省三所作，全書共分四冊，每冊一集，每集十篇，篇演一故事，共有四十篇，它的形式與內容相較於同時期的擬話本集而言，頗為獨出，故全文共分五章十五節加以研究，首章闡述研究動機、前人研究述評及研究方法，次章考證作者生平、創作動機、就政治、社會與文學三方面考察作品時代背景、版本、性質及體制，並就全書故事來源加以探討。第三章為內容析論，剖析《躋春臺》書中揭發之監獄黑幕、腐敗獄政與世態人情及闡發之果報觀念。《躋春臺》關於監獄生活的描寫，是歷來小說中少見的，令人大開眼界，可做為研究清末社會、獄政史料的參考。第四章分析《躋春臺》的形式特色，晚期擬話本小說在形式上已逐漸擺脫話本形式的窠臼，大量減少下場詩及插詞的應用，更接近純小說的形式。《躋春臺》中結合彈詞、鼓詞、評話及四川竹琴、五更調等，表現在人物之間的吟詠、唱和及作者敘述時的韻語，是本書最大的藝術特徵，同時也讓此書呈現迥異於前中期擬話本的風貌，表現出當時社會中俗文學相互交流影響的歷史軌跡，是具有宣講性質的話本小說；此外，巧妙的方言運用，使作品具有強烈的地方色彩和濃郁的生活氣息，除了能使讀者能收到生動感及寫實感等的藝術效果，還有助於對當時民俗的考察，其中的方言俗語絕大多數至今仍在四川地區流行，其中一些字音也與今天中江話相同，對研究一個世紀以前的四川方言方面有重要的語言學價值。第五章結論，綜論各章討論結果，歸結《躋春臺》一書的文化意涵，並試著賦予其在中國文學史上適當的地位與評價。

謝　誌

一直期待這一天，它代表著一個完成。

在基隆與嘉義間奔走、在工作與學業間埋首，是很多人的付出與心血才得以圓夢。

能夠畢業，首先謝謝我的論文指導教授徐志平先生，在身兼系主任的繁忙公務中不忘對我研究上諸多的指導，總是包容這個不太用功學生，體貼的願意以E-MAIL 的方式來化解基隆與嘉義間的遙遠。

再是感謝我任教學校的校長鄭國權先生及周欽平主任，感謝他們願意給我這個機會完成我的理想，並給予我工作上的諸多支援。

另外，特別要謝謝林月惠老師從大學時期以來一直對我的關懷，不論是學術上的追求或是生活上的解惑，以其一貫的慈愛風度鼓勵我前進，難得的師生情緣是學生莫大的幸福，還有感謝汪天成老師，熱心的提供我許多研究資料，口試委員朱鳳玉老師及黃錦珠老師給予學生細心的指正，讓學生獲益良多。

不能忘記的是研究所的同學們：家慧、學奇、靜怡、明興、懿慧、素因、金蘭、佩伶……以及學弟妹們：珮茹、昌倫、孝忠等，隨時擔任救火隊的工作協助我完成學業，由於他們的參與，這一路不管欣喜或是沮喪，都更顯得豐富精彩。

還有我親愛的家人們，謝謝他們全力的相助，讓我能在工作與學業上無後顧之憂。

謹將這本論文獻給所有關愛我的人，謝謝他們，因為他們的關懷，讓怡君的求學生涯有更上一層樓的可能。

目

次

第一章　緒　論

第一節　研究動機與目的

　　話本小說，源於唐代，到明清之際，擬話本叢出，在民間通俗文學中佔有一席之地。話本小說的創作，以淺白的語言撰述人生，更能貼近現實生活的風貌、反映當時的社會現況，書中記載往往可與正史相互參酌補充，提供後世研究歷史文化豐富的材料。

　　長期以來，學者研究話本始終將焦點投注於《三言》、《二拍》，相關的研究成果十分豐碩，近年來由於陳慶浩在韓國發現《型世言》一書，也曾在國內外引起話本研究的風潮，其間出現了幾本博碩士論文〔註1〕。另外，還有探討《石點頭》、《鼓掌絕塵》、《歡喜冤家》等話本小說專集的研究，但整體看來，話本小說的研究領域仍是寂寞的，尤其是晚明到清代的話本小說。〔註2〕

　　蔡國梁先生曾說：

> 　　一些重版新刊的文學史與小說史每每敘至明擬話本為止，或稍帶提一下明末清初的一些擬話本集，下文便沒有了，都成了斷尾巴的蜻蜓。如果要寫一部中國白話小說史或話本發展史，這樣能行嗎？……從清初到清末，擬話本的創作沒有停止過。雖然創作筆記小說與長篇小說成為主要潮

〔註1〕 例如：權寧愛：《《型世言》研究》，東吳大學中國文學研究所博士論文，1992 年；金孝眞：《《型世言》人物、主題、評點之研究》，輔仁大學中國文學系碩士論文，1995年；賴瀅宇：《《型世言》人物研究》，政治大學中國文學系碩士論文，1998 年；馮翠珍：《《三言二拍一型》之戒淫故事研究》，文化大學中國文學研究所碩士論文，1999年。

〔註2〕 徐志平：《清初前期話本小說之研究》（臺北：台灣學生書局，1998 年），頁 1～5。

流，它們本身的成就也在明擬話本之下，但這二三百年寫就的數百萬字的作品，決不可能一無是處。它既是新的歷史時期的產物，總會有點現實的影子，它既承襲宋元話本和明擬話本而來，也會在藝術上有些出新。總而言之，清擬話本應該有自己的面貌，自己的特色。〔註3〕

的確，清擬話本的存在既是不爭的事實，我們就不應漠視它〔註4〕，事實上在這些擬話本集中仍有不少價值相當高的佳篇。其中有一本出現時期較晚的集本——《躋春臺》，為清光緒己亥（1899年）四川中江縣劉省三所作，全書共分四冊，每冊一集，每集十篇，篇演一故事，共有四十篇，它的形式與內容相較於同時期的擬話本集而言，頗為獨出，它以簡單的故事情節，闡述勸善懲惡的教化宗旨，其中對監獄中審案、判案的情況多所描寫，四十篇中寫冤案的有二十五篇，約佔百分之六十，冤案的情節與牽涉的人物幾乎無奇不有，筆觸延伸到現實生活的各個方面，旁及世態時風的瑣細微末，公堂和監獄幾乎成了社會的縮影，〔註5〕它從不同側面揭露晚清社會的腐敗和墮落，將冷硬的史料做生動化的呈現，忠實反映清末社會市民階層生活，描述了眾多的下層小人物形象，可補充史料之不足；再者，雖然韻散夾雜本是話本一貫的寫作模式，但《躋春臺》中大量通俗而豐富多樣的韻文唱詞，甚至於在一回之中有十一段韻文的出現（參見附錄二），已超出一般擬話本中常見的形式，其實更貼近於「宣講」故事書的體制，表現出當時社會中俗文學相互交流影響的歷史軌跡，富有時代氣息，在胡士瑩先生等前輩的研究中，將它視為最後一本的「擬話本」，但近來四川大學的張一舟先生則將其定位為宣講故事書，對本書的性質有不同於以往的認識，因此筆者認為藉由《躋春臺》的研究，無論是對於整理中國擬話本小說的發展，亦或是認識宣講故事集必定有其價值與意義，這也是筆者選擇《躋春臺》做為研究對象的動機。

基於此，筆者試圖對文本作品做深入的考證與探究，為填補清代話本小說與宣講故事這個長期以來被忽視的角落略盡心力，並對《躋春臺》一書在中國通俗小說史上的地位作出適當的評價。

〔註3〕蔡國梁：〈從《照世杯》到《躋春臺》——清擬話本始末〉，收於《明清小說探幽》（臺北：木鐸出版社，1987年），頁226。

〔註4〕例如馬幼垣、劉紹銘二先生在為《中國傳統短篇小說選集》所寫的〈導論〉中曾說：「有清一代，再沒有話本這類白話小說出現了，而民間亦不見有重要集子流傳。」十足表現了學者對清代話本小說的忽略與漠視。參見《中國傳統短篇小說選集》（臺北：聯經事業出版公司，1990年），頁12。

〔註5〕同註3，頁237。

第二節　前人研究述評

　　由於學界長期以來對話本小說這個領域關注的焦點多集中在《三言》、《二拍》，其他的話本小說除《型世言》在近年來逐漸獲得學者青睞之外，晚明到清代這個範圍的話本小說研究並不熱烈。

　　清代的話本小說長期受到忽視，與過去通俗小說版本的難以取得不無關聯，近年來，台灣天一出版社的《明清善本小說叢刊》正、續編、北京中華書局的《古本小說叢刊》、上海古籍出版社的《古本小說集成》等，差不多已將數百年來散佚在海內外的古本、孤本小說搜羅完全。方便的讀本則有江蘇古籍出版社的《中國話本大系》、瀋陽春風文藝出版社的《明末清初小說選刊》、《中國古代珍稀本小說》正續編、齊魯書社《明清稀見小說叢刊》等，研究環境已大為改善。

　　胡士瑩的《話本小說概論》將光緒二十五年問世的《躋春臺》看作是「最後一種擬話本集」，謂其「列案四十，明其端委，出以俗言，兼有韻語可歌」〔註6〕。近代學者王昕則有不同的看法，他指出：「從嘉靖年間（1522～1566）到光緒二十五年（1899）白話短篇小說出現最後一股餘緒，這一文體留存的作品集子，據目前所知為近六十餘種，九百餘篇作品，綿延時間達三百七十餘年。但通觀《躋春臺》中大量的唱詞、民間小調一類的韻語，令人感到這確是一部從形式到內容都與擬話本有相當距離的，而更像一個靠近民間唱本的混合體。」〔註7〕暫不論他們兩位的觀點孰是孰非，事實上，兩位先生皆指出《躋春臺》一書在形式與內容上的特殊之處，雖均未深入析論，但已為日後相關研究指出明確方向。

　　另外，根據蔡國梁對此書的考證：「這部晚清的擬話本小說集，描敘了社會生活的各個側面與市井鄉野的眾多形象，雖具有清擬話本平直淺陋的通病，但卻有作者自己的生活實感，諸如買賣傭耕、堰水屠牛、放銀兌換、設壇行醫、趕會唱戲、婚喪喜慶、人倫交誼、稱爺結黨、吏治軍功等等，俱收入他的筆底，反映出作者的廣泛閱歷與涉世根柢。作者筆下的人物有官吏、地主、僧尼、方士、幫閑、塾師、訟棍、店主、伙計、魔師、戲主、伶人、小販、車夫、長年、牧童、轎夫、裁縫、銀匠、漁翁、潑婦、悍婆、老姆、丐婆，以及打草鞋的、燒火的、賣豆芽的、賣餅的、賣螺螄的、挑水的、耍獅子的、打更的、開煙館的各色人物，而以市井下層平民為夥，足見作者生活在社會底層，主要是閭里街巷間。」〔註8〕蔡國梁對此書的觀察十分深入，除內容上、人物之外，還注意到書中大量出現的韻文特徵，他對此書提

〔註6〕胡士瑩：《話本小說概論》（臺北：丹青圖書公司，1983年），頁639。
〔註7〕王昕：《話本小說的歷史與敘事》（中華書局，2002年），頁21。
〔註8〕同註3，頁236～237。

供了極有參考價值的研究成果。

張兵認爲：

> 《躋春臺》一書是中國話本小說史上的壓卷之作，但根據書中作者所作之〈序〉而論，劉省三創作《躋春臺》，不僅在於倡導封建的綱常名教，而且要人以改惡從善之法〔註9〕。《躋春臺》列案四十，明其端委，出以俗言，兼有韻語可歌，在衰落期的話本小說中，不失爲一部嶔崎拔異的作品。自清代中葉以後，隨著話本小說的逐漸衰落，民間的彈詞說唱有了迅速的發展。《躋春臺》的這種藝術體制，顯然有著時代的烙印，這種藝術格局也呈現出話本小說和彈詞合流的趨勢。〔註10〕

張兵注意到《躋春臺》之作者創作動機、藝術特徵等方面的特點，藉由他的考證，我們可以認識《躋春臺》一書在整個話本小說史中的時代地位與價值，但張先生認爲書中「倡導封建的綱常名教」，也實非《躋春臺》四十回故事的全貌，四十回中仍有部份突破封建名教的作品，如：〈東瓜女〉中違抗主人旨意，出於個人自由意志選擇婚姻對象的女主人公蔡香孜、〈審煙鎗〉與〈審苗禾〉兩篇中因丈夫意外身亡，寡婦再另改嫁的情節，均是一改傳統封建思想的創作，而對於《躋春臺》中特殊的藝術體制，張兵認爲是「話本小說和彈詞合流的趨勢」，據筆者的考察實應歸於「宣講」的體制較爲適切。

歐陽代發對《躋春臺》的研究更爲細膩〔註11〕，他從《躋春臺》的作序者林有仁的生卒年推測劉省三寫作《躋春臺》當在晚年，劉省三及林有仁兩人年齡應相去不遠，並追溯四十回中部分故事改寫的原作品，如〈心中人〉本出《西湖游覽志餘》卷二十、〈失新郎〉本《聊齋志異》中的〈新郎〉和〈小翠〉，〈節壽坊〉本爲《娛目醒心編》中的〈馬元美爲兒求淑女　唐長姑聘妹配衰翁〉，〈南鄉井〉本《初刻拍案驚奇》中的〈東廊僧怠招魔黑衣盜奸生殺〉，〈錯姻緣〉從《醒世恆言》中的〈錢秀才錯占鳳凰〉化出，〈巧姻緣〉中賣老婦爲母情節套《十二樓》中的〈生我樓〉等等，並對故事內容作深入的剖析，他認爲：「《躋春臺》雖有些新內容、新題材，但總的看來，並無大的開拓，作者勸戒之心太重，大力宣揚忠孝節義、好心得好報，又多歌頌正面典型，思想也保守……，強烈的說教目的，有較明顯的主觀刻意色彩。」

〔註9〕 劉省三：〈「躋春臺」序〉：「此勸善懲惡之俗言，即呂書五種教人之法也。讀者勿以淺近薄之。誠由是積善之家必有餘慶，而餘殃可免。將與同人共躋於春臺熙熙然，受天之祐，是省三著書之意也。」

〔註10〕 張兵：《話本小說史話》（遼寧教育出版社，1992年），頁136～140。

〔註11〕 參見歐陽代發：《話本小說史》（武漢市：武漢出版社，1994年），頁478～484。

歐陽先生對《躋春臺》作者劉省三創作此書時年齡推測的觀點，頗有創見，但對故事內容的溯源，筆者則對「〈心中人〉本出《西湖游覽志餘》卷二十」一條持保留看法，根據筆者考證，〈心中人〉的故事於《包龍圖判百家公案》第五回〈辨心如金石之冤〉演之，《情史》卷十一〈心堅金石〉也載入，《西湖游覽志餘》卷二十未見記載，不過，整體觀之，歐陽先生對《躋春臺》一書的研究仍是前輩研究中最為豐富且全面的。

關於本書的內容題材方面，黃岩柏指出：「《躋春臺》序云『列案四十』，亦有公案二十二篇以上，實為一公案為主的短篇小說集，故事大部分來自舊籍〔註12〕」他指出《躋春臺》故事內容的屬性，依照全書大部份的公案故事內容將它視為公案小說集是十分適切的說法。

張俊《清代小說史》將本書的故事內容分為公案故事、描寫細民家庭生活的故事及愛情故事三類，並指出書中運用寫實手法塑造頗具個性特徵的人物形象及特殊的敘事體制，總的說來，他的研究成果與先輩學者大致相同〔註13〕。

游友基研究白話短篇社會小說發展概況及內容特質，指出：「繼明代中晚期文人創作的擬話本小說熱潮之後，在清初及清中葉前，艾衲居士撰《豆棚閑話》，李漁著《十二樓》等，在清代又掀起白話短篇小說創作的洪峰，直至清康熙、乾隆年間，話本小說創作才呈頹勢。此後約沉寂一百年，清末光緒年間的《躋春臺》刊行，是其餘緒。而《躋春臺》的內容也繼承了話本小說『以儒為主，釋道輔之，並滲透市民意識』的一貫思維格局。〔註14〕」他提到話本小說的創作思維傳統，以此評論《躋春臺》創作觀點，是其特出之處，「以儒為主，釋道輔之，並滲透市民意識」——表明《躋春臺》中強調道德倫理與因果報應的內容意涵。

除此之外，陳桂聲整理自宋代以來的話本、擬話本集，將《躋春臺》收於〈明清編〉的書目之中〔註15〕。吳邨編纂的《200種中國通俗小說述要》〔註16〕中〈明清話本小說〉書目收錄《躋春臺》一書，對本書做概論式的簡介，《200種中國通俗小說述要》是台灣地區目前少數提及此書的入門書。

在主題式的研究方面，國內學者許麗芳研究古典短篇小說之韻文，對於話本小說中出現的韻文，從形式的承襲、敘述功能到運用特徵皆分章仔細介紹，書中

〔註12〕黃岩柏：《中國公案小說史》（遼寧：遼寧人民出版社：1991年），頁263。
〔註13〕張俊：《清代小說史》（浙江：浙江古籍出版社：1997年），頁454～457。
〔註14〕游友基：《中國社會小說通史》（南京：江蘇教育出版社，1999年），頁74～76。
〔註15〕陳桂聲：《話本敘錄》（珠海市：珠海出版社，2001年），頁598～600。
〔註16〕吳邨：《200種中國通俗小說述要》（臺北：漢欣文化事業有限公司，1990年），頁99～100。

提到：

> 《躋春臺》中各篇章中的人物對話均以韻文出之，這一表現方式實屬
> 特殊，已非善用韻文之例，更非一般之敘述形式。此一現象實爲變文等舊
> 有文類表現方式之承襲。〔註17〕

他同時評論到：

> 《躋春臺》即以韻文作爲人物之對白，韻文之運用功能趨於單一呆
> 板，不似前此之作品，韻文具有多樣之敘事效果。此或因作者創作意識之
> 趨於保守，僅強調教化所致，敘述者之聲音既多爲傳播教化意識，故對於
> 修辭未能多所注意，即使運用，其間韻文之功能實已趨於簡化單一，多爲
> 風教思想之呈現。〔註18〕

事實上《躋春臺》所呈現的韻文是非常多樣豐富的，而且正是承襲宣講唱本的特殊
體制，「宣講」本是以教化爲宗旨的文學作品，因此書中充滿風教意識，亦是此類文
類的一貫風格，本書只是沿續其作風，這樣看來許氏說法仍有商榷之處。

版本的研究上，有關清代話本小說版本之考察，早期以胡士瑩的《話本小說概
論》較爲詳備，但有些新發現的版本，胡先生未能見到，其書尚待補充之處不少，
較近也較爲集中的研究成果得見於歐陽代發的《話本小說史》，二書可互相參照。

此外，期刊部分，台灣地區專文探討《躋春臺》的，僅見林明興〈晚清監獄中
的黑幕——《躋春臺》初探〉〔註19〕，文中簡述本書作者生平、成書時間及版本流
傳，並對文中屢屢談到的監獄現況與清代史料中的監獄做對照分析，揭露本書中所
描寫的監獄黑幕，值得做爲本研究的相關參考資料。大陸方面目前看到的單篇論文
有七篇〔註20〕，除了張一舟將此書的性質重新定位，他認爲此書不是一般供閱讀用

〔註17〕 許麗芳，《古典短篇小說之韻文》（臺北：里仁書局，2001 年），頁 101。

〔註18〕 同前註，頁 176。

〔註19〕 林明興：〈晚清監獄中的黑幕——《躋春臺》初探〉，《東方人文學誌》，第 3 卷第 2 期，
2004 年 6 月，頁 169～186。

〔註20〕 例如：張一舟：〈《躋春臺》與四川中江話〉《方言》第 3 期，1998 年 8 月，頁 218
～224。張一舟：〈從《躋春臺》的校點看方言古籍整理〉《方言》第 2 期，1995 年，
頁 128～137。張一舟：〈《躋春臺》的性質、特點、語言學價值及蔡校本校點再獻疑〉
（西南民族學院學報・哲學社會科學版第 20 卷第 1 期，1999 年 1 月），頁 69～72。
李申、于立昌：〈《躋春臺》詞語例釋〉《徐州師範學院學報・社會科學版》第 1 卷第
1 期，2002 年 2 月，頁 16～20。曹小云：〈《躋春臺》口語詞雜釋〉《安徽教育學院
學報》第 21 卷第 4 期，2003 年 7 月，頁 75～78。鄧章應：〈《躋春臺》詞語散札〉，
《西南民族大學學報（人文社科版）》，2004 年 3 月第 3 期，頁 428～430。鄧章應：
〈《躋春臺》婚嫁喪葬類方言詞滙散記〉，《成都大學學報（社科版）》，2004 年第 2
期，頁 65～67。

的「擬話本」，也不是「話本」，是供「講聖諭」的「講生」宣講用的底本〔註21〕外，主要的研究成果多在語言學方面，學者們認爲《躋春臺》中大量運用口語和方言俗語，是研究近代漢語，尤其是四川方言的珍貴資料，不可輕忽。

　　但整體來說，清代話本小說的研究，多集中在清初前期話本小說〔註22〕，以清末擬話本爲研究範圍的博碩士論文，在國內尙未見聞，其中以邵長瑛《《娛目醒心編》研究》（中國文化大學中國文學研究所碩士論文，1991 年）爲唯一之作，這是由於自康熙中期以後到清末，學者研究小說多聚焦於長篇小說，張一舟所提出的「宣講」領域，在學界的研究更是冷清，早期如鄭振鐸、李家瑞、楊蔭深等人的研究均未提及〔註23〕，其後如葉德均、胡士瑩、曾永義之論述亦付闕如〔註24〕，甚至將宣講段子放在子弟書、鼓詞〔註25〕或「說書」一類視之〔註26〕，宣講唱本的地位模糊至此，只知其爲清季宣講活動孳生的產品，形式上受到宣卷唱本的影響，吸收大量的勸善歌謠，爲民間百姓道德教育重要活動，台灣地區僅見陳兆南《宣講及其唱本研究》〔註27〕博士論文對宣講活動及其唱本有所介紹，此一傳統的勸善活動，是紹承唐人俗講遺意而來，在明、清社會的通俗教化活動裡，扮演著重要的角色，甚至成爲民間社會勸善事業的主體，對廣大庶民生活有著相當的影響力，但學界對「宣講」的研究卻是不足的，因此，無論是就清末擬話本小說抑或是宣講這兩個研究領域而言，均有待後輩學者的開發與塡補。

〔註21〕張一舟：〈《躋春臺》的性質、特點、語言學價值及蔡校本校點再獻疑〉（西南民族學院學報・哲學社會科學版第 20 卷第 1 期，1999 年 1 月），頁 69～72。

〔註22〕例如：徐志平：《清初前期話本小說之研究》（國立臺灣大學中國文學研究所博士論文，1997 年）。林淑薫：《清初前期話本小說之命運觀研究——以命運與角色之互動及其教化功能爲考察點》（東海大學中國文學研究所碩士論文，1999 年）。

〔註23〕鄭氏《中國俗文學史》（上海：上海書店，1987 年）、李氏《北平俗曲略》（臺北：文史哲出版社，1974 年）、楊氏《中國俗文學概論》（臺北市：世界書局，1961 年）均有寶卷之探討，卻都不言宣講唱本集。

〔註24〕葉氏《宋元明講唱文學》（北京市：中華書局，1962 年）、胡士瑩《話本小說概論》（臺北：丹青圖書公司，1983 年）、曾永義《說俗文學》（臺北市：聯經出版公司，1980 年）亦未論及。

〔註25〕俗曲收輯者路工編《孟姜女萬里尋夫集》時，收錄一則〈孟姜女哭長城〉的宣講段子，卻將之放在子弟書、鼓詞一類，而未說明其原因。參見《孟姜女萬里尋夫集》（臺北：明文書局，1981 年），頁 59～64。

〔註26〕婁子匡先生論及近五十年的俗文學，始將宣講唱本歸入俗文學領域，然而，婁氏卻將宣講置於「說書」類，而非鼓詞或宣卷。參見《五十年來的中國俗文學》（臺北：正中書局，1963 年），頁 523～526。

〔註27〕陳兆南：《宣講及其唱本研究》（中國文化大學中國文學研究所博士論文，1992 年）。

第三節　研究方法與撰述重點

做文學作品的研究，不外是從收集、歸納、演繹、分析四個方向進行，其中考證部分，先根據（日）大塚秀高《增補中國通俗小說書目》〔註28〕中所撰之書目，收集《躋春臺》一書之各種版本，包括《古本小說集成》第一批影印光緒刊本（原藏於上海圖書館中，後由上海古籍出版社出版）、和《中國話本大系》（江蘇古籍出版社出版）的兩種紙本。並檢索第一手資料如：《民國中江縣志》〔註29〕、《澤州府志》〔註30〕，對《躋春臺》作者與書中人物的相關資料記載，整合社會歷史文化環境的基源，亦頗參考近人之研究成果：內容與形式探究部分，並配合時代、社會之動向，大抵就原書詳加析合審勘，進一步闡發所含蘊的主題思想及其與時代、社會之互動關係，分析歸納各卷的性質及行文過程，藉以窺劉氏之用心，將作品、作者與讀者三方面做一相互對照與應證，儘可能擴大批評角度的視野，確立《躋春臺》在中國通俗文學中的地位。研究結果，除提供對該書詳細深入之了解，可作為清代擬話本、宣講底本研究之助外，又予該書以客觀之評價；雖未必為一家之言，然愚者千慮，亦或有一得也。

全文共設五章，各章節研究重點如下：

第一章：緒論——即本章所述之「研究動機與目的」、「前人研究述評」、「研究方法與撰述重點」等。

第二章：《躋春臺》作者與作品——探討《躋春臺》本書的寫作時代背景、作者與創作動機、版本、性質與體制及四十回故事的來源。

第三章：《躋春臺》內容析論——剖析《躋春臺》書中揭發之監獄黑幕、腐敗獄政與世態人情及闡發之果報觀念。

第四章：《躋春臺》形式特色——分析《躋春臺》特殊的韻文藝術、方言運用、結構安排與敘寫技巧。

第五章：結論——綜論各章討論結果。歸結《躋春臺》一書的文化意涵，並試著賦予其在中國文學史上適當的地位與評價。

〔註28〕〔日〕大塚秀高：《增補中國通俗小說書目》，（東京：汲古書院，1987 年），頁 49。。

〔註29〕李經權修、陳品全纂，《民國中江縣志》二四卷，共 8 冊，（日新工業社代印，1930年）。

〔註30〕朱樟、田嘉穀，《澤州府志五十二卷》，全 8 冊（臺北市：臺灣學生，1968 年，據清雍正 13 年刊本影印。）

第二章 《躋春臺》作者與作品

第一節 作者生平與創作動機考察

　　創作動機的考察可從兩個方向進行：其一是根據作者的自我表白，通常呈現在小說的序跋中；其二是小說中的微言大義，必須進一步深入體會作品的深層內涵。就第一個方向而言，仍要與小說的內容做對照，才能真切體察作者的創作動機，比如凌濛初在〈拍案驚奇序〉中說：「近世承平日久，民佚志淫，一二輕薄惡少，初學拈筆，便思污蔑世界，廣摭誣造，非荒誕不足信，則褻穢不忍聞⋯⋯。」看他如此批評，會以為在《拍案驚奇》一書的內容將樹立崇高的道德典範為創作宗旨，但細觀全書後，有人評論道：「但他在實際創作中既投合了『荒誕不足信』、『褻穢不忍聞』的風氣，又添上了連篇累牘的封建迷信的說教。」〔註1〕可見完全相信序跋，或根據小說序跋研究作家的創作理念而不加以考辨，是一件不太週全的工作。就第二個方向而言，既然是「微言大義」，在探討時需要爬梳、推斷，不免摻雜了研究者的主觀成分，筆者在此亦不敢自詡為絕對客觀，只能儘量避免過度的解讀、論斷而已。

　　小說家運用自我獨具的感官與心理感受，將日常生活的所見所聞發揮聯想力與創造力，蘊釀出珍貴的想法，進而表現於外，產生融合客觀與主觀的藝術作品，特別是在創作的同時必須顧及文藝的基本特點，即是用滲透著情感的形象來反映生活，寫作不能像其他學科那樣通過對現象的抽象概括來讓本質直接說話，創作者通過「現象」滿足人們對美及真理的追求，而這個「現象」與客觀現實中的現象亦有著相異之處：它不但是印象的產物，也是對客觀存在的各種現象的主觀篩選和重新

〔註1〕黃霖、韓同文：《中國歷代小說論著選》（南昌：江西人民出版社，2000年），頁256～258。

組合，作者以高超的技巧將這些現象予以統合，一方面是形象思維激發著情感活動，一方面是情感活動催發著形象思維，各種各樣的創作因素不斷地發酵、增殖，最後在通篇作品的整體聯繫中顯出自己的意義與價值。〔註2〕

金健人曾經指出：「小說史上的經典之作之所以能具巨大的認識價值，無不在於其在展示種種社會現象的同時，還明示或隱顯著這些現象之所以產生的根本原因，也就是社會的本質。」〔註3〕

基於上述原因，我們可以從作品的探討中了解作者的創作心靈與創作意識，這樣認識的是作品中的作者，再進一步與其他同時期的社會歷史相關資料對照，試圖架構出作者的創作風格的大致面貌。

《躋春臺》分為四卷，每卷一集，每集目錄後皆有「凱江省三子編輯」之字樣，卷首有光緒己亥（二十五年／西元1899年）林有仁〈新鐫《躋春臺》序〉，謂作者為：「中邑劉君省三」；凱江為中江之別名，流經四川中江縣境內，是「凱江省三子」為清末四川中江縣人，劉姓，生平不詳，省三當為其字或號。

據《民國中江縣志》劉德華為《躋春臺》〈序〉的作者林有仁所寫的墓誌銘，林有仁卒於西元1920年，時年八十五歲，反推之，當生於西元1836年，作序之年為六十四歲，林序稱劉省三為「隱君子」，並謂其「杜門不出，獨著勸善懲惡一書，名曰《躋春臺》」，似其人為一無意進仕的隱士，唯以著述為志。〔註4〕而「不仕」本來就是通俗小說作家的常態，因為通俗小說作家是以失意文人為大本營的。〔註5〕歐陽代發根據《躋春臺》書中內容推論本書作者劉省三的年齡應與為其作序的林有仁相去不遠〔註6〕，檢《中江縣志‧科舉》光緒己亥後無劉姓舉人，而劉省三若於光緒己亥前業已中舉，則林序不當僅稱「隱君子」而不用「孝廉」之類尊稱。黃毅

〔註2〕 以上所述參見金健人：《小說結構美學》（臺北：木鐸出版社，1988年），頁139～149。

〔註3〕 金健人：《小說結構美學》（臺北：木鐸出版社，1988年），頁149。

〔註4〕 黃毅，〈《躋春臺》前言〉，《躋春臺》上，（《古本小說集成》編委會編，上海古籍出版社，1993年）。

〔註5〕 例如：馮夢龍、凌濛初都是科舉場中屢戰皆北的常敗將軍，寫《西湖二集》的周清源更是「懷才不遇，蹭蹬厄窮」，甚至於「敗壁頹垣，星月穿漏；雪霰紛飛，几案為濕」徐志平：《清初前期話本小說之研究》（臺北：學生書局，1998年），頁152。

〔註6〕 本書卷三〈審煙槍〉中似乎透出點端倪，該篇篇首云：「同治三年甲子科，安岳縣出了一案。」篇末附記：「此案乃余下科場所聞及者。恐事遠年湮，人名郡邑或有錯訛，識者諒之幸甚。」是說明作者曾參加科舉考試（其時應在光緒後期，否則不當稱同治三年的案件為「事遠年湮」），作者下科場時當已成年，言「恐事遠年湮有訛」，說明其寫作距當年聞此事時已遠，以此看來，作者寫《躋春臺》當在晚年，估計作者大約與作序者林有仁年齡相去不遠。參見歐陽代發，《話本小說史》（武漢市：武漢出版社，1994年），頁478。

與蔡敦勇由此推論出：他雖下過科場，但卻終身未曾中舉，他成為「杜門不出」的「隱君子」，恐是由功名不遂所致。〔註7〕亦或痛惡官場腐敗，便絕意仕途遁隱山林。〔註8〕

　　林有仁〈新鐫《躋春臺》序〉是我們了解本書作者唯一的資料，一般而言，話本小說作者的生平事蹟除幾位大家，如：馮夢龍、凌濛初與李漁較為大眾所知之外，後世對他們的認識常是付之闕如，相關背景資料十分缺乏，本書的作者劉省三正是這樣一名「隱君子」，筆者參考第一手資料如：《民國中江縣志》〔註9〕、《澤州府志》〔註10〕，並未發現任何與劉省三有關的文獻記載，僅見《民國中江縣志》中編纂此書的邑庠生劉德華為《躋春臺》〈序〉的作者林有仁所寫的墓誌銘，其中寫到：

> 姓林氏諱有仁，字心甫，號愛山，先世自粵遷蜀中江之銅山。……教之曰：四聖道原備於易，明易則群經諸子可通，子其勉之，滄浪文章卓峰道學屬子負荷矣，嘗以籌演卦象錯綜指授，篤守師訓，潛心攻易者三十年，著讀易日鈔三十卷，易原管窺二卷，周子圖書翼二卷……。〔註11〕

此段文字說明林有仁對《易經》的看重，再讀林有仁所作之〈新鐫躋春臺序〉開頭所言：「《易》曰：『積善之家，必有餘慶；積不善之家，必有餘殃。』」兩相對照，筆者推測，以林有仁對《易經》的熟稔與重視，很可能影響《躋春臺》分為四卷：元、亨、利、貞的編排方式；劉省三在寫作完成《躋春臺》後，「知交者慫恿付梓，省三問序於予」〔註12〕，他受到友人知己的鼓勵決定刊印，並請林有仁為其做序，在這樣的情況下他與林有仁討論書的編排命名方式，似乎也是人之常情所為。據《易經》中〈文言〉曰：「元者，善之長也，亨者，嘉之會也，利者，義之和也，貞者，事之幹也，君子體仁，足以長人，嘉會足以合禮，利物足以和義，貞固足以幹事，君子行此四德者，故曰：元亨利貞。」元、亨、利、貞的精神與《躋春臺》創作意旨十分符合，作者或許希望讀者能在閱讀《躋春臺》後培養如君子般剛健不息且行善道、有嘉美之事、有義行的品格，具此四種美德，以義行協和萬物使物各得其理、

〔註7〕同註4。
〔註8〕蔡敦勇，〈《躋春臺》前言〉，《躋春臺》，（《中國話本大系》，江蘇古籍出版社，1993年），頁1。
〔註9〕李經權修、陳品全纂，《民國中江縣志》二四卷，共8冊，（日新工業社代印，1930年）
〔註10〕朱樟、田嘉穀，《澤州府志五十二卷》，全8冊（臺北市：臺灣學生，1968年，據清雍正13年刊本影印。）
〔註11〕同註9，頁29～30。
〔註12〕林有仁，〈新鐫《躋春臺》序〉，（《躋春臺》，《古本小說集成》編委會編，上海古籍出版社，1993年），頁5。

以貞固幹事使物各得其正，因此將《躋春臺》四個集子定名爲元、亨、利、貞四集，不過我們考察各集中故事的內容，發現其中相似的頗多，例如以「行善得善終」爲主題的，四十回中就有〈仙人掌〉（元集）、〈川北棧〉（亨集）、〈陰陽帽〉（利集）、〈螺旋詩〉（貞集），同一個主題在四個部分都可見到，這樣看來，作者將四十回的分集定名爲元、亨、利、貞四集的用意，只能就全書整體旨趣來說，就各別四集來說，並沒有定名與內容相應的安排。

除此之外，在《澤州府志》卷三十四〈職官〉及卷三十三〈宦蹟〉中，記載了〈捉南風〉、〈雙報冤〉、〈審禾苗〉篇中高明清廉的官吏白良玉「愛民息訟」的事蹟：白良玉，四川梓潼人，舉人，康熙七年任卓異有傳。〔註13〕可知白良玉確有其人，而且梓潼距中江縣不遠，所以書中所述的爲眞人實事的機率頗高，應是作者的鄉里舊聞。

在本書的命名方面，蔡敦勇指出：《躋春臺》或得意於《老子》：「眾人熙熙，如享太平，如登春臺。」而「將與同人共躋於春臺，熙熙然受天之佑。」〔註14〕這是出於《老子道德經》二十章：「唯之與阿，相去幾何？善之與惡，相去若何？人之所畏，不可不畏。荒兮，其未央哉！眾人熙熙，如享太牢，如登春臺。」這命名顯然寄寓了作者對本書的期許，作者希望藉由本書勸善懲惡之俗言，即《呂書五種》教人之法也，使後世效法取尤，以與同人共登於春臺仙境。

總結上述所論，《躋春臺》是光緒年間隱君子劉省三探集舊聞或鄉里傳說所著的擬話本集，作者冀望藉由故事傳達勸善懲惡的教化宗旨。

第二節　《躋春臺》寫作的時代背景

要完整的研究一部作品，必定不能忽略其作者與時空背景的關係，因爲作者生活的時代、環境以及作者的經歷，往往影響著作者和他的作品，另一方面，在作者的作品中，也常常投射出其個人主觀意識觀照下的時代、環境及其經歷。《躋春臺》確切的寫成時間目前尚未有證據可察，但根據《躋春臺》卷首光緒己亥（1899 年）銅山林有仁序，及書中融合清代彈詞、鼓詞、宣講等民間流行的曲藝形式來看，我們可推測出這是一部屬於晚清時期的作品。

從一八九五～一九一一年間的鉅變，可謂中國「數千年來未有之大變局」〔註15〕，

〔註13〕同註10，頁 1040～1041。
〔註14〕同註8，頁 1。
〔註15〕一八七〇年左右，馮桂芬、李鴻章曾指出當時的中國爲數千年未有之變局，稍後王

舉凡社會、政治、外交、經濟、文化、教育、思想……各層面的流轉激化，都是前所未有的，正如韋勒克・華倫所述：「文學不只是社會過程的一種反映，而且是從中提煉出來的精髓，並成爲整個歷史的縮影和摘要。」〔註16〕文學作品的產生，必定深受其時代氛圍的影響，我們探究一部作品，不能忽略其外緣的時代背景考證，因爲作者、作品、時代社會，三者是息息相關的，《躋春臺》的作者雖是一位「隱君子」，但人畢竟是生活於社會中，就算閉門不出，離群索居，但仍不可能完全的置身事外，對整個社會大眾的生活一無所知，更何況晚清時的中國，是整個中國變化最劇烈的時代，我們考察這樣一部貼近民間生活的文學作品，同時也需要對當時的時代背景有所探究，才能使得我們的研究更爲週全。

一、政治方面

　　晚清時期，正值中國三千年來的大變動時局，此一劇變主因來自於國家連年不斷的內憂外患。其中內亂以太平天國爲烈（1850～1864 年），同時期的有捻軍之亂、回民之亂、苗族之亂。外患則開始於道光二十年（1840 年）鴉片戰爭的挫敗。從此滿清政府門戶洞開，歐美列強接二連三的肆虐，清廷政府無力抵抗，例如英法聯軍（1858～1860 年）、中法戰爭（1884～1885 年）失敗後簽訂的不平等條約，再再暴露滿清帝國顢頇無能、儒弱腐敗的面目，最後造成開埠通商、割地賠款、喪權辱國，中國也淪爲列強競相爭逐的舞台。如康有爲所說：「竊見方今外夷交迫，自琉球滅、安南失、緬甸亡，羽翼盡翦，將及腹心。比者日謀高麗，而伺吉林於東；英啓藏衛，而窺川、滇於西；俄築鐵路於北，而迫盛京，法煽亂民於南，以取滇、粵；教民、會黨徧江楚河隴間，將亂於內。」〔註17〕當時的中國，危機四伏，緊接著中日甲午戰爭（1894 年）挫敗，梁啓超《戊戌政變記》謂：「我支那四千餘年大夢之喚醒，實自甲午戰敗，割台灣、償二百兆以後始也。」〔註18〕重重的粉碎了清廷「天朝」的美夢，繼之戊戌變法百日夭折以及八國聯軍之役（1900 年）、辛丑賠款諸事，在列強巨大的軍備威權下，清政府卑辱苟延其日漸崩潰的統治，終使滿清帝國走上覆

韜、嚴復亦相繼多以強調。此空前變局之所以致成，是由於「六合爲一國，四海爲一家」，「合地球東西南朔九萬里之遙，胥聚於中國」，中國遇到了「數千年未有之強敵」，此強敵即西方國家。所以郭嵩燾大聲疾呼：「西洋人之中國，誠爲天地一大變。」參見郭廷以：《近代中國的變局》（臺北：聯經出版公司，1987 年），頁 77。
〔註16〕韋勒克、華倫著，王夢鷗、許國衡譯：《文學論》（臺北：志文出版社，1983 年再版），頁 151。
〔註17〕康有爲：〈上清帝第一書〉，收於《康有爲全集》（上海古籍出版社，1987 年），頁 353。
〔註18〕梁啓超：《戊戌政變記》卷一（臺北：文海出版社，1964 年），頁 1。

亡一途。

　　當時有識之士爲挽救中國淪爲次殖民地的命運，力謀民族復興之道，在政治上也分爲改革派與革命派兩方陣營，早在一八六〇年前後，馮桂芬（1809～1874）即指出士人與政府間缺乏聯繫，是中國政治制度最大的弊病。二十年後，鄭觀應主張實行議會制度來減少士人與政府間的疏離。一八九八年以前，還有湯震（1857～1917）、陳虯（1851～1903）、何啓（1859～1917）、胡禮垣（1855～1916）等人，極力推薦此一爲西方富強之本的議會制度〔註19〕，迨戊戌維新之後，康有爲、梁啓超、張謇（1853～1926）等溫和改革者，希望借鑒外國的憲政制度，在中國立憲法、開國會，實行地方自治，引導中國成爲民主法治國家。

　　與憲政運動相伴的是清末不安動盪的時局，一九〇五年，清廷終決定派五大臣出國考察憲政。在考察過歐美及日本以後，咸肯定憲政的價值，故奏摺中有謂：「各國之所以富強者，實由於實行憲法，取決公論。」〔註20〕清政府也於一九〇八年以後，爲訓練人民行使政權，而開始試行地方自治；次年各省設立諮議局，以爲省議會的預備，一九一〇年，於北京設資政院，作爲未來國會的鋪墊；甚至在一九一一年五月間，召開實行德、日式的內閣制度，以期建立責任政府。不過，關於立憲法一節，幾乎毫無成就，〔註21〕與改革派的期望相去甚遠。

　　種族革命派則主張先推翻異族統治的清政府，建立民族國家，再致力於富國強兵的建設，他們堅決反對改革派的「君民同治，滿漢一體」。在對滿族政權的存在與否上，雙方有最根本的分歧，並各就西方東侵後，中國在政治、經濟、社會、教育與文化思想的變動，加以反思，提出意見來討論，然其立場儘管差距極大，卻都共同在爲清末國家民族的困境尋找出路。

　　另外，清廷曾經進行長達三十年的洋務運動，向西洋列強學習實用科學技藝，希望藉由西方科技的引進帶來新的力量，但治標不治本的結果，實際上並不能有效地解決國家社會的根本問題。

　　外來勢力的入侵與內亂的紛沓而至，不但顯示出清廷武力的薄弱，而且同時揭露了內政上的種種隱憂。由於戰禍連年、賠款鉅重，國家經濟終至瀕臨破產，中國被迫爲列強提供資源、商品利潤，另一方面，晚清統治階層的奢靡亦加速了統治肌體的腐敗，官場上下交爭利，造就了大大小小的貪官，《躋春臺》中刻劃了監獄中以

〔註19〕 參閱小野川秀美著，林明德、黃福慶譯《晚清政治思想研究》第二章〈變法論的成立〉（臺北：時報出版公司，1982 年），頁 49～86。
〔註20〕 《光緒實錄》，華文版，第八冊，頁 5146。
〔註21〕 參見荊知仁《中國立憲史》（臺北：聯經出版公司，1984 年），頁 107～134。

惡勢力聚斂錢財的官場人物，例如：暗示因犯繳錢才能放人的獄官〈心中人〉、〈巧姻緣〉中受人買通、胡亂叛案的判官，實際是當時社會貪官的寫照，這是由於晚清捐官比例持續增加所致，咸豐之後捐納制度積弊深重、因為他們是通過捐錢得來的官，官位到手後，便不擇手段地加倍撈回「本」來，以至於官場個中人也說這個時代的官場是「一舉念只想當官，一伸手只想要錢」，此一種種都讓使清廷政府更顯得搖搖欲墜。

二、社會方面

　　昔日學者在從事晚清社會生活研究時，研究的結果較偏向在戰亂動盪中，東風西漸、求新求變的社會風尚，這是因為以往在近代史的研究中，往往把注意力集中在少數幾個變化大的城市，甚至用政治變革、制度變遷簡單地替代社會變革、文化變遷，以為政治革命必然帶來社會各方面的變化，而且必然帶來思想觀念的更新，但最近學者孫燕京提出另一觀點，值得我們注意：「在晚清當時社會、城鄉有著明顯的差距，所謂的求新之風，多出現在沿海城市，至於北方農村，由於經濟不發達、交通不便，新的文化訊息幾乎沒有在鄉村民眾傳播的可能。」〔註22〕換句話說，政治革命雖然勢必引起社會各方面的變動，但是這種變動在城市與鄉村產生影響的大小、變化的速度是不一樣的，受政治以及西方文化影響比較大的城市，特別是大的沿海城市、中心城市，例如：上海、福州，這種變動不僅大而且迅速，但是對遠離政治中心的廣大內地城鄉，這種變化不僅小，而且是緩慢發生的，其過程甚至長達數十年、上百年。因此，如果我們只將視角受限於受西方文化影響大的大城市，認為這些城市的變化代表了中國社會變化的方向，不去關注或很少關注廣大城鄉的變化，就容易產生以偏概全的危險。

　　農村的生活單調，休閒娛樂的方式亦未有新鮮，導致這裡的社會風尚一如從前。百姓大多維持著低水準的生活，甚或掙扎在貧困線上。晚清北方及廣大內地城鄉的地方志涉及生活、風氣時，多數都是用「生活異常刻苦」，「境內習尚，認儉樸為美德，以裝飾為浮誇」〔註23〕；「民國以前，每屆歲晚務閒，中資以下之家多以糠菜充飢，故有『糠菜半年糧』之諺」〔註24〕，所以，大凡說到民風，多用「風俗依舊」這樣的字眼，這些情況與江南沿海地區以及近代工商業城市的風氣相距甚遠。根據

〔註22〕孫燕京：《晚清社會風尚研究》（臺北市：知書房，2004年），頁144。
〔註23〕（河南）《續安陽縣志・社會志・民生・禮俗》卷十（臺北：成文書局，1968年），頁1399。
〔註24〕（河北）《高邑縣志・風土・民生》卷五（臺北：成文書局，1968年），頁208。

程歗《晚清鄉土意識》一書對當時鄉村中的風尚所做的研究，主要將其價值取向概括爲對福、祿、壽、財以及土地的執著追求。〔註25〕這些思想意識乃是中國農民幾千年來的價值追求，直到民國時期都沒有多大的變化，遑論晚清時代。在《躋春臺》中，可以見到作者常常於文中提到：「窮人要翻片，苦盡自然要生甜。」(〈十年雞〉)、「多積些口中德上天知道，保佑你今年子翻個大稍。東也成西也就猶如柁窖，子而孫享富貴萬福來朝。」(〈賣泥丸〉)、「但願神天加庇蔭，早早歸家換門庭」(〈啞女配〉)，正是傳統社會大眾希冀的價值取向，訴說著人們對福、祿、壽、財的渴求。

而無聊的鄉間生活中，「吸鴉片煙」似乎是打發時間的一種流行活動，劉大鵬於一八九二年在他的日記中還幾次提到當時的情形：「城鎮村莊盡爲賣煙館，窮鄉僻壤多是吸煙人。約略計之，吸之者十之七八。」〔註26〕雖然這一數字明顯誇大，但是可見鴉片煙毒在十九世紀末的北方地區的確十分氾濫。《躋春臺》中的〈審煙鎗〉即反映學館中師生均受害於鴉片煙毒的現狀，試想連清朗的教育場所都淪爲鴉片入侵的毒窟，就不難感覺當時鴉片問題的嚴重。

而無論城市或鄉村社會，都表現出一種末世的光景，例如師道的衰微。劉大鵬在一八九六年的日記中記錄著：「近來教書之人往往被人輕視，甚且被東家欺侮，而猶坐館而不去，做東家者遂以欺侮西席爲應分。」〔註27〕教師之所以遭到侮慢，當與本身的人格有關，《躋春臺》亦反映了此一現象，如〈六指頭〉中嗜好男風的戴平湖，姦淫學徒；〈假先生〉中楊學儒教學不嚴，甚至與學生爲爭食鴨肉打鬧；〈審煙鎗〉中崔先生「爲人卑鄙，不講品行，只徒源夤緣團館。聽得那家有子讀書，便去親近奉承，上街就請平夥，新正拜年，求其進館。」都是些品行不端的爲師者，也難怪師道精神之不存了。

當清末時代風潮是以求新求變的趨勢脈動時，廣大鄉村內地的社會風俗未必與沿海的大城市同步進展，蘊育《躋春臺》作者劉省三的是較爲傳統的社會風尚，仍堅守著素樸、儉約的思想觀念，是晚清農村社會風氣的一種面相，但畢竟大清已進入尾聲，因此不論城市或鄉村，整個社會呈現出的末世光景是處處可見的。

三、文學方面

在晚清政治極端敗壞、列強侵略、國勢危殆的時代，社會上一片改革之聲的氛圍下，也同時影響著學術、文學思想，晚清興起的新體散文、新派詩和譴責小說等

〔註25〕 參見程歗：《晚清鄉土意識》第二章（北京中國人民大學，1990年），頁25～64。
〔註26〕 劉大鵬，《退想齋日記》，（山西人民出版社，1990年），頁11～13、15、19。
〔註27〕 同前註，頁28、65、66、78。

等，在這方面作了鮮明的反映，無論形式、內容，都起了一定的變化。劉大杰認為：「當日的文學運動，雖具有積極的進步意義，但其思想本質，仍屬於改良主義的範疇。」〔註28〕例如由龔自珍、魏源到康有為的進步文學主張，顯示政治、學術思想的轉變，譚嗣同、黃遵憲、康有為、梁啟超等人提倡詩界革命、鼓吹小說的政治作用等，都取得了一定的成就，還有當時的譴責小說，反映改革政治的要求，表現民眾的覺醒，諷刺官吏的腐敗貪污，皆具有它自己的時代特色。

清代文學在中國文學史上的意義，是為各種文學體裁的復興與總結束，其中特別值得一提的是小說的大量興起，梁啟超在清末主辦《時務報》、《清議報》、《新民叢報》、《新小說》等報刊，在宣傳民主思想、批判封建政治、以及介紹外國學術、提倡小說各方面引起廣大的回響。他反對桐城派的古文〔註29〕，提出流利明暢、平易通俗、情感豐富、條理明晰、富於煽動性與說服力的新風格創作，時人號為「新民體」〔註30〕，在當時清末社會影響甚鉅，並大力倡導小說，以改良小說作為改良社會的第一步，在「小說界革命」的口號之下，創作的小說和翻譯的小說大量湧現，還創辦了不少小說雜誌，帶動小說創作的熱潮，並且由於工商經濟造成都市新聞與出版事業的繁榮〔註31〕與都市讀者群〔註32〕的形成，都為小說刊物的盛行帶來有利的條件。

〔註28〕劉大杰，《中國文學發展史》（臺北：華正書局，2003年），頁1230。

〔註29〕梁啟超：「然此派（桐城）者，以文而論，因襲矯揉，無所取材，以學而論，則獎空疏，闕創獲，無益於社會。」梁啟超，《清代學術概論》十九，（台灣商務印書館，1921年），頁112。

〔註30〕梁啟超：「啟超夙不喜桐城派古文，幼年為文，學晚漢、魏、晉，頗尚矜鍊，至是自解放，務為平易暢達，時雜以俚語、韻語，及外國語法，縱筆所至不檢束，學者競效之，號『新文體』老輩則痛恨，詆為野狐，然其文條理明晰，筆鋒常帶情感，對於讀者，別有一種魔力焉。」同前註，卷二十五，頁142。

〔註31〕自道光二十三年（1843年）起，計有鉛印、石印、彩色石印、照相銅梓版、雕刻銅版與珂囉版等。字模與印刷配合，所印製的報刊籍愈見精美雅致，受到讀者歡迎，印刷的速度也不斷改進，同治十一年（1872年），上海申報館引進手搖輪轉印刷機，每小時出紙數百張。至光緒三十二年（1906年），又引進單滾筒印刷機，使用電氣馬達，每小時出紙一千張，印刷速度大為提高。參見戈公振《中國報學史》（臺北：台灣學生書局，1976年），頁314。宋原放、李白堅《中國出版史》，頁177～186。

〔註32〕張玉法指出：在二十世紀初年，中國有二萬人口以上的城市312個，其中二萬至五萬者216個，五萬至十萬者46個，十萬至五十萬者41個，五十萬以上者9個，此中，上海可能是首屈一指的大都市，在光緒二十七年（1901年），人口已達六十萬，他並分析晚清市民階層的特色說：其一、識字率較農村為高，一般出版品的讀者群較大。其二、識見較廣闊，對國家和社會較為關心。其三、有相當多的人有閒暇，需要以閱讀消磨時間。參見張玉法，〈晚清的歷史動向及其與小說發展的關係〉，收於《漢學論文集》第三集（臺北：文史哲出版社，1984年），頁22。

　　諸如清末的四大名作：《官場現形記》、《二十年目睹之怪現狀》、《老殘遊記》，《孽海花》等反映的時代精神，作者均藉由文學創作表現國民的覺醒，對迂腐的清政府發出沈痛的救亡之聲，他們直接的揭露社會黑暗面，以現實主義的態度創作小說，重視小說社會作用，小說的地位獲得大幅度的提升，不論在題材內容上或是藝術表現上，都貼近於現實生活，通過平凡的生活現象描繪反映重大的社會主題。

　　此外，小說以外其他民間俗文學的發展在清末也大有斬獲，諸如民間戲曲、彈詞、鼓詞、宣講等，一直到二十世紀的初葉，仍受到民間的廣大群眾的支持。它們以通俗大眾化的語言反映大眾的生活，表達民眾的思想，傳達百姓的要求，同時也浸染了其他的文類，造成了文類重合的現象。

　　《躋春臺》就是在這小說地位提高，重視小說社會作用、強調小說教化目的以及文類重合的文學思潮和現象下創作出來的。在「勸善懲惡」的創作意旨下，刻劃社會人心的各種面貌，揭露監獄種種黑幕，一定程度上表達了民眾心聲，寄託作者打造美好生活境遇的理想。

第三節　版本、性質、體制

一、版　本

　　《躋春臺》全書共四卷，每卷一集，以元、亨、利、貞標志，每集十篇，每篇演一故事；本書僅見民國三年（1914 年）成文堂存板，卷首有光緒己亥銅山林有仁序，上海圖書館藏。關於本書的版本，有二種說法，一是光緒刊本，一是 1914 年刊本〔註33〕，歐陽代發寫爲譚正璧所藏，這又與其他人論爲上海國家圖書館藏明顯不同，事實上《躋春臺》只存一種版本，就是民國三年（1914 年）的成文堂存板，可能因爲其中有光緒己亥年 1899 的序文，所以有人誤爲光緒刊本，目前並未發現所謂的光緒刊本，至於譚正璧之說，可能有誤，查譚所著的《古本稀見小說匯考》〔註34〕，並未

〔註33〕認爲是光緒刊本的有黃毅及歐陽代發，參見黃毅，〈《躋春臺》前言〉，《躋春臺》上，（《古本小說集成》編委會編，上海古籍出版社）。歐陽代發，《話本小說史》，（武漢市：武漢出版社，1994 年 5 月初版），頁 478。主張是 1914 年刊本的有胡士瑩、蔡敦勇及蔡國梁，參見胡士瑩《話本小說概論》（臺北：丹青圖書出版公司，1983 年），頁 639。蔡敦勇，〈《躋春臺》前言〉，《躋春臺》，（《中國話本大系》，江蘇古籍出版社，1993 年），頁 1。蔡國梁：〈從《照世杯》到《躋春臺》──清擬話本始末〉，收於《明清小說探幽》（臺北：木鐸出版社，1987 年），頁 226。

〔註34〕譚正璧、譚尋：《古本稀見小說匯考》（杭州：浙江文藝出版社），1984 年。

著錄此書，如果是他自己的藏書，不可能不加以著錄才對。筆者根據（日）大塚秀高《增補中國通俗小說書目》〔註35〕中所撰之書目，收集《躋春臺》一書之各種版本，包括《古本小說集成》第一批影印本，（爲上海圖書館所藏，高一八〇毫米，寬一一〇毫米，現據以縮印），每半頁十行，每行二十四或二十五字、上海古籍出版社出版）和《中國話本大系》一九九一年蔡敦勇點校本，江蘇古籍出版社出版的兩種紙本，做爲研究文本。

二、性　質

　　關於《躋春臺》一書中大量的韻文除了使本書具有獨特的風格面貌之外，更使本書性質定位有以下幾種不同的看法，主要區分爲二：

（一）擬話本集

　　此種看法爲多數學者〔註36〕的認同觀點，他們將《躋春臺》定位爲擬話本小說集加以研究，雖皆注意到本書特殊的韻文形式〔註37〕，但均將其歸納於是一部「靠近民間唱本的混合體。〔註38〕」並未對此書中的韻文或是性質深究，只視其爲話本小說體制中的一部分。

〔註35〕〔日〕大塚秀高：《增補中國通俗小說書目》，東京：汲古書院，1987年。

〔註36〕將《躋春臺》視爲擬話本小說研究者有：胡士瑩、歐陽代發、蔡國梁、黃岩柏、張兵、游友基、陳桂聲、吳邨、許麗芳。參見胡士瑩，《話本小說概論》（臺北：丹青圖書出版公司，1983年），頁639。歐陽代發：《話本小說史》（武漢市：武漢出版社發行，1994年），頁478～484。蔡國梁：〈從《照世杯》到《躋春臺》──清擬話本始末〉，收於《明清小說探幽》（臺北：木鐸出版社，1987年），頁226。黃岩柏：《中國公案小說史》（遼寧：遼寧人民出版社，1991年），頁263。游友基：《中國社會小說通史》（南京：江蘇教育出版社，1999年），頁74～76。陳桂聲：《話本敘錄》（珠海市：珠海出版社，2001年），頁598～600。吳邨：《200種中國通俗小說述要》（臺北：漢欣文化事業有限公司，1990年），頁99～100。許麗芳，《古典短篇小說之韻文》（臺北：里仁書局，2001年），頁101。

〔註37〕許麗芳已出：《躋春臺》中各篇章中的人物對話均以韻文出之，這一表現方式實屬特殊，已非善用韻文之例，更非一般之敘述形式。此一現象實爲變文等舊有文類表現方式之承襲。參見許麗芳，《古典短篇小說之韻文》（臺北：里仁書局，2001年），頁101。

〔註38〕王昕以爲：從嘉靖年間（1522～1566）到光緒二十五年（1899）白話短篇小說出現最後一股餘緒，這一文體留存的作品集子，據目前所知爲近六十餘種，九百餘篇作品，綿延時間達三百七十餘年。但通觀《躋春臺》中大量的唱詞、民間小調一類的韻語，令人感到這確是一部從形式到內容都與擬話本有相當距離的，而更像一個靠近民間唱本的混合體。參見王昕：《話本小說的歷史與敘事》（北京：中華書局，2002年），頁21。

（二）宣講底本

此種觀點由張一舟提出，他認爲《躋春臺》是供「講聖諭」的「講生」宣講用的底本，主要理由是根據本書中二篇：〈節壽坊〉所云：大開善門，興宣講，設義學....及〈平分銀〉中講聖諭的一段文字，和〈十年雞〉、〈仙人掌〉中的一大段韻語完後有小字註明「重句」。他認爲這（「重句」二字）是提示宣講者的話，證明本書確系供講生用的底本。〔註39〕

《躋春臺》被視爲現今所見最後一本擬話本小說，其中大量的韻語、唱詞及方言俗諺，使全書呈現迥異於同時期擬話本的風貌，要定位本書的性質，我們必須多方面加以推論。我們可從形式與內容兩方面再議：

1. 形式方面

擬話本與宣講底本兩種文類在形式方面就具有許多相似之處，例如均有題目且正文部分皆是韻散夾雜的行文風格等等，《躋春臺》融合擬話本及宣講本的特徵，首先就題目而言，《躋春臺》四十回皆是以三字爲題，例如：〈雙金釧〉、〈節壽坊〉、〈東瓜女〉等，契合自清初以來話本小說的體制〔註40〕，且同時宣講唱本的名目也多有以三字爲名的〔註41〕，再就正文部份而言，本書以韻散夾雜的形式鋪敘故事，這一點是擬話本及宣講唱本共同具有的行文方式，《躋春臺》中的韻文也符合宣講唱本的一般形製「句子短，語詞平順，惟宣的部分爲求押韻，小有字句的倒裝。〔註42〕」，陳兆南指出：「宣講唱本對白的語言皆以淺近的口白爲主，各唱本雜用說唱話本的常見俗體，唱曲爲詩讚系的主曲體〔註43〕，基本的曲式爲七言及十言，韻目爲中東、人臣、遙條、姑蘇、江洋，用韻較詞、曲韻爲寬，各曲原則上一韻到底〔註44〕」，和《躋春臺》中韻文的形式相符，但必須提出一點讓人存疑的地方是，就筆者所見宣講本與陳兆南指

〔註39〕 張一舟：〈《躋春臺》的性質、特點、語言學價值及蔡校本校點再獻疑〉（西南民族學院學報‧哲學社會科學版第 20 卷第 1 期，1999 年 1 月），頁 69。

〔註40〕 根據徐志平的研究：清初前期話本小說的回目形式已發展出以三字總名爲篇名的新形式。例如：《十二樓》、《珍珠舶》、《筆梨園》等。參見徐志平：《清初前期話本小說之研究》（臺北：學生書局，1998 年），頁 152。

〔註41〕 根據陳兆南的研究：宣講唱本各段名目以三字爲名者較二字爲名者多，共四十四種唱本，包括《集要》之〈孝虎祠〉、〈無福受〉；《大全》之〈假無常〉、〈城隍報〉等。參見陳兆南：《宣講及其唱本研究》，中國文化大學中國文學研究所博士論文，1992 年 6 月，頁 299～300。

〔註42〕 參見婁子匡，《五十年來的中國俗文學》（臺北：正中書局，1963 年），頁 255。

〔註43〕 主曲體爲近代曲藝七言句十言句的音樂體式。參見《中國戲曲曲藝詞典》（上海辭書出版社，1985 年），頁 667。

〔註44〕 同註 41，頁 336。

出：「唱本以韻散夾雜的形式鋪敘故事，散文的部分，有的唱本集會標明『講』，韻文的部分則包括『宣』〔註45〕、『謳』〔註46〕、『歌』〔註47〕三者。」〔註48〕在《躋春臺》中是從未出現這樣的文字的，在全書每段韻文部分頂多標明：父……，母：……〔註49〕，讓讀者知道是故事中父親或母親的發言而已，無一般宣講唱本的唱曲註明宣、歌、謳三種不同的表演型式。而正文中常見的：「從此案看來……」、「○○在上容稟告、細聽○○說根苗……」，亦爲宣講唱本慣用的句式〔註50〕，最後，《躋春臺》在形式上分爲開頭、正文及結尾三個主體，若以擬話本形制而言，可謂：篇首詩、正話、結尾的體例，及內文中不時出現「且說」、「話說」、「卻說」等等一般話本常見的詞彙〔註51〕（詳細的論述請見以下章節），若視其與擬話本性質無關，似乎過於牽強，但亦和宣講唱本有前文、正文及結局三部份雷同。由以上這些部分我們可以看出，《躋春臺》和話本小說及宣講唱本之間的關係十分密切，實很難將其單一劃分區隔。

另外關於張氏所說「重句」這部分的理由，其實也不夠充分，因爲是針對書中引述韻語的部分，如果說，這本書是供宣講用的底本，那麼，爲何只有這兩處的韻語有重句呢？因此張教授的推論實有再商榷的必要。

〔註45〕 「宣」可不必配樂。爲宣誦，與宣卷同，用以敘表情事。例如《宣講大全》卷二〈假無常〉：「程青雲聽罷說道：【宣】賢妻說話不中聽，淚得爲夫怒生嗔，我爲善事正高興，那怕吵鬧多橫人。縱然缺錢把計走，慢慢開消總要清。……」轉引自陳兆南：《宣講及其唱本研究》，中國文化大學中國文學研究所博士論文，1992 年 6 月，頁 341～342。

〔註46〕 「謳」可不必配樂。爲徒詠，循情吟念，詠嘆心思。例如《宣講大全》卷七〈閨女遂疫〉：「於是夫妻二人，指住春英大罵一番。【謳】罵聲丫頭不知醜，然何想得這糊塗，你還未曾出樓口，桃之天天未上梳，未曾飲過婆家酒，爲何做事不害羞。……」轉引自陳兆南：《宣講及其唱本研究》，中國文化大學中國文學研究所博士論文，1992年 6 月，頁 341～342。

〔註47〕 「歌」體之唱曲概取自勸世嘆世歌，可和樂而唱者。例如《宣講大全》卷五〈捐金獲福〉第三唱曲標爲「歌」，詞云：「嘆人生，在世間，原屬兩鏡。非富貴，即貧賤，那得均勻。貧賤人，或出世，就遭貧困。一無穿，二無吃，受盡艱辛。受煎熬，受折磨，把誰怨恨。……」轉引自陳兆南：《宣講及其唱本研究》，中國文化大學中國文學研究所博士論文，1992 年 6 月，頁 341。

〔註48〕 同註41，頁 301。

〔註49〕 例如：〈捉南風〉中父與母的對唱，《躋春臺》。

〔註50〕 例如：《宣講金針》卷四〈雙奔京〉篇末：「從此案看來，楊氏一門鼎盛………」轉引自陳兆南：《宣講及其唱本研究》，中國文化大學中國文學研究所博士論文，1992年 6 月，頁 302。

〔註51〕 說書人的語言、評論如「且說」、「卻說」、「正是」一類語匯引導的往往是敘述者對故事的描寫或評論句式，就是典型的話本標志。參見王昕：《話本小說的歷史與敘事》（中華書局，2002 年），頁 45。

2. 內容方面

書中所提及的有關宣講的部分，都是針對小說中的某些內容而說的。「宣講」是明清兩代以來，統治階層爲達到教化百姓，有效的控制人民思想的目的所設計的制度〔註52〕。發展到了清末，更有「講聖諭」、「善書」等的民間說唱藝術〔註53〕，張一舟以《躋春臺》中〈節壽坊〉寫壽姑大開善門，興宣講，設義學，使用小說中的人物興宣講、〈平分銀〉寫郭江二人去聽人講聖諭，用來證明本篇小說是屬於宣講的底本，這點立論實不夠充足；因爲他們去聽的，固然是屬於宣講，但這仍只能歸納爲小說故事內容的一部分，不足以爲本書爲宣講的底本作證明，這好比我們寫一篇小說，其中的人物去看歌仔戲，並敘述了歌仔戲的內容，但並不能因此判斷這篇小說爲歌仔戲的底本。

不過，張一舟所言也提供給我們另一個思考點，《躋春臺》四十回故事皆是勸善懲惡爲主旨，並且慣用以前世的因果報應作爲來解釋故事人物今世的遭遇，這和「宣講」的性質一致，就故事題材而言，兩者也都是以家庭倫理、社會道德、宗教勸化爲內容，甚至是《躋春臺》中〈義虎祠〉也與《宣講集要》中之〈孝虎祠〉有相近的內容，因此，筆者認爲「《躋春臺》承襲宣講唱本的內容」這樣的看法是可以成立的，但這是否就足以區分此書爲宣講唱本，而否定其爲擬話本集呢？因爲同樣的題材與創作意旨，在擬話本集中亦爲常見的慣例，所以張一舟教授所言在內容方面的論證實不夠週全，但能提供我們另一個參照點。

總結上述所論，張一舟推翻前人視《躋春臺》爲擬話本的意見，將此書歸於宣

〔註52〕洪武二十七年（1394），設立里老人制；三十一年頒布「教民榜文」，其中十九條內規定：「每鄉每里，各置木鐸一個，於本里內選年老殘疾，不能理事之人，或瞽目者，令小兒牽引，持鐸循行本里。俱令直言叫喚，使眾聞知，勸其爲善，毋犯形憲。其詞曰：『孝順父母，尊敬長上，和睦鄉里，教訓子孫，各安生理，毋作非爲』。如此者每月六次。」教民榜文，見（明）張滷編，《皇明制書》卷九（臺北：成文書局，1969 年）。

〔註53〕此種說唱藝術稱爲「善書」、「宣講」，是明清曲藝曲種之一，清道光以後至二十世紀三十年代曾廣泛流行於湖北、湖南、四川、貴州等地，演出時常以"宣講聖諭"或"高台教化"爲號召，意即宣講封建帝王詔令，康熙時頒布聖諭十六條以供宣講，後來有些地區的善書漸以民間傳說故事爲內容，并與其他藝術形式結合，發展成爲曲藝。宣講書本的特點：句子短，語辭平順；惟宣的部本，爲了押韻，小有字句的倒裝；取材日常事物的背景，人情道理，敘述動人；俗語、諺語的運用；因果報應故事的描寫，多有短篇小說的結構。參見上海藝術研究所編：《中國戲曲曲藝詞典》（上海辭書出版社，1985 年），頁 681。齊森華、陳多、葉長海主編：《中國曲學大辭典》（浙江教育出版社，1997 年），頁 70～71。朱介凡、婁子匡編著：《五十年來的中國俗文學》（臺北：正中書局，1963 年），頁 253～256。

講底本一類，他所提出的觀點立場雖不完備，但卻指出研究此書的另一個重要方向，在前人的研究中，只談到書中的韻文部份相對於當時的擬話本而言是非常特殊的，因為其多段的韻文唱詞，使學者甚至認為它是「從形式到內容都與擬話本有相當距離的，而更像一個靠近民間唱本的混合體。〔註54〕」張教授的看法為此提出解答，然而，由於前人對宣講領域研究的不足，宣講唱本清季出現後，俗文學研究者對它的存在，似乎沒有很大的注意，早期如鄭振鐸、李家瑞、楊蔭深等人的研究均未提及〔註55〕，其後如葉德均、胡士瑩、曾永義之論述亦付闕如〔註56〕，甚至將宣講段子放在子弟書、鼓詞〔註57〕或「說書」一類視之〔註58〕，宣講唱本的地位模糊至此，只知其為清季宣講活動孳生的產品，形式上受到宣卷唱本的影響，吸收大量的勸善歌謠，為民間百姓道德教育重要活動，因此，張教授的看法至今未有其他相關持相同意見的論證。事實上根據陳兆南的研究指出：

> 宣講活動施行層面甚廣，應用的情行也相當複雜，無法使用一標準分
> 其類別，以實際情形考量，宣講類別當從時間、地點、團體、儀式、表演
> 方法等條件觀察。……以表演方法有說書宣講和講唱宣講。〔註59〕

陳氏的研究中提到判定宣講文類的困難之處，更何況今日，我們已經無從經由「時間、地點、團體、儀式、表演方法」這些條件來判斷究竟《躋春臺》是否屬於「宣講底本」，加上「說書宣講」一類的解釋〔註60〕，就頗類似於話本小說的型態，二

〔註54〕同註38，頁21。

〔註55〕鄭氏《中國俗文學史》（上海：上海書店，1987 年）、李氏《北平俗曲略》（臺北：文史哲出版社，1974 年）、楊氏《中國俗文學概論》（臺北市：世界書局，1961 年）均有寶卷之探討，卻都不言宣講唱本集。

〔註56〕葉氏《宋元明講唱文學》（北京市：中華書局，1962 年）、胡士瑩《話本小說概論》（臺北：丹青圖書公司，1983 年）、曾永義《說俗文學》（臺北市：聯經出版公司，1980 年）亦未論及。

〔註57〕俗曲收輯者路工編《孟姜女萬里尋夫集》時，收錄一則〈孟姜女哭長城〉的宣講段子，卻將之放在子弟書、鼓詞一類，而未說明其原因。參見《孟姜女萬里尋夫集》（臺北：明文書局，1981 年），頁 59～64。

〔註58〕婁子匡論及近五十年的俗文學，始將宣講唱本歸入俗文學領域，然而，婁氏卻將宣講置於「說書」類，而非鼓詞或宣卷。參見《五十年來的中國俗文學》（臺北：正中書局，1963 年），頁 253～256。

〔註59〕同註41，頁23。

〔註60〕說書宣講較常在講解一般善書和勸世文的活動中使用，善書的種類繁多，當然不是所有的善書都可供宣講，新製的善書，多錄因果善惡事蹟以為宣講之參考，這些善書之著述有為宣講而作的意圖，這種俗講形式與民間說書游藝有重疊處，另有以散敘的說書方式宣講，其宣講的材料有專供宣講教化的故事集。參見陳兆南：《宣講及其唱本研究》，中國文化大學中國文學研究所博士論文，1992 年 6 月，頁 41～43。

者實難二分，因此，筆者根據《躋春臺》的題目、內文、韻文及內容題材極爲偏重善惡因果報應這些特質認爲：《躋春臺》頗爲接近宣講底本的形式，但它和擬話本的特質也有眾多契合之處，是具有宣講性質的話本小說；此書深受民間說唱藝術影響，其中保存珍貴說唱藝術的材料，展現民間文學活潑的特色。

三、體　制

　　依據胡士瑩的對話本小說的分類，其基本體制可分爲六個部分：一題目，二篇首，三入話，四頭回，五正話，六結尾。〔註61〕但在《躋春臺》一書中，體制上則只見題目、篇首詩、正話與結尾四個部分，對於入話與頭回這兩部分並未顯見，在正話部分，話本小說爲吸引聽眾所發展出特有的「分回」體制，在《躋春臺》四十回中亦未出現，四十回故事皆是單篇完整的結構，這些可說是《躋春臺》在話本小說領域中形式上的沿革與創新，然而若以宣講唱本的體制視之，《躋春臺》缺乏入話與頭回及分回體制，只有名目、正文、唱曲這三個部份，正好一般宣講唱本的體制相符。在本節中依據胡氏認爲的話本小說六個部分及宣講唱本體制加以分析：

（一）題　目

　　胡士瑩在《話本小說概論》一書中，對於話本小說的「題目」，有以下這番定義：

> 　　「說話」的題目，是根據正話的故事來確定的，它是表明故事的主要標記。它在最初可能是短的（人名、渾名、物名、地名等爲題目），但說話人表演時，爲了使內容更加醒目，更易吸引聽眾，便常把題目衍化爲七言八言的句子，寫成話本時也照樣記錄下來。如《醉翁談錄》所舉的說話名目有〈李亞仙〉，同書癸集卷一稱爲〈李亞仙不負鄭元和〉，……又如宋代擬話本《青鎖高議》每篇短名之下都附有一個七言長名。魯迅謂：歐汴京說話標題、體裁或亦如是。〔註62〕可推知：「小說」題目到了宋代，便逐漸由短名向長名演化。〔註63〕

可見話本小說的題目在宋代以前曾經歷一段從短至長的過程，到了明代，編錄宋元話本及擬作大抵依照長句之例，並有兩兩對仗押韻的現象，如《警世通言》卷十三、十四分別作〈三現身包龍圖斷冤〉及〈一窟鬼癩道人除怪〉；《初刻拍案驚奇》卷三、四作〈劉東山誇技順城門　十八兄蹤奇村酒肆〉及〈程元玉店肆代償錢　十一娘雲崗縱譚俠〉。不過，隨著時代的演進，擬話本的形制也逐漸有所改變，根據徐志平的

〔註61〕胡士瑩，《話本小說概論》（臺北：丹青圖書出版公司，1983年），頁130。
〔註62〕魯迅，《中國小說史略》（臺北：風雲時代出版公司，1996年），頁145～146。
〔註63〕同註61，頁130～131。

研究：清初前期話本小說的回目形式已發展出以三字總名爲篇名的新形式。〔註64〕
《躋春臺》在書名上，即是繼承了清初以來的擬話本傳統，是以三字爲總名，四十
回各回的題目，亦是三字爲題，作者訂題時也別具用心，一是緊扣故事內容，讀者
從題目上便可清楚掌握故事重點，如：〈孝還魂〉講述的即是孝子毛子死後因菩薩念
他在世時對母親的一番孝心，使死者還魂；或是指出故事關鍵的核心，如：〈六指頭〉
講的即是一椿離奇的命案，被誣告者因爲與犯案的兇手有相同的特徵：六個手指，
以致含冤入獄，平白一場牢獄之災因此而起；也有的題目是指出故事的發生地，如：
〈萬花村〉講述的是發生在廣西潮州萬花村的故事，〈川北棧〉講的是任職於川北棧
的張雲發父子熱心助人的故事，從四十回的訂題上來看，細心的讀者可以從中發現
本書特質：報應與冤案，正如本書林有仁序中所言：「改惡從善之法，聖賢教人千言
萬語，不外勸懲。特精言之則爲性理，士知學者可解；粗言之則爲報應，人不知學
者可解。」〔註65〕作者認爲「報應」是勸人改惡從善的方法之一，因此全書常以此
做爲勸善懲惡的手段，在題目上即見〈巧報應〉、〈雙冤報〉、〈解父冤〉、〈蜂伸冤〉、
〈孝還魂〉等，作者的創作意旨在訂題上即可顯見。

（二）篇　首

胡士瑩對話本小說的「篇首」定義與功用解釋爲：

> 「小說」話本，通常都以一首詩（或詞）或一詩一詞爲開頭，有自撰
> 的，有引用古人的，大抵都是念白而不是唱詞，詩詞的作用可以是點明主
> 題，概括全篇大意；或是造成意境，烘托特定情緒；也可以是抒發感嘆，
> 從正面或反面陪襯故事內容。〔註66〕

歐陽代發對於話本小說「篇首」的定義大致與胡氏相同，唯補充：「有的也似乎並無
深意，只是與所講內容相關而已〔註67〕」一條，但他認爲胡氏所提的「篇首」，應列
入「入話」部分視之〔註68〕，在本文中筆者爲求體例一致，不參與此論辯，將持胡氏
觀點論之。關於《躋春臺》四十回中篇首詩表現的形式，在本論文第四章韻文的藝術
將有進一步的探討，大體來說，《躋春臺》是以作者自撰的篇首詩爲主，內容較爲樸
拙，其作用是概括主題，如：「孝子安貧俟命，佳人垢面求賢。但托東瓜結姻緣，護

〔註64〕同註40。
〔註65〕同註12。
〔註66〕同註61，頁131。
〔註67〕參見歐陽代發：《話本小說史》（武漢市：武漢出版社，1994年），頁13。
〔註68〕歐陽代發以最早的話本小說集《清平山堂話本》、《熊龍峰刊小説四種》中，幾乎都
在所謂的「篇首」詩詞前標明了「入話」二字爲例，認爲既已標示明白，但仍把它
們排斥在「入話」之外就欠妥當。同前註，頁14～15。

佑窮人翻片。」（〈東瓜女〉）。這類篇首詩之後，說書人往往立即切入正話「話說××年間，××有×××」，開始講述一則孝子與佳人締結良緣的故事；也有的是作者融合俗語所撰寫的篇首詩，如：「姻緣前世修定，美惡命裡生成。一朝退棄結冤深，難免一家失性。」（〈過人瘋〉）。既預示了故事的情節內容，也發表作者個人的評論思想。

（三）入話與頭回

胡士瑩以爲：「在篇首詩（或詞）或運用幾首詩詞之後，加以解釋，然後引入正話的，叫做入話。它起著肅靜觀眾、啓發聽眾和聚集聽眾的作用。〔註69〕」「入話」在話本小說的體制中，是相當重要的一環，歷來許多研究者對「入話」一詞的定義提出各自相異的見解，可以歸納爲三種不同看法：其一、「篇首」與「入話」不同，胡士瑩在《話本小說概論》的「篇首」與「入話」項目中詳細說明：「通常都一首詩（或詞）或一首詞爲開頭。這些詩詞，有時也稱『言語』，有自撰的，有引古人的。大抵都是念白而不是唱詞。」；「在篇首的詩（或詞）或連用幾首詩詞之後，加以解釋，然後引入正話的，叫做入話。」「在不少的話本小話的篇首，有時在詩詞和入話之後，還插入一段敘述和正話相類的或相反的故事的。這段故事，它自身就成爲一回書，可以單獨存在，位置又在正話的前頭，所以叫做「頭回」。亦稱爲「得勝頭回」、「笑耍頭回」。〔註70〕易言之，開頭的詩詞（韻文）就是「篇首」，其之後解釋的非韻文就是「入話」、繼「入話」之後的故事則是「頭回」。其二、「入話」可以包括開頭之詩詞與其之後的解釋。歐陽代發在《話本小說史》一書中提到如此的看法：「開頭的詩詞及其後又引的詩詞以及解釋等，都是『引入正話』的『入話』部分。……『入話』只是『正話』的引子，屬附加成分，因而可多可少，可長可短，這在體制上並沒有一定之規。於是僅引一首詩或一詞，也可算是『入話』了。」〔註71〕其三、包括開頭之詩詞與其之後的解釋以及短篇故事、閒話。莊因《話本楔子彙說》云：「有時僅指開卷詩或詞而言，但實際上有時並不如此，可能包括一則故事或閒話，成爲一個極長的楔子。」〔註72〕；鄭振鐸〈明清二代的平話集〉中更詳細說明「入話」的不同種類：「『開話』或『詩詞話』之類；以一詩或一詞爲『入話』；以與正文相同的故事引起，以增『相互映照』的趣味；以與正文相反的故事作爲『入話』，以爲『烘托』或加重講說的局勢。」〔註73〕本文爲求前後一致，更仔細分析文本的體例，採

〔註69〕同註61，頁133。
〔註70〕同註61，頁131～133。
〔註71〕同註67，頁13～15。
〔註72〕莊因：《話本楔子彙說》（臺北：聯經出版事業公司，1986年），頁166～167。
〔註73〕鄭振鐸：〈明清二代的平話集〉，《中國文學研究》（北京：人民文學，2000年），頁

取胡士瑩的論點,將「入話」的範圍限定於篇首詩後解釋的文字。

隨著時代的演進與實際的需要,入話與頭回在話本小說中也逐漸發生改變,陳大康曾指出:「入話與頭回在擬話本形式中的省略,其來有自。〔註74〕」楊義也說:在擬話本創作中,頭回逐漸被省略實際上是一種必然現象。「頭回」在話本中的出現主要并不是創作上的需要,而是商業上的考慮。隨著文人審美素質的介入,使話本小說體制減少了由於現場發揮而變化多端,又難免草率鄙俚的隨意性,從而逐漸形成了體制規整化及其意蘊內在化的審美特徵。在文人創作的擬話本中,頭回的存在純粹是出于對話本的模仿,那些作者不僅沒有說話人那樣迫切的商業需求,而且構想與設置頭回還往往會成創作的累贅,于是它在擬話本中出現的頻數也就慢慢的減少。即是說,文人的參與,摒棄了話本小說屬於說話場套數的外在形式,而強化了源於說話場、卻更屬於書面文學的內在形式。〔註75〕換句話說,由原本的口頭表演過渡到文人書面文學,在形式及內容上都需要重新調整,同時,陳大康也提到:「這表明作者創作時重視的是根據作品實際內容進行構思,已不再把注意力放在如何模擬話本的形式上,這種獨創意識的抬頭,決定了擬話本在形式方面的過渡性,而這種過渡性又恰與作者編創方式的演變相一致。」〔註76〕

《躋春臺》是爲文人創作的案頭文學作品,全書四十回中,「入話與頭回」皆已見省略,在題目、篇首詩之後,直接進入正話部分,作者開門見山的交代故事發生的地點及人物,使讀者能在最短的時間內進入故事情境。這種寫作的形式亦和前述所論「宣講」底本的寫作方式相同。

(四)正 話

胡士瑩對正話所下的定義爲:

> 主要的故事,叫做「正話」、「正傳」,即正題、正文的意思。正話是話本的主要部分,它以比較複雜的情節來塑造人物,表達一定的思想內容。〔註77〕

「正話」可說是話本的主體,話本小說特別之處,在於它同時包含二種體制:散文

331～332。

〔註74〕從早期的擬話本《三言》中,入話與頭回含有的情形很不整齊……,到明代的《型世言》編著者重視入話,而將頭回看作是可以省略的。到了清初,許多擬話本集也都是重入話而輕頭回,甚至常常將頭回干脆省略。參見陳大康:《明代小說史》(上海文藝出版社,2000年),頁598。

〔註75〕楊義:《中國古典白話小說史論》(臺北市:幼獅文化事業公司,1995年),頁67。

〔註76〕陳大康:《明代小說史》(上海文藝出版社,2000年),頁599。

〔註77〕同註61,頁138。

及韻文：

> 從體制方面來看，正話的文字，明顯地分爲散文和韻文兩種，而各有其獨特的作用。散文是當時的口語，作爲講述之用，主要是敍述故事，從情節的發展中來塑造人物，它的特點是有表有白，眞切生動，最容易現實地傳達出人物聲音笑貌和描繪其動作，刻劃其心理。它的另一特點是它有濃厚的說話人口氣，如「話說」、「卻說」、「單說」、「話休絮煩」等等。這是因爲用了這些詞語，可使聽眾對故事的層次、條理更清楚，它起著語句中的標點作用。同時並可使聽眾的情緒跟著說話人語氣的鬆弛而鬆弛，緊張而緊張，這就顯示了「話文」的特色，它不同於一般的散文。〔註78〕

> 韻文包括詩、詞、駢文、偶句等，作爲唸誦或歌唱之用。在正話中，居於疏通襯托的地位，是整個話本的構成部份。詩詞韻語的安排，一般是以「正是」、「但見」、「怎見得」、「端的是」和「有詩爲證」或者是「常言道」、「俗語說」、「古人云」等等話頭引入的。所有這樣的安排，是爲了順暢地由說白（散文）轉入吟誦（韻文），這正是「說話」的特點。韻文主要是靜止地描繪品評環境、服飾、容貌等細節，或描寫品評一個重要行動的詳情，起烘雲托月的作用，以補散文敍述的不足，加強藝術形象的感染力，並在表演時起多樣化的調劑作用。〔註79〕

話本小說同時融合散文及韻文兩種文體，散文主要用於敍述故事的整體，韻文的穿插，往往具有畫龍點睛的功效，兩者互爲表裡、相輔相成，成就話本小說獨特的審美價值。

另外要注意到的是：話本小說是短篇的，「正話」一般不分回，但也有少數篇目在緊要處分回，留下懸念。〔註80〕例如：《喻世明言》中〈李秀卿義結黃貞女〉敍述到李秀卿求親被拒時，也是：「難道這頭親事就不成了？且看下回分解。」這種分回的用意，起源於說書藝術的表演形式，說書人爲了吸引聽眾的注意力，總是在故事最高潮的時候，以「且聽下回分解」的方法來中斷故事情節的發展，引發聽眾的探索下文的好奇心，但是在多回的中篇小說部分，回與回的聯繫之間，也打破了「且聽下回分解」的成規，而產生了多種變化。《躋春臺》已非供表演用的話本小說，它是純爲文人案頭創作的擬話本集，因此，在本書中未見分回的形式，通篇四十回故事皆是完整獨立的故事內容，讓讀者一次盡情讀完整個故事，不再以分回的形式來

〔註78〕 同註67，頁18。
〔註79〕 同註61，頁138～139。
〔註80〕 同註67，頁18。

分隔故事進行的節奏。

（五）結　尾

胡士瑩言：

> 話本的煞尾是附加的，往往綴以詩詞或題目，具有相對的獨立性。它
> 是連接在情節結局以後，直接由說話人（或作者）自己出場，總結全篇大
> 旨，或對聽眾加以勸戒。主要是對人物形象及現實作出評定，含有明確的
> 目的性〔註81〕。

《躋春臺》作者慣用的：「觀此案可知……」，即爲本書常見的結尾形式，作者常在
這樣的字句後交代故事人物的結局並附上自我的評述，例如：「人生在世，惟淫孽是
造不得的，骨肉是殘不得的。」（〈十年雞〉）作者奉勸世人莫造淫孽，否則將報應在
骨肉至親之間。一般來講，行善的人往往得到好的報酬，諸如：生育貴子、得富貴
功名、俱享高壽；爲惡之人也總是遭受懲罰，如：落於乞討、受宮刑或是死於非命，
作者均不忘在故事的結尾對其中的人物獎善懲惡一番，似乎以此在於爲「天理昭彰」
加強示證，除此之外，正如胡士瑩提到的：「結尾的形成，有只用詩詞的，也有先用
說白作評論的，再加以詩詞的。結尾通例用四句或八句詩句（有時也有用兩句的）
作結；有時也用詞或整齊的對句作結。」〔註82〕例如：「天之報應，隨人而施；善
有善報，惡有惡報。」（〈賣泥丸〉）

以上就擬話本體制對《躋春臺》加以探析，另外，根據陳兆南、婁子匡對宣講
唱本體制的研究指出：「宣講唱本集保存的宣講唱本，其一般形製是篇幅短，夾說帶
唱，句子短，語詞平順，惟宣的部份爲求押韻，小有字句的倒裝，偶有長篇，但普
通以三至六支唱曲的中短篇唱本爲主。〔註83〕」《躋春臺》的體制和其也有相似之
處，亦即具有敘說及唱詞的部分、多有押韻，一篇中有三至六支唱曲（參見附錄二），
以包涵四段韻文的篇目最多，四十回中佔有十三回，可見《躋春臺》實是一本頗具
宣講底本形式的話本小說。

總而言之，擬話本是繼承話本反映社會現實的傳統，但又逐漸擺脫其形式束縛，
從以改寫顯示創作技巧，經過融合改編與獨創兩種創作方式的嘗試後，進而轉至完
全獨立創作的小說流派，陳大康認爲它是「對宋元話本在更高層次上的回歸，又是
整個通俗小說獨創時代到來的預前準備。〔註84〕」《躋春臺》在體制上有承襲亦有

〔註81〕同註61，頁141。
〔註82〕同註61，頁142。
〔註83〕婁子匡，《五十年來的中國俗文學》（臺北：正中書局，1987年），頁255～256。
〔註84〕同註76，頁615。

創新，延續擬話本的創作傳統，有題目、篇首詩、正話部分，回目上均以三字為題，篇首詩多是作者自撰，有的是結合俗諺，闡發作者勸善的創作意識，但在入話與頭回部分，已有省略，改為直接陳述故事主體，其中夾雜大量的韻文、唱詞，形式上活潑而多樣，在結尾部分繼承說書人評論的傳統，但卻不一定以詩詞方式表達，就篇幅而言已具中篇規模，整體而言是一部兼具時代風格與自我創作特色的作品。

第四節　《躋春臺》的故事源流探討

一直以來，《躋春臺》被定位為一話本小說，而近人從事話本小說研究均會探討其故事來源，因為話本小說可視為民間文學的一類，而民間文學具有「變異性」與「集體性」的特性〔註85〕，世代流傳形成的話本故事中常可見到前人智慧的貢獻軌跡，我們要發掘這些智慧的寶藏就必須對話本故事的源流做探究。

話本故事的作者創作時常是取材自民間百姓生活所感，或是鄉里舊聞，或是前人典集，因此常有沿襲前人創作的遺跡，徐志平認為探討故事來源對於話本小說的研究，具有下列幾項意義：

一、有助於了解作者思想：透過話本與原作的比較，無論是增添或改動故事情節，都很容易表現作者特有的思想觀念。

二、有助於探討寫作技巧：話本小說的故事來源大多來自文言的筆記、傳奇，有時將寥寥數語敷衍成數千乃至上萬言的白話小說，透過比較，最能見出匠心所在。

三、有助於認清作品價值：透過比較，可以分辨那些是因襲，那些是創作。因襲的作品，價值當然不高，即使有價值也要歸還原作；創作不一定憑空想像，或點鐵成金、或鋪陳變化，都有一定的價值。〔註86〕

歐陽代發於《話本小說史》中曾對《躋春臺》各卷的故事來源做過探討，歐陽的探討僅止於全書少數篇目的故事的出處，就全書四十回而言仍有待補充，如今，

〔註85〕胡萬川指出：所謂變異性是指民間文學在流傳的過程中或許會因為講述者（傳承人）個人情性的差異，講述時空、情境的不同，而使作品發生種種變異。集體性是指民間文學既然是口口相傳而生，某一地區的一個故事或一首歌謠，只要能夠傳開出去，流傳下來，在流傳的過程中就一定會經過無數傳講者的加減修飾，然後才逐漸成為眾人、為傳統所接受的樣態，因此它代表的就不是某個個人的思想，而是傳統群體中的集體認知或情感。參見胡萬川，〈從集體性到個人風格──民間文學的本質與發展〉，收於《民間文學的理論與實際》（新竹市：清大出版社，2004年），頁36～37。

〔註86〕參見徐志平：《晚明話本小說石點頭研究》（臺北市：臺灣學生書局），頁89。

雖然發現《躋春臺》實爲一本具有宣講形式的擬話本，但考查故事來源這項工作，對我們認識此書仍具有研究上的價值，不可忽略。

本節的考源工作除盡可能尋找最原始的本源之外，並就相關的問題加以討論，務使故事發展的源流能清楚的呈現。當然，限於所學，仍有一些篇章無法查出來源，不敢妄加附會，姑且存疑以待來者。

各卷故事之來源：

回　別	故　事　內　容	
	《話本小說史》之考證	本論文之考證
雙金釧	不　詳	不　詳
十年雞	不　詳	不　詳
東瓜女	不　詳	不　詳
過人瘋	不　詳	不　詳
義虎祠	不　詳	《宣講集要》
仙人掌	不　詳	不　詳
失新郎	《聊齋誌異》	《聊齋誌異》
節壽坊	《娛目醒心編》	《娛目醒心編》
賣泥丸	不　詳	不　詳
啞女配	不　詳	不　詳
捉南風	不　詳	不　詳
巧姻緣	《十二樓》	《十二樓》
白玉扇	不　詳	不詳
六指頭	不　詳	《庸盦筆記》
審豺狼	不　詳	不　詳
萬花村	不　詳	不　詳
棲鳳山	不　詳	不　詳
川北棧	不　詳	不　詳
平分銀	不　詳	不　詳
吃得虧	不　詳	不　詳
陰陽帽	不　詳	不　詳
心中人	《西湖游覽志餘》、《包龍圖判百家公案》、《情史》	《包龍圖判百家公案》、《情史》
審煙鎗	不　詳	不　詳

比目魚	《連城璧》	《連城璧》
假	不　詳	不　詳
南鄉井	《初刻拍案驚奇》	《初刻拍案驚奇》
雙冤報	不　詳	不　詳
解父冤	不　詳	不　詳
南山井	不　詳	不　詳
巧報應	不　詳	不　詳
螺旋詩	不　詳	不　詳
活無常	不　詳	不　詳
雙血衣	不　詳	不　詳
錯姻緣	《醒世恆言》	《醒世恆言》
血染衣	《聊齋誌異》	《聊齋誌異》
審禾苗	不　詳	不　詳
孝還魂	不　詳	不　詳
蜂伸冤	不　詳	不　詳
僧包頭	不　詳	不　詳
香蓮配	不　詳	不　詳
合　計	十　條	相同九條；訂正一條；增補二條

　　以上將四十回故事來源做一整理，考證出的十回故事來源可分為三大類：《三言》、《二拍》；《聊齋誌異》以及筆記小說《庸盦筆記》、其他話本小說、《宣講集要》等，分別探究如下：

一、源自《醒世恆言》、《初刻拍案驚奇》

　　目前所知的故事源自《三言》、《二拍》的，有改寫自《醒世恆言》的〈錯姻緣〉及《初刻拍案驚奇》的〈南鄉井〉二篇：

1.〈錯姻緣〉

　　本《醒世恆言》中的〈錢秀才錯占鳳凰儔〉化出，原作是貌醜家富的顏俊想娶高贊的女兒，但高贊開出才貌兼備的條件，顏俊有自知之明，特商請託才貌雙全的錢青冒名頂替迎娶，豈料迎娶途中正好遇上大風雪，沒能按照原定時間將新娘子娶回，後來事實曝光，高贊當然十分不願意將女兒嫁給顏俊，一干人等吵鬧不休，縣大尹正巧路過主持公道，將高贊之女將計就計的嫁給錢青，終成郎才女貌的美眷佳話。《蹟春臺》作者將此故事幾乎是原封不動的借用，只是將人物的姓名改成胡培德、

王瑩與張瑛，胡培德即原作中的錢青，爲人正直且拾金不昧，王瑩與張瑛自小便指腹爲婚，結爲親家，但王瑩子癡，張瑛女賢，王瑩爲隱瞞眞相，買通胡培德之父逼子假冒新郎迎娶，胡培德身不由己，到了張家卻因天雨，困住難行，但卻依然謹守分際，不敢逾矩，之後新娘子張素貞向父母哭訴，假新郎之事才得以澄清，張家見胡培德品行端正，將計就計的反倒成就一份良緣。劉省三完全襲用馮夢龍的故事情節，只是在男主角胡培德的部份更動了一下，他在文章前部分寫到胡培德拾金不昧的情節，其實是日後他與張瑛結親的伏筆，他撿到錢的失主即是張瑛，作者刻意的安排在於說明「善有善報」的勸世宗旨，達到宣講故事以教化爲目的的創作旨趣。

2. 〈南鄉井〉

本《初刻拍案驚奇》中的〈東廊僧怠招魔 黑衣盜奸生殺〉原作多了頭回故事，講述的是宮山中靜修的東廊僧與西廊僧兩人，某日因東廊僧聽聞山下凄慘的哭聲，動了凡念，以爲廟中怪物出沒吃人，匆忙逃下山，逃亡途中失足墜井，在井中碰到被牛黑子殺死的馬員外之女，因而被指爲殺人兇手，入獄受刑，實際上是馬員外之女與杜生彼此早有情愫，馬員外見杜生家貧不答應這門親事，另許親家，焦急的馬員外之女在此時受到壞心的奶娘設計，一心期盼與杜生私奔，豈知這一切只是奶娘的計謀，她串通兒子牛黑子引誘馬員外之女帶著細軟出走，再將她賣了，後來馬員外之女發現來的人不是杜生，驚慌的大叫引發牛黑子的殺機，牛黑子殺了她再棄屍於井中，正好遇到落井的東廊僧，眞相水流石出後，終於還給東廊僧公道，而東廊僧經過修悟才知道這本是他前生宿債，日後更加堅定修道。劉省三的改寫使故事更加精彩，角色也加以換置，先是西廊僧品行不端，與大牛之妻通姦，大牛發現後向其索財，西廊僧反竟聯合友人將大牛殺害，棄屍南鄉井中，並連帶遷怒平日勸誡他的東廊僧，佯裝鬼怪嚇他出奔，東廊僧逃亡途中失足跌入井中，但這次在井中卻多出了一具屍體，這一男屍是大牛，另一女屍是鮑紫英，因此東廊僧被認爲是殺人兇手，緝捕入獄，大牛之母胡陸氏在找出害死兒子的兇手之時發現原來大牛之妻早在幼時就與姚思義苟合，因此以爲是大牛之妻與姚思義聯手將大牛殺害，將姚思義報官，而鮑家後來才發現原來鮑紫英的死是因爲受奶娘胡陸氏的陷害，眞相是胡陸氏的兒子黑牛假扮爲鮑紫英心儀而不准婚的杜青雲，騙她出走，事跡敗漏於是殺她滅口，至文末案情終於水落石出，兇手一一認罪。《躋春臺》將原本單一結構的故事發展得更爲多線複雜，一干人等關係交錯，環環相扣，節奏緊湊，是四十回中罕見的佳作，可惜的是在描寫罪犯認罪時皆是以冤鬼適時現身命其「快招！」，因而使兇手俯首認罪，此段缺乏眞實情境的描寫，並延續原作將東廊僧無端的牢獄之災解釋成前世留下的冤債，這都削弱了故事的藝術性，但此每每借用因果報應闡釋情節創作

手法，乃是宣講故事一貫的風格，《躋春臺》亦是沿用而已。

由上述兩篇改寫作品，可看出《躋春臺》作者在寫作時就故事內容來說與原作差異不太，有的是原封不同的借用，只是將人物姓名改變；有的是主要故事大綱不變，增加了一些次要的人物情節發展，使故事看來更爲豐厚，但整體看來較原作更加重的教化勸善風格，是《躋春臺》最顯著的特點。

二、源自《聊齋誌異》

目前所知的故事源自《聊齋誌異》的，有〈失新郎〉及〈血染衣〉二篇：

1.〈失新郎〉

本《聊齋誌異》中的〈新郎〉和〈小翠〉，原作的〈新郎〉是寫新郎在新婚之夜跟隨新娘身後外出，被新娘家人以在新居住不慣爲由，要求新郎暫且住下數日再歸，但事實上新娘人在家中，新婚之夜翌日不見新郎，家人以爲失蹤，遍尋不著，必遭不測，雖報案於府，官吏也無計可施，只能存案再辦，過了半年，新郎被新娘家人送出門歸家，回頭望見來處，竟是高冢。〈小翠〉是寫王太常少時曾遇狐來避雷霆劫也，日後生子元豐，絕痴，因而鄉黨無與爲婚，某日忽來一女，名曰小翠，自願與公子爲夫婦，平日雖看似常與公子嬉鬧，但實際上每在危難之際助王太常脫險，後來元豐奇跡似好轉，小翠因不能生育，爲延宗嗣，尋得新人入門，言貌舉止，竟與小翠無毫髮之異，才知小翠非一般女子，此段姻緣是王太常助狐所報。《躋春臺》結合這兩個故事，在故事中設計成劉鶴齡與羅云開這個兩組人物，兩條主線，劉鶴齡曾經解救羅云開打獵時獵得的黑狐，加上平日與妻行善，雖生痴兒珠兒，但遇奇女子綠波，自願爲婚且醫治好珠兒的病，而羅云開這家發生其子在新婚之夜無端失蹤的案件，羅云開不但失去兒子還落得被親家義子胡德修設計誣陷亂倫之事，使媳婦惹上官司入獄，最後巧遇劉鶴齡爲新任府官審理此案，查出原來新郎是受狐幻影所引出門，羅家找回兒子，呈清冤屈，一家平息。作者在此是以劉鶴齡與羅云開爲一對照組，以兩人行徑闡明爲善者終得善報，爲惡者終得惡報的道理，故事曲折，情節豐富。

2.〈血染衣〉

本《聊齋誌異》中的〈冤獄〉、在《清稗類鈔》獄訟類中的〈陽穀血衣案〉亦爲同篇，原作是寫陽谷朱生，少年佻達，喜詼諧，在喪妻之後求助媒婆另娶，見鄰人之妻美貌，與媒人戲言願意殺她丈夫再娶她爲妻，後鄰人出外討債被殺於野，朱生成爲嫌疑最大的兇手，官吏將朱生與鄰人之妻逮捕入獄，認定是他兩人有姦情因而殺夫，嚴刑逼供下兩人只好誣服認罪，甚至朱生的母親爲救兒子免繼續再受苦刑折

磨,割股染衣作為呈堂證物,後來是關帝前周將軍附身在真正兇手宮標上自首投案,坦白說出是見財起義的殺人事件,這起離奇的殺人命案才得以真相大白。〈血染衣〉中的故事情節大致相同,不同之處在作者將故事主角訂名為文必達與鄰人朱榮之妻寇氏,並對人物的背景及故事發展的情節多加深化,如在一開始即描寫文必達的母親是一位少年居孀,為人賢能,喜敬天地神明,年節朔望必至三王觀燒香,禮拜極誠的婦女,文必達首任妻子是為面麻足大,容貌醜陋之女,文必達嫌其貌醜,總想折磨死她另娶美妻,後來某日見到喜鵲雌雄恩愛情景,終於醒悟,夫婦和好,但無奈妻子從前已累積太多鬱氣,病深難治,半年遂死。之後文必達受冤入獄時,文家先前搭救的喜鵲受到三王的命令,撲至官的轎中申訴冤情,除了文必達和寇氏之外,還捲入文必達的同窗好友李文玉,作者認為他們兩人都是因喜談閨閫而遭到冤枉報應,最後真正的殺人兇手黑牛本在堂上不想認罪,但無奈有冤鬼在耳邊喊他「快招!」,於是才俯首承認。文末作者並對每個人予以大團圓式的結局安排,文必達之母因苦守冰霜,刻其成子,得到皇恩旌表,寇氏也因知恩不忘,生貴子,享福終身,而無端身懷錢財被謀殺喪命的朱榮,作者解釋其是因不孝被殺,總歸是善有善報,惡有惡報。作者將一起見財謀殺的命案舖述成一樁善惡有報的報應故事,從人物的背景作為即一步步的為日後結局留下伏筆,就連搭救喜鵲一段亦是如此,就思想價值而言,雖有千篇一律之感,但就情節設計而論,是可看出作者編排的用心。

　　《躋春臺》對《聊齋誌異》兩篇作品的改寫,主要是以不同篇的故事內容結合為主,人物背景深化為輔,架構出更具故事張力的作品,雖說故事改寫最後的結局均是導向勸善懲惡的教化宗旨,但作者創作巧思在更立體的故事中,展露無遺。

三、源自筆記小說《庸盦筆記》、其他話本小說、《宣講集要》

　　目前所知改寫的故事源自筆記小說《庸盦筆記》、其他話本小說、《宣講集要》,有改寫自《包龍圖判百家公案》的〈心中人〉、據李漁《連城璧》化出的〈比目魚〉及《十二樓》的〈巧姻緣〉、自《娛目醒心編》改寫的〈節壽坊〉、《庸盦筆記》的〈六指人〉及《宣講集要》卷二中的〈孝虎祠〉:

1.〈心中人〉

　　《包龍圖判百家公案》第五回〈辨心如金石之冤〉演之,《情史》卷十一〈心堅金石〉也載入。原故事寫李彥宜愛上妓女張麗容,雖父母不同意,仍堅持要娶,以至病重,父母只好讓步。但訂親後,張麗容卻被選送上京,李生沿途趕去,千里奔波,最後雙雙死去。焚其屍,唯心不化,堅如金石,各現對方影像。

　　〈心中人〉的基本情節框架相同,作者將名字改變為胡長春與張流鶯外,還有兩

個值得注意的地方。一是兩人之間的關係，從私定終身的男女轉變成已有婚約的夫婦：張流鶯與胡長春原本已訂親，流鶯雖然後賣身為婢救父，但仍立志守節，恰好主人家與未婚夫相鄰，兩人得見，發誓要做「節婦」、「義夫」。二是由於節婦義夫的行徑，大獲表彰：在文末皇上知道他倆心堅金石奇跡後，以其是「義夫節婦」大加旌表，「立廟建坊，春秋祭祀，與天地完正氣，與國家固根基」，胡長春被追封「信義大夫」，張流鶯追封「貞烈一品夫人」。而且後來張流鶯轉生為公主，胡長春轉生為丞相之子，被召為駙馬，再世團圓。由於這兩個改寫之處，一個愛情故事就被改變成一個節義故事了，捨生忘死的執著愛情追求，其心不化，互現對方影像的感天動地深情，一下子變質為對已定婚姻關係的恪守，是「義夫節婦」的堅貞不二，是節義感天現奇跡了，特別是後加的皇上旌表，既突出宣揚了「節義」與「國家固根基」的政治作用，又把一個感人至深的大悲劇變成了大團圓喜劇，不僅死後封贈旌表，而且轉生為公主、丞相子，再世團圓，貴不可言，而這一切都是為了顯示堅持節義會得好報的。

2.〈比目魚〉

據李漁《連城璧》中〈譚楚玉戲裡傳情　劉藐姑曲終死節〉改寫。原作寫譚楚玉對劉藐姑一見鍾情，為其進入戲班、爭取生角演出，只為一遂結為夫妻心願，但受到劉藐姑愛財的母親拆散，將劉藐姑賣給富翁，後來藐姑以死抵抗，譚楚玉也跟著她投水自盡，幸遇神靈及好心漁翁搭救，兩人不死，終於結為夫婦，譚楚玉也獲得功名，一家富貴。原是一個動人的愛情故事，劉省三將故事改寫成二人從小訂親，但譚楚玉受後母欺凌，仍守孝隱忍，劉藐姑因家變被賣到戲班，為守節寧死不肯學戲，這是作者刻意突出兩人孝、節的寫法，後來譚聽到劉的哭聲，得知是未婚妻，商量一起學戲可以得錢贖身，於是共同演戲，原作寫戲班規矩嚴，台下不許男女隨便交往，改為劉藐姑為守節，只與譚楚玉演夫妻，平時決不與人交言。之後富豪看中劉藐姑，她堅持「烈女不更二夫」，守節不從，演戲投水明志，最後，不僅廟神晏公見其「節義」，將他們化為比目魚，被漁翁救起復活，而且皇上聞知其事，也封藐姑為「節烈一品夫人」，楚玉為「孝義公」。作者以「忠孝節義是本根」（入話詩）為主旨，加寫後母虐子但子仍守孝，父母溺愛其子反被子忤逆，貪淫好色的富翁死於非命，即是把故事中的人物依照其行善或為惡做一陟罰臧否，也把一個動人愛情故事變成了義夫節婦的故事。

3.〈節壽坊〉

本《娛目醒心編》中的〈馬元美為兒求淑女　唐長姑聘妹配衰翁〉，原作是分為三回的故事，主角是馬元美與唐長姑，講述唐長姑自小就是一名極有見識的女

子，在嫁入馬家後，夫死子亡，為求延嗣，以死相逼自己的胞妹幼姑嫁給公公馬元美，之後連生三子，馬家香火得以傳承的佳話。後出的《躋春臺》有幾項相異之處：一、在形式上劉省三將《娛目醒心編》的分成三回的故事改寫成一回；二、人物的名字也改寫為唐壽姑與馬青雲：三、唐壽姑說服下嫁給公公的對象從胞妹改為阿姨；四、在說服對象的手法上從以死相逼改為以理相勸；五、原作中馬元美是被動的被告知再娶，改寫時的馬青雲已被事前通知，且表示拒絕，還定出「一要才貌雙全，二要少年閨秀，三要官家子女」這樣難題來故意阻撓媳婦為其再娶的念頭。

　　形式上由三回改為一回，使故事一氣呵成，劉省三在改寫時注意到原作中的幾個地方，首先是對象上的不適合：年僅十九歲的胞妹只憑相信姊姊的眼光就毫無考慮的答應與自己年紀相差半百的老翁成親，而要再娶的公公也未被事前告知，只是在情勢已成定局的情況下，半推半就的完婚，讓人覺得作者編寫的手法不夠細膩，再來是手法上的粗糙：唐長姑雖是能幹聰敏的女子，但在說服自己的父母讓妹妹嫁入馬家與說服公公再娶時，皆是以死來相逼的激進方式，女主角雖是以馬家延嗣的善意前提出發，但十分直接的以死來對自己的親身父母要求胞妹下嫁、以死來逼公公再娶，這樣的手法未免顯得太過粗糙、激進，這些部分可說是整篇故事內容的主要關鍵點，而在《躋春臺》中對這些地方都改善了，他讓女主角說服的對象改為因為依恃著自己條件很好而擇婿太過、尚未婚配的阿姨，且在遊說時先是動之以情：

　　　　壽姑曰：「我看姨娘這個樣兒，又替你喜又替你憂。」
　　　　花朝曰：「此話怎講？」
　　　　壽姑曰：「我看姨娘面似桃花，目若秋水，玉指尖尖，金蓮小小，而且琴棋書畫，件件皆能，詞賦詩歌般般可好，世間那有這樣才貌雙全的郎君來配咧？豈不可喜；又道紅顏薄命，才女多憂，遭逢不偶幾誤一生。不但此也，倘偶有疎失，則是明珠墮於泥土，奇花插于牛屎，欲上不上，欲下不下，豈不可憂？又想姨娘生來，少無父母，見棄哥嫂，家業凋零，孤苦無靠，我媽憐念，帶回家來撫養成人。這樣看來，姨娘的命不問可知。」
　　　　說得花朝哭泣不已。

她站在花朝的立場，發揮同理心的稱讚其強項、悲憫其弱勢，讓花朝感到被了解的快慰，再加上古人的成功前例：

　　　　周翁年高九十歲，娶得陳氏二入閨。後生周筥多聰粹，一十六歲中高魁。果老八十纔婚配。韋氏十八把他隨。一朝得道歸仙位，他的姓名

萬古垂。

和馬家老翁的優勢：

> 良田萬畝自來水，大廈千間甚宏輝。倉內錢財無處費，庫裡金銀錢幾
> 大堆。公公才高文章美，學入黌案奪府魁。如今居家習酬對，詩詞歌賦考
> 個批。公公壽元極高貴，精神充足步如飛。童顏鶴髮容貌美，從無疾病把
> 身危。如今有錢才爲貴，有財有勢人尊推。姨娘若到我家內，猶如平地一
> 聲雷。老陽少陰何匹配，好似老枝發嫩梅。又比長兄待妹嫁，得個叔叔福
> 自歸，那時才叫美中美，此人不嫁又嫁誰？

> 即或不幸公命廢，姪願一世把姨陪。朝夕唱和作詩對，此中快樂也不
> 虧。

壽姑不以死這種極端的手段逼親，而是一步步的以情、以事、以理相勸、遊說，讓
花朝自己心甘情願的答應這門親事，面對公公的堅持，壽姑是發動眾人的力量，先
是將三黨六親都請來，在親族面前訴說自己夫死子亡無以承續的處境，不如身死全
節，藉以懇求公公續絃，如此費心的安排，再再顯示壽姑的知情達理與處世週到。

　　兩則故事相較之下，雖然兩則故事的情節與結局都大致相同，劉省三的在細節
的寫作手法使故事讓人讀來更爲合情合理、細膩動人，可以感受到作者具有更深刻
對人情事理的體會與更高明的寫作功力。

4.〈巧姻緣〉

　　其中買老婦爲母的情節套《十二樓》中的〈生我樓〉，兩者的大同小異，差別不
大，均是在戰亂欲買女眷爲妻，結果亂賊將婦女以布袋罩頭，不能分辨的情形下，
任意選擇一個，買來才知是年事已高的老婦，主角只好將她認作母親，相異的是〈巧
姻緣〉中的水生在旅社中正好遇到相同際遇的老翁，但他買到的是一位年輕姑娘，
正是先前與水生訂親的翠瓶，在老姆的巧計掉包下，水生與翠瓶終於相逢，結爲夫
婦，成就一段姻緣美事，而〈生我樓〉中的姚繼買到的老姆，不但幫助他買到原本
與他就情投意合的曹氏女，而且最後發現這位老姆正是與父親離散的母親，一家團
圓。「買老婦爲母」均是兩件故事中的部份情節，〈巧姻緣〉仍承續宣講故事風格，
作者創作動機主要將其設計爲水生秉受善報的結果，而〈巧姻緣〉則將其歸咎於世
間人事之巧合，較無教化意味。

5.〈六指人〉

　　本《庸盦筆記》〔註87〕中的〈六指人冤獄〉、《清稗類鈔》獄訟類中的〈新郎被

〔註87〕　〔清〕薛福成，《庸盦筆記》卷三，載於《筆記小說大觀》一編（臺北：新興出版社，

殺案），兩者所述爲同一故事，是說在浙江時有鄉人在新婚之夜翌日，發現新郎死於廁所，才知於洞房之夜有一六指人趁新郎外出如廁時，適藏於廁中，本欲待夜深行竊，既見新郎，恐其出聲破壞，於是殺害，假扮其身入房，不但汙辱新娘，且將金銀首飾一概攜出。新娘既聞新郎已死且被人玷汙，遂自縊，經過數年，郡人經商於閩，在旅店中遇一六指人，覺得有異，詢問之下才知其爲當年此案眞正兇手，於是報案於官，逮捕議處。《躋春臺》將單純命案改寫爲一個爲子復仇的殺人事件，故事起因於戴平湖爲人師表卻行爲不端，嗜好男風，姦淫門生柳長青，長青之父柳大川因此心懷怨恨，趁平湖之子荷生與邵素梅洞房之夜，殺死戴荷生又玷汙素梅報復，黑夜之中素梅只認出盜賊爲六指之人，因此害恰好有六指的丁兆麟被誤會爲殺人犯入監，幸而後來城隍顯靈助官吏辦案，查明眞相，使善惡終有報應。作者在故事且加入獄中種種的黑暗面情節，如：賄錢不足、虐待犯人，對團倉禮的價碼討價還價的情形，使原本單純的命案故事，更反映現實，也可看出作者對監獄生活的深入了解。

6. 〈義虎祠〉本《宣講集要》卷二中的〈孝虎祠〉

原作是講發生在明末崇禎川北逹縣，主角是趙羽城，七十歲單生一子，妻死，打柴營生，一日入山被虎所餐，爲同行之人告知，趙羽城因而老來無人奉養、無以爲靠，到縣太爺前報案申冤，結果捕頭李能因平日在衙門害人多了，受城隍異案譴報，在眾人不敢出面揖捕的情況下自告奮勇的答應爲趙老捉虎歸案，他眞心悔過後，竟然老虎自現衙門投案認罪，自此後虔心奉養趙羽城，至趙終老，老虎孝行聞名鄉里，朝廷還命知縣修孝虎祠旌獎之。《躋春臺》中將故事主角改爲雷鎮遠與劉天生兩個同是孤兒寡母，以撿柴爲生，某日在撿柴途中遇猛虎攻擊，雷鎮遠逃過一劫下山，劉天生卻自此失去蹤跡，村中愛搬弄事非的刁陳氏就到江家去說嘴，認爲劉天生其實是被雷鎮遠爲日前爭奪兔子一事挾怨報復陷害，因此一狀將雷鎮遠告上法庭，縣官不察，在苦刑逼供之時，老虎竟自現法庭，承認劉天生是牠所食，因此縣官責判老虎代替劉天生盡孝道奉養其母，而老虎也欣然同意，啣物奉親、遂盡孝行，時值李自成作亂，雷鎮遠一家逃難之際發現劉天生現身，天生才說出失蹤五年來的行蹤，實在奇異，後來雷、劉兩家靠著老虎的幫助，破賊爲將，大獲奇功，恭順王感虎恩義，與牠立廟，四時享祭，名曰「義虎祠」。可以明顯比較出《躋春臺》改寫後情節更加曲折、人物角色更加多樣，並加入李自成作亂一事，使原本單純闡發孝義的道德故事成爲歷史故事，十分豐富。

1978 年），頁 105。

在改寫其他小說、古籍這部份，可以看到《躋春臺》在思想上較原作更為傳統保守的一面，原本感人的愛情故事，到了劉省三的手中往往變成義夫節婦的孝節表彰，故事中人物的一生，均是由個人行為善良與否做為判斷準則，行善者得善終，為惡著受惡報，不免讓人有千篇一律的束縛之感，但值得一提的是，作者在故事情節轉化時也多能考慮社會人情的真實感受，例如〈節壽坊〉中改以情理代替「死諫」說成一樁老夫少妻的婚事；〈六指人〉離奇命案的背後隱藏著為師者嗜好男風、姦淫學徒，學徒之父繼而挾恨報仇的事端等等，以更為符合人性的手法寫作，同時也反映其他作品中少見的監獄面相，這些都使《躋春臺》更具寫實色彩。

綜合以上十篇改寫的藝術手法，劉省三的創作可謂細緻用心，原本簡單的故事情節經由他的筆下往往更加豐富精彩，從人物的背景舖陳到性格刻劃，均見其用力甚深，唯一可惜的是作者是以「獎善懲惡」的創作動機出發，不論怎樣的情節設計最後總是以「善有善報、惡有惡報」的結局收尾，在他筆下的人物總不出「大團圓」式的制式人生，沒有開出新的境界，就小說創作的角度觀之是為敗筆，但若是以宣講故事的性質檢核，作者的表現也只是忠於此類文體的藝術精神，讀者也就不宜太過苛責了。

第三章 《躋春臺》內容析論

　　《躋春臺》出現在晚清,「晚清」,是指從道光二十年庚子(1840 年)到宣統三年辛亥(1911 年)這段時期,這時期的通俗小說達到了空前的繁榮,主要有三個特點:一是數量相當可觀,據阿英和日本樽本照雄的大略統計,當時單冊出版的小說作品,約有幾千種之多。〔註 1〕二是反映的社會生活面廣,凡是國家大事、尖銳的社會問題,小說中幾乎都有反映,揭露帝國主義的侵略罪行,揭露統治階級的腐朽沒落,揭露世風的墮落和社會黑暗。三是這時期的小說貼近現實,近距離反映生活,小說帶有報紙新聞特寫的性質,這些都成為晚清小說的主要內容。我們探討《躋春臺》,可見四十回故事,不但是表現了上述晚清小說一貫的內容特點,更有著墨於監獄、獄政特殊的情節內容,茲分為三部分細探之:

第一節　揭發監獄黑幕

　　蔡國梁指出:「《躋春臺》四十篇,其中對監獄中審案、判案的情況多所描寫,四十篇中寫冤案的有二十五篇,約佔百分之六十,冤案的情節與牽涉的人物幾乎無奇不有,筆觸延伸到現實生活的各個方面,旁及世態時風的瑣細微末,公堂和監獄

〔註 1〕 關於晚清小說的數量,向來沒有精確的統計,阿英在早年出版的《晚清小說史中》,估計印成冊的作品「至少在一千種五百種以上」,見該書第 1 頁,臺北:臺灣商務印書館,1996 年臺二版版一次刷。而他後來寫的未刊遺稿〈略談晚清小說〉中,又估計「印成單行本的小說,至少在兩千種以上」,見《小說閒談四種・小說三談》,上海古籍出版社,1989 年,頁 197。日本學者樽本照雄所編《清末民初小說目錄》(修訂本),所收時段為 1902～1918,不足二十年,而成冊和在報刊上發表的單篇小說作品共收入 16014 種之多,參見夏曉虹〈近代小說知多少〉,載《晚清的魅力》,(百花文藝出版社,2001 年)。

幾乎成了社會的縮影。〔註 2〕」可以見得監獄事件的呈現，是本書特出的內容。同時，歐陽代發在《話本小說史》中說：「寫官吏貪酷、濫施毒刑、苦打成招，還是以前話本小說中常有的內容，《躋春臺》更引人注目的是關於監獄生活的描寫，這是歷來小說中少見的，讓人眼界大開，看到清末社會黑暗腐敗到何等程度。〔註 3〕」正如胡適所言：「史料的來源，不拘一格，搜采要博，辨別要精，大要以『無意於僞造史料』一語爲標準。雜記與小說皆無意於造史料，故其言最有史料價值，遠勝於官書。〔註 4〕」透過《躋春臺》作者之筆，揭露了晚清社會的腐敗和墮落的社會現狀，將冷硬的史料做生動化的呈現，忠實反映清末社會市民階層生活，描述了眾多的下層小人物形象，可爲研究清末社會極具價值的參考。

此外，作者在審案、判案情節著墨甚多，這使得《躋春臺》具有「公案小說」的特色，公案小說的名稱始見於宋代「說話」，即話本小說中的「說公案」。據宋代耐得翁《都城紀勝・瓦舍眾伎》載：「說話有四家。一者小說，謂之銀字兒，如煙粉、靈怪、傳奇。說公案，皆是搏刀趕棒及發跡變泰之事。〔註 5〕」學術界一般把「說公案」看作是公案小說的雛形。公案小說是以公案事件爲題材的，寫判官折獄判案的故事，有因財而起的公案，也有因色而起的公案，公案小說理應包括作案、報案、審案（偵破）、判案等幾個環節，對於這個過程的描寫，極易造成懸念，引起讀者閱讀的興趣。

公案小說的描寫反映了非常廣泛的社會生活，揭示了各種錯綜複雜的人際關係和社會矛盾。公案小說的大量產生，從社會的角度看，反映了人們對於官府清明、判案公正、社會有良好秩序的願望，雖然這不意味著小說中所描寫的判官形象總是正面的；另外從政治的角度看，刑法體系和獄訟制度的建立，是公案小說產生的政治因素。曹亦冰提出：「公案小說的主題思想正是體現了刑法和獄訟的思想實質，從文學審美的角度看，公案小說中的故事情節就是文學化的獄訟過程。〔註 6〕」

本書的公案小說思想藝術並未特別高妙，多是一貫的判案模式與審案過程，破案常靠夢驗與神助，讓人讀來感到牽強。只是由於案情的複雜與人犯的多樣，才使

〔註 2〕 蔡國梁：〈從《照世杯》到《躋春臺》──清擬話本始末〉，收於《明清小說探幽》，台北：木鐸出版社，1987 年，頁 237。

〔註 3〕 歐陽代發：《話本小說史》（武漢市：武漢出版社，1994 年），頁 482。

〔註 4〕 轉引自董挽華：《從聊齋誌異的人物看清代的科舉制度和訟獄制度》，國立臺灣大學中國文學研究所碩士論文，嘉新水泥公司文化基金會研究論文，1976 年，頁 114。

〔註 5〕 （宋）耐得翁：《都城紀勝》，參見《文淵閣四庫全書・史部・地理類・雜記之屬》（台灣商務印書館）第 590 冊，頁 13。

〔註 6〕 曹亦冰：《俠義公案小說史》（浙江古籍出版社，1998 年），頁 4。

人們看到世風日下的社會一角。但是，值得一提的是，故事內容對監獄生活多所著墨，堪爲本書特色，正如蔡國梁的評論：「作者對監獄生活的熟悉，如新犯進監獄要拿出錢物和監，這是歷代各類小說所罕見的。〔註7〕」《躋春臺》一書反映的監獄黑幕可分爲以下二個部分：

一、獄卒與老犯狼狽爲奸

本來監獄是個執行刑罰的重地，若不是待罪服刑，正常人是沒人願意久待的，根據《清史稿》記載：「從前監繫罪犯，並無已決、未決之分，其囚禁在監，大都未決犯爲多，既定罪，則笞、杖折擇釋放，徒、流、軍、遣即日發配；久禁者展，絞監候而已。徒以上鎖收，杖以下散禁。〔註8〕」，罪犯一旦定罪，即刻施行，但事實上由於清代獄政腐敗，案件來來回回轉審的時間往往拖延甚久，獄規又執行不力，故「久禁」的現象也就屢見不鮮了，而犯人在獄中待久了，自然也跟獄卒有了交情，有的甚至還靠在獄中勒索新犯賺錢養家人，樂得不想出獄了，在徐珂《清稗類抄》訟獄類中〈獄囚利久繫得金〉一文中就提到這種情況：

> 獄囚之久繫者，率與胥卒表裡爲奸，魚肉諸囚，頗有奇羨，此固所在皆是也。同治時，有山東人張某者，商於京師，以殺人論絞，繫獄垂十年，歲入幾千金，付其妻子，使營子母。光緒乙亥，大赦出獄，稽簿籍，則已贏數千金。既出而大恨，以諸治生是皆莫如因之逸而豐也。張家居歲餘，鬱鬱不樂，會坊中有毆人致死，案送刑部。張喜得間，急以金賄部吏，使竄己名從犯中，遂復繫監，所積益不貲。庚寅，德宗大婚，孝欽后歸政，又值大赦。獄故有他囚，欲效其所爲，而資望勢力皆不及，記非去張，不得專利。乃亦以重金賄吏，於張案獨聲明其久在輦下，恣爲姦利狀，請遞解回籍，以弭後患。堂司官可之，張遂攜妻子彙萬金出都門矣。臨出獄門，愀然曰：「吾遂不得復居此耶。」〔註9〕

監獄成了老犯營生養家，樂不思蜀的生財之地，使得犯人們趨之若鶩，還要重金賄官，以達成留在獄中的心願，實在讓人不可思議。《方苞集‧獄中雜記》中也有類似的記載：

> 姦民久於獄，與胥卒表裡，頗有奇羨。山陰李姓以殺人繫獄，每歲至

〔註7〕 同註2，頁239。
〔註8〕 見《清史稿》，卷一百五十，〈刑法志三〉，參見《續修四庫全書‧史部正史類》，（上海古籍出版社），1995年，頁11。
〔註9〕 徐珂編撰，《清稗類鈔》第三冊（北京：中華書局，1984年），頁1125。

數百金。康熙四十八年，以赦出，居數月，漠然無所事。其鄉人有殺人者，
因代承之。蓋以律非故殺，必久繫，終無死法也。五十一年，復援赦減等
謫戍，嘆曰：「無不得復入此矣。」故例：謫戍者移順天府覊候。時方冬，
停遣，李具狀，求在獄候春發遣，至再三，不得所請，悵然而出。〔註10〕

獄中罪犯不想出監，想盡辦法留在獄中，一旦沒辦法繼續留下，還悵然若失，這無
疑是反映出監獄獄政不尋常的怪現象。

老犯究竟是如何欺壓新進犯人？且見〈南鄉井〉中的紈綺子弟田思義入獄後：

老犯素知思義是個肥鱉，諸般私刑一併誠嚇。其父痛子情切，隨要多
少，價出講銀三百，把監和好。……又請人進衙關說，出銀一千買命，官
次逆案不准。他遂賄通官衙人役，隔壁進言。官時聽人談，說某案有冤，
心想：「此案東廊僧已認，我又何必認真，多傷人命，不如受了千金，將
他釋放。」

犯人入獄後，老犯即探知他的底細，若為富家子弟，就會趁機敲詐一番，要是不從，
私刑通通用上，把犯人折磨得不成人形，最後家屬們只好花錢消災，同樣情節的再
現愈見老犯心腸歹毒：

眾犯聽得光明在放大利，是個有錢主兒，把他弄得不恐不活的。過了
一夜，光明受刑不過，得應一百串錢，又無親人，在舖內寫筆帳，將字約
交與舖內，方才鬆活。（〈捉南風〉）

遇到有錢的新犯，見錢眼開，趁機敲詐，否則更加凌虐。而老犯為何敢如此囂張？
是因為背後有人撐腰當靠山，官吏獄卒們明知有這樣的事情，也是放任不管，只是
收受賄賂，不再明察真相。獄卒與老犯兩者狼狽為奸，上下交相賊，〈審煙鎗〉中的
這段：母女姊弟哭得氣斷聲嘶，監中先有兩個女犯來勸曰：「李大娘不必哭泣，你女
既已招供，哭也無益，不如拿些錢與管監大爺，解了刑具，使你女也得安逸，慢慢
設法打救。」劉氏拿錢與他，求其看照。女犯歡喜應允，曰：「李大娘不必掛牽，凡
事有我去與禁子管監的說。」只見老犯在獄中的權力頗大，是新進犯人與獄卒間的
中間人，新犯必須拿錢賄賂，才能換得好日子。而官吏執法不公、包庇老犯私自刑
求、索錢，讓監獄更顯黑暗。

二、老犯強取和監

古代司法體制中檢察與審判是合而為一的，州縣官身負法官、檢察官、警官和

〔註10〕參見《方望溪全集》，卷六，紀事，（河洛圖書出版社，1976年），頁353。

驗屍官之責。在州縣審判過程中或者是定讞之後，就會將犯人「丟卡」，即關進監獄。監房有分內監、外監及女監三種，《欽定六部處分則例》規定：「各處監獄，俱分建內外兩處。強盜並斬絞重犯，俱禁內監；軍流以下，俱禁外監。再另置一室，以禁女犯〔註11〕」，但衙役往往在拘捕或傳喚人犯、干連人證時，恐其逃脫而遲誤審判，又想趁機敲詐，於是就有了私設的監獄，叫做「卡房」，又稱班房、羈候所、押館、差館者，其功能猶如今日之看守所。《清史拾遺·清代的捕快》中記載：

> 清代州縣有私監，內設巨鍊、項圈、木柞等刑具，受入人犯，上用項圈緊鎖頸項，兩手及身體綑綁生根巨鍊，下用木柞枷足，人犯要上不能上，要下不能下，卡在牆邊，這種私監，就叫做卡房。〔註12〕

事實上律例雖允許差役看押人犯，但禁止差役私設班館，〔註13〕《六部處分則例》且規定有州縣官知情故縱或失於覺察之責任，情節輕者降級留任，情節重者革職。〔註14〕又除私設班館外，差役亦有私設倉鋪所店看押人犯者，亦為律例所禁。〔註15〕因為差役看押人犯，往往易滋流弊。汪輝祖曰：「案有犯證，尚須覆訊者，勢不能不暫予羈管。繁劇之處，尤所多有。然羈管之弊，甚於監禁。蓋犯歸監禁，尚有管獄官時時稽查。羈管則權歸差役，稍不遂慾，則繫之穢處，餓之終日，恣為陵虐，無所不至，至有釀成人命。貽累本官者。若賊犯久押，則縱竊分肥，為害更大。〔註16〕」陳宏謀亦指出：「（捕役）非指索飯錢，則囑扳殷儒，非縱令行竊，則嚇使妄認，到官之時，有拷打可以驗傷而知，其如何囑扳，則官固無從得知也，此交捕管押之不善也。〔註17〕」故愛民州縣官均主張不宜交差役看押人犯，如汪輝祖即曰：「非萬不得已，斷不可押。〔註18〕」陳宏謀也主張：「凡拏到盜贓窩夥，不許停留捕役之家，務須即時稟官，官亦即時傳訊，被獲時審係真賊真夥，立即散寄外監。如非真夥，立即省釋。不許交捕役管押，更不許含糊取保，又滋

〔註11〕《欽定六部處分則例》，卷四十九，禁獄類，〈查勘監獄〉（臺北縣：文海出版社），頁1025。
〔註12〕莊吉發：《清史拾遺》（臺北市：學生書局，1992年）
〔註13〕《大清律例會通新纂》，（《近代中國史料叢刊》第十冊，臺北縣：文海出版，1987年），卷三十四，頁17。
〔註14〕〔清〕文孚纂修：《六部處分則例》，收於《欽定六部處分則例》五十二卷（臺北縣：文海出版，1969年，近代中國史料叢刊第34輯），卷四九，頁3。
〔註15〕同前註。
〔註16〕〔清〕汪輝祖：《續佐治藥言》，收於〔清〕張廷驤編《入幕須知五種》（臺北縣：文海出版，1968年，近代中國史料叢刊），頁190～191。
〔註17〕〔清〕陳宏謀：〈申明賊盜誣良禁令詳〉，見《牧令書》卷一九，（《官箴書集成》第七冊，合肥市：黃山書社，1997年），頁446。
〔註18〕同註16，頁407。

他弊。〔註19〕」差役看押人犯，雖然弊端叢生，但直省各州縣，仍然普遍行之，這一點從《躋春臺》中就可得知，犯人入監服刑，獄中眾犯也要求所謂的「團倉禮」，犯人家屬必須用金錢來為囚犯換得鬆刑，若是賄錢不足，就連獄中眾犯也會群起加虐囚犯：

> 來到卡中，母子抱頭大哭，問及苦刑勉招之故，心如刀絞，即拿銀一錠作團倉禮。眾犯怒曰：「這點銀子不夠眾人吃水，拿來做啥？」曹氏問：「要好多？」眾犯曰：「一千不多，八百不少，說得好咧只要四百兩。」曹氏大驚曰：「甚麼！就要許多，到底出了銀子，還填不填命咧？」眾犯曰：「這是團倉禮，誰管你的案情。」曹氏無奈，只得哀告。眾犯大怒，把銀丟地，命雞子將兆麟弔作半邊豬，捉虱放頭，以津唾面，又灌陽溝水。曹氏急得肝膽皆裂，撿起銀子邊走邊罵。（〈六指頭〉）

這種失序的情況，上屬不但不察，反認為平常，這不免讓人有官吏與獄中老犯「上下交相賊」，連成一氣的聯想：

> 曹氏將卡犯逼搚銀錢、私刑弔打之事從頭細訴一遍。官曰：「他初進卡，犯人要點喜錢，拿些與他，自然安靜，何得喊冤？」曹氏曰：「就是喜錢，也要不得許多，況既犯法，何喜可賀？未必賀他能夠殺人嗎？」官無言可答，半晌說道：「他不要錢，那有食用？」曹氏曰：「監卡飯食，皇上設有稀粥，何得取自新犯？分明是卡犯逼搚銀錢，與大老爺分，因此纔不經究。是這樣又要填命，又要搚錢，民婦破著老命，告到皇畿帝京，都要與兒伸冤，闔州除害。」（〈六指頭〉）

曹氏的話語帶諷刺卻又非常真實，新犯入獄，竟要交出一筆數目龐大的「喜錢」，令人費解；同樣的情形也發生在〈審禾苗〉中，且看這段：

> 禁子上前勸曰：「廖大爺，你既愛女，何不早把監和，鬆了刑具，免得受苦。」廖老與女犯說明數目，把錢付好，又拿些錢與桂英使用，方纔出監。來至卡門，見何老夫婦亦來，各訴冤苦，求禁子開門進卡。見何良易鐵繩鎖項，撩足肘手，拴在廁邊。何老夫婦哭曰：「喂呀，兒呀！你如何就是這樣了？」良易曰：「爹媽不知，因兒無錢和卡，受盡私刑，把兒弄得不死不活，度日如年，實在難過。」

有錢的可以和卡出監，沒錢的只好身受折磨。〈心中人〉裡的老犯在強索和監錢時說：「百串不多，八十不少，這點不夠眾人買水吃，拿來做啥？」惡劣至極，明明是件

〔註19〕同註17。

不義之行卻如此理直氣壯，無疑是叫已身陷囹圄，官司纏身的罪犯更是雪上加霜。

第二節　譴責獄政腐敗

造成監獄黑暗生活的主要原因，來自於獄政的腐敗，因為做為判案的官吏執法不當，當然造成冤獄重重，他們的失職行為如下：

一、屈打成招

「刑求」一直是中國監獄常存在的現象，就中國古代的審判實踐與法律規定而言，刑求逼供也是在使案件最後得以做出判決的重要保障，因為如果沒有被告的認罪，即使已有其他證據，案件依然不能了結。〔註20〕這樣一來，刑求逼供也就無可避免〔註21〕，換句話說，在中國古代社會裡，刑求逼供似乎存在著必要性與合理性。清代審訊人犯允許刑訊，州縣官於人犯不肯招承時，得命皂隸行刑，迫使人犯從實招供。法定刑具有三：曰板，曰夾棍，曰拶指。板指大竹板，「以竹箆為之，大頭徑二寸，小頭徑一寸五分，長五尺五寸，重不過二斤。〔註22〕」「夾棍，中梃木長三尺四寸，兩旁木各長三尺，上圓下方，圓頭各闊一寸八分，方頭各闊二寸。從下量至六寸處，鑿成圓窩四個，面方各一寸六分，深各七分。拶指以五根圓木為之，各長七寸。徑圓各四分五釐。〔註23〕」除以大竹板、夾棍、拶指拷訊外，清律第三九六條附例尚准許以擰耳、跪鍊、壓膝、掌責等方式拷訊。〔註24〕但使用夾棍拷訊，原則上必須符合：（一）重大案件（二）不吐實情或翻供兩項要件，清律第三九六條附例規定：「強竊盜人命，及情罪重大案件正犯，及干連有罪人犯，或證據已明，再三詳究，不吐實情，或先已招認明白，後意改供者，准夾訊外，其別項小事，概不許濫用夾棍。〔註25〕」一次審訊當中只能使用夾棍拷訊二次，清律第一條附例規定：

〔註20〕日本學者滋賀秀三指出：「口供與證據不是一口事，斷罪原則上以口供為憑，僅僅例外地——承認不承認這個例外依時代而不同——才允許根據不是口供的證據來斷罪，這就是中國人的思考樣式。」〔日〕滋賀秀三著，王亞新譯：《中國法文化的考察》，刊於滋賀秀三等著，王亞新、梁治平編：《明清時期的民事審判與民間契約》（北京：法律出版社，1998年），頁10。

〔註21〕在中國古代法律制度中，拷訊的歷史頗為悠久，至少在西周，法律對此已經有所規定，譬如《禮記月令》所謂：「仲春之月……毋肆掠，止獄訟」

〔註22〕同註11，卷七二三，頁6。

〔註23〕同前註。

〔註24〕同註11，卷八三九，頁5。

〔註25〕同前註，頁2。

「其應夾人犯，不得實供，方夾一次。再不實供，許再夾一次。用刑官有任意多用者，該管上司不時察參，儻有徇隱，事發並交部議處。〔註26〕」(《六部處分則例》)，嚴禁獄卒凌虐罪囚〔註27〕，但實際上獄卒凌虐罪囚的情形十分普遍。黃六鴻曾列舉凌虐罪囚方法十餘種之多，如打攢盤、濕布衫、上高樓、雪上加霜、打抽豐、請上路等名目。〔註28〕黃氏曾慨嘆當時監獄之弊情：「犯人入獄，性命懸於獄卒之手。所謂生死須臾，呼天莫應者也。其致死之由，有獄卒索詐不遂，買命無錢，而百般凌虐以死者。有共案諸人，欲要犯身亡，希圖易結，因而致死者。有仇家買囑，隨機取便，謀害以死者。有婪官利其贓私，致之死而滅口者。有神姦巨蠹，恐其倖脫，而立取病呈者。夫獄卒仇家諸人，草菅人命，固憲典所不容矣，至于婪官攫取家貲，而又戕其性命，是何異於劫財殺人之盜哉？〔註29〕」在《躋春臺》中每個審案的過程就可以見到許多虐待罪犯的方法，審案的官吏秉持著囚犯「不用苦刑如何肯認」的出發點，受抬盒、夾指、掌嘴、用竹籤釘指〈失新郎〉、甚至「弔作半邊豬，捉虱放頭，以津唾面，又灌陽溝水」(〈六指頭〉)、把人當作動物般的「囚籠」(如〈雙金釧〉)，簡直不把犯人當人對待，三日一拷，五日一打，就連獄中的眾犯也參與施刑，「脫衣放虱、生處便桶邊」(〈心中人〉)，凌虐犯人使他求生不得、求死不能，最後禁不起這一連串的苦刑，只好草草認罪：

> 這一陣喊催刑如要過命，已經在閻王殿走了一巡。想不招大老爺刑法
> 太狠，若招了是盜殺法律不輕。與其在受苦毒生而貧困，倒不如招了供死
> 得安寧。大老爺快鬆刑民願招認，盜銀兩殺熊氏一概是眞。」(〈孝還魂〉)

又如在〈十年雞〉中，官吏對民女卓氏先是苦打逼供，一心判定她爲遂姦情，所以殺死親夫，卓女不堪苦刑，最後只好做假承認眞有姦夫，名叫「莫須有」，這官吏竟也眞的相信：「訴罷，官命丟監，詳文上省，出票捉拿姦夫。四處訪問，並無其人。」可見官吏的昏庸與辦案時的不察。

「刑求」的目的，一方除了逼供，另一方面是爲官吏向囚犯索取錢財：

〔註26〕同註11，卷七二三，頁2。

〔註27〕同註14，頁2。

〔註28〕本管牢頭與眾牢頭群來幫毆，名曰打攢盤。夜間傾水濕地，逼令睡臥，名曰濕布衫。將犯人足弔起，頭向下臥，名曰上高樓。捏稱某犯出入難以提防，既上其杻，又籠其匣，名曰雪上加霜。牢頭詐飽，又唆散犯客各出錢五、六文，買雞肉等，送與新犯，本管牢頭，又派一帳，如不遂意，即唆散犯成群凌虐，名曰打抽豐。無錢使用者，遇親屬送飯來，故令餓犯搶去，甚至明絕其食，名曰請上路。參見〔清〕黃六鴻，《福惠全書》，(清光緒十九年文昌會館刻本，《四庫未收書輯刊》，參輯，十九冊)，卷13，頁3。

〔註29〕同前註，頁2。

這官原是捐納出身，貪污殘忍，雖知此案有冤，他想銀子，故意苦打成招，命人示意。那知段老陝以財為命，全肯受刑，在卡中百般私刑，俱已受過，只出十兩銀子，卡犯把他弄得不死不活。過幾日，官提出清供，見他動作不得，只有一線之氣，知是私刑逼財，勃然大怒，即將管卡犯們與禁子各打一千，方才把卡和了。官見老陝不肯捨財，把他三日一考，五日一比，問要頭首，打得兩腿稀爛現出筋骨，還是一文不肯。（〈蜂伸冤〉）

苦刑的背後，包藏著收賄的禍心，甚至於是明知囚犯有冤，不但不予澄清，反恐嚇囚犯，認罪到底，不得申張：

> 臨解招審官吩咐曰：「你若到上司反供，發回本縣刑法利害，要你生不得生，死不得死，那時纔叫失悔。你只管認了，本縣之文已與你筆下超生，不要害怕。」（〈審煙鎗〉）

刑求所造成的冤獄無數，草菅人命，相當悲慘。

二、收賄貪污

「有錢判生、無錢判死」，金錢能通鬼神，常成罪犯了遂私願，藐視道義的可怕工具，清康熙一朝，貪贓的個案就層出不窮〔註30〕，官吏往往不分青紅皂白，不求真相，只認金錢，差役收受陋規與舞弊貪污，名目極多：

1. 相驗時，有命案檢驗費。〔註31〕
2. 勘丈時，有踏勘費。〔註32〕
3. 傳喚時，有鞋錢、鞋襪錢、車馬費、舟車費、酒食錢。〔註33〕
4. 拘提時，有解繩費，解鎖費。〔註34〕
5. 審訊時，有到案費、帶案費、鋪堂費、舖班費。
6. 管押時，有班房費。
7. 監禁時，有進監禮。
8. 保釋時，有保釋禮。

〔註30〕 參見康熙五十年：「清康熙…，江南江西總督噶禮疏恭江蘇按察使焦英漢貪黷性成，藐視民命，巧詐欺飾，命革職提問。」載於《大清聖祖仁（康熙）皇帝實錄六》（台灣華文書局，1964年），頁3316。
〔註31〕 瞿同祖：《清代地方政府》，北京市：法律出版社，2003年，頁48。
〔註32〕 同前註。
〔註33〕 同前註，頁65。
〔註34〕 〔清〕袁守定，《圖民錄》，（《官箴書集成》第5冊，合肥市：黃山書社，1997年）卷二，頁24。

9. 和息時，有和息費。

10. 結案時，有結案費。

11. 招解時，有招解費。

諺云：「堂上一點硃，民間千點血。」傳喚拘提人犯時，州縣須於差票上勾硃，硃筆一勾，差役即得持以勒索被告人等，小民傾家蕩產，不勝其苦。《州縣事宜》頗能說明差役之貪弊：「初任牧令，除人命盜賊，錢糧頑戶，逃犯賭博，一切事關地方者，自應照常差役，著落查捕，不可稍有縱延外，無事之時，斷不可聽其借名慫恿，輕差下鄉。蓋此輩城狐社鼠，假威以逞，其視農猶魚肉也。一旦奉差下鄉，聲焰俱赫，里巷婦子，畏之如蛇蠍，而且指東話西，大言恐嚇，飽噉鷄黍，勒索錢文，稍弗其意，輒咆哮詈辱，莫敢誰何，小民但期無事，惟有吞聲受之而已。所以不但無事不可輕差，即有平常需差之事，亦必當面諄諭，務令斂跡奉公，再衙門之弊，尚有買號謀簽者，乞恩賞票者，夫發簽出票，不過奔走之事；乃至於為恩為賞，可謀可買，則差之為利顯然，而差之為害亦顯然也。〔註35〕」

〈活無常〉中的素娥被舅母童氏誣告入獄，「童氏見官不究，恐官司打輸，誣告加等，遂將素娥帶來二百銀子託人送官，官見銀黑心，苦打成招，畫押丟監，申文上司。」有錢就能左右審案，顛倒是非，收賄的風氣，十分嚴重，不只於審案的過程，就連判案定讞的結果也是如此：〈巧姻緣〉中棟材用錢賄通衙門內外的人，要大家齊口一致的說水生的不是，目的為將女婿水生治死，而縣官竟也聽信謠言，信以為真：

> 誰知棟材進城，把衙門內外賄通，總想治死女婿。縣官聽得處處都說金水生人小計大，最愛貪淫，兼之心毒，沾著就說要殺人，若把此案滾脫，後來定是個大殺手。官因眾說一般，心始疑惑，夜出衙外，見房班處處交頭接耳，俱說此女定是水生殺的。官以為實情，次日提訊，將水生苦打成招。棟材藏刀於店，官又要水生獻刀，差人帶進店內，把刀拿去獻官。官見刀上有血跡，信之不疑，遂命丟卡，……。

官吏一開始還心存懷疑，但看到越來越多人說水生是殺人兇手後，就草率的信以為真，任意刑求定案，如此這般使公理難伸，更令人氣憤的是，為官的還暗示囚犯繳錢才能放人：〈心中人〉中作者更明說到：

> 再說無錫縣官是捐納出身，極其貪污，張錦川之事王府尊都不追究，他總想得點銀子才放，命人示意錦川，要銀二百。錦川請人去說，至少都

〔註35〕〔清〕田文鏡：《州縣事宜》，收於《官箴書集成》第3冊（合肥市：黃山書社，1997年），頁678。

要百兩，錦川那裡去辦，只好守法而已。

執法的官員如此，就連位屬下階的差人，也要趁職務之便，強索銀錢：

> 喬曰：「最毒衙門人，做事莫良心。下鄉去叫案，動說錢與銀。若把
> 人叫倒，吃飯又開燈。……」（〈審豺狼〉）

同樣如此惡質的官吏，屢屢出現在《躋春臺》中，〈巧報應〉中的巫姓縣官也是如此：
「時大寧縣官姓巫，係軍功出身，貪財虐民，不講家規。」

三、偽造假證

在苦刑的逼供及官吏與老犯的殘酷暴行下，犯人為求解脫，除了含冤認罪、繳
納錢財冀求花錢消災之外，為使全案順利完結，還必須偽造假證：在朱榮命案中，
文必達遇上軍功出身，未曾讀書，性暴多疑，喜用刑杖的判官，明明並未殺人，卻
屈打成招，為了提出命案的物證——血衣，文必達的母親也不得不祭出非常的手段：

> 葉氏曰：「我兒為何招有血衣，你未殺人，這血衣從那裡得來？」
>
> 必達對母哭泣道：……官問兒要凶刀好把案定，兒因此纔說有血衣為
> 憑。無血衣將你兒三考六問，隔幾日要受過九死一生。有血衣無非是將兒
> 抵命，無血衣受苦刑也要命傾。有與無遲與早俱皆一定，倒不如早些死免
> 受非刑。若不信娘看兒兩腿刑印，皮肉爛血糊塗大現骨筋。
>
> ……
>
> 「為娘怎不心痛，莫得血衣，叫為娘拿啥來獻？」
>
> ……
>
> 無血衣打主意也要呈進，難道說兒受苦娘不痛心？
>
> ……
>
> 葉氏心想：「打個啥主意纔有血衣？……不如割股染衣，解兒燃眉。」
> 於是取兒舊衣，手提鋼刀，在後園邊哭邊割，把衣染畢，用火烘乾交差，
> 回縣呈官。（〈血染衣〉）

雖然不管有沒有血衣都難逃一死，但為了幫助兒子免除在世刑求的痛苦，母親不惜
割股染衣造假證，此割股染衣，偽造假證的場景，實在令人觸目驚心，經由作者之
筆，呈現出的是苦刑與冤獄逼人的司法亂象。

我們在《躋春臺》中看到各式的錯案冤獄，背後造成的原因除了以上幾種之
外，還包括徐忠明所示的：官民上下之間的差距〔註36〕、中國古代「熟人」社會

〔註36〕徐忠明指出：在中國古代社會中官吏好比父母，而對中國古代倫理准則來講，天下
　　　　沒有不是的父母；父母懲戒責罰子女，乃是理所當然的權力與職責。于此相反的，

結構〔註37〕，雖然大清律法中有「斷罪不當」法律規定：凡斷罪，應決配而收贖，應收贖而決配，各依出入人罪，減故失一等。若應絞而斬，應斬而絞者，杖六十。失者，減三等。其已處決訖，別加殘毀死屍者，笞五十。若反逆緣坐人口，應入官而放免，及非應入官而入官者，各以出入人流罪故失論。〔註38〕對於官吏在司法上的犯罪予以嚴屬的處罰，希望以建立嚴格的法官責任制度，但前述的社會背景使一般的小老百姓承受不平的冤屈、產生無數失去公正的獄案，甚至總是牽連一干身邊的親人朋友，終是獄政難以推展、正義難以伸張。

在《躋春臺》四十回故事中寫冤案的就有二十五篇，約佔百分之六十，作者意從官場辦案不利，揭露晚清社會腐敗和墮落，特意突出辦案人員的昏庸草率，例如：〈六指頭〉講述一個為替子報仇，在新婚之夜犯案的故事，其中因天生六指頭而被誤認為凶手的丁兆麟入獄後遇上苦打逼供的判官再加上貪心不足的卡犯：卡犯知他家富，人人歡喜，即命雞子加刑。獄中犯人為求少受些苦刑，花錢消災，卻遇卡犯獅子大開口：來到卡中，母子抱頭痛哭，問及苦刑勉招之故，心如刀絞，即拿一銀一錠作團倉禮。眾犯怒曰：「這點銀子不夠眾人吃水，拿來做啥？」曹氏問：「要好多？」眾犯曰：「一千不多，八百不少，說得好咧只要四百兩。」曹氏大驚曰：「甚麼！就要許多，到底出了銀子，還填不填命咧？」眾犯曰：「這是團倉禮，誰管你的案情。」曹氏無奈，只得哀告。眾犯大怒，把銀丟地，命雞子將兆麟弔作半邊豬，捉虱放頭，以津唾面，又灌陽溝水。根據《清史稿》的記載，清聖祖年間，朝廷大學士喪禮奠儀，皇室也僅賜一千兩〔註39〕，而如今一個含冤入獄的嫌疑犯，只求卡犯少施點刑罰，還不求廓清案情，卻已被要求一千、八百兩的團倉禮，不給的話視人為豬吊起，又是放虱，又是吐口水、灌溝水，凌虐至極，後來曹氏（丁兆麟之母）又向判官喊冤，這官是科甲班子，照常理說多少該有讀書人明辨是非的風範，但又是「最恨喊冤」，聽聞曹氏伸冤，卻說：「他初進卡，犯人要點喜錢，拿些與他，自

子女只有順從父母的義務，這是孝道所系。這種社會倫理與政治倫理之准則，極易造成官吏的剛愎自用與自以為是；與此同時，也極易導致對民眾申辯權利的無端剝奪。參見徐忠明：〈從話本《錯斬崔寧》看中國古代司法〉，《法學評論雙月刊》，2000年第2期，頁150。

〔註37〕所謂「熟人社會結構」，即指在這種社會裡，一旦案件發生，人們首先在左鄰右舍的「熟人」中尋找疑犯，而在種種跡象表明有「可能」作案時，這種「想當然」思維方式也就發生作用了；進而加上拷訊逼供，錯案冤獄往往容易發生。同前註，頁153。

〔註38〕見《大清律例・刑律・斷獄》，載於《欽定四庫全書・史部》卷三十七，頁673。

〔註39〕參見《清史稿》本紀八・聖祖本紀三：「丙午，留京大學士張玉書卒，上悼惜，賦詩一篇，遣官治喪，賜銀一千兩，加祭葬，諡文貞。」載於《續修四庫全書・史部・正史類》（上海古籍出版社，2002年），頁127。

然安靜，何得喊冤？」曹氏回答：「就是喜錢，也要不得許多，況既犯法，何喜可賀？未必賀他能夠殺人嗎？」官無言可答，半晌說道：「他不要錢，那有食用？」官吏收取團倉禮、和監禮的情形，在〈萬花村〉、〈心中人〉等篇中也可見：禁子忙來勸曰：「你們不要啼哭，既捨不得兒，就該拿銀把倉團了，免得受苦……。」不但不明察案情，更將不合理的賄賂行為做合理化的解釋，真是強詞奪理。地方上有這樣的官吏，人民自然沒有太平日子可過。另外〈活無常〉中的判官，審案時只聽信報案人偏頗的供詞，就將命案捕風捉影，雖然心想：「此案因姦不遂，挾忿毒斃，似不合情，疑有別故，隨即退堂。」卻是以逃避的態度來面對人命官司，並未負起責任的對案情追根究柢，反而到最後讓有心的報案人有機可趁：童氏見官不究，恐官司打輸，誣告加等，遂將素娥帶來的二百銀子託人送官，官見銀黑心，苦打犯人成招，畫押丟監，申文上司不題。官吏辦案失去了客觀公正的立場，泯滅良心的收賄逼供，真是貪財又害民，集貪官和酷吏於一身。而〈血染衣〉中的判官：以軍功出身，未曾讀書，性暴多疑，喜用刑杖的酷吏，先是：掌嘴八十，打得必達滿口流血，再是重責二百，把他的兩腿打爛，既而再夾指，使兩手筋骨斷，最後以竹籤釘指，三日一考，五日一逼，罪犯們兩腿刑印、皮肉爛血糊塗大現骨筋，求生不得、求死不能，為求早日求死解脫，只好「割股染衣」：取兒舊衣，手提鋼刀，在後園邊哭邊割，把衣染畢，用火炕乾交差，回縣呈官。以駭人聽聞的方法製作假的呈堂物證，實在是極端殘酷，令人不忍睜睹，酷吏害人至深即如文中所言：受冤而死，苦止一刀；逼案追賊，時死時活，苦而又苦，故遲也不如其速。百姓何辜？受此災殃！藉由作者的筆，我們看出當時社會現況，歐陽代發在《話本小說史》〔註40〕中說：「寫官吏貪酷，濫施毒刑、苦打成招，還是以前話本小說中常有的內容，《躋春臺》更引人注意的是關於監獄生活的描寫，這是歷來小說中少見的，令人大開眼界，看到清末社會黑暗腐敗到何種程度。」作者在這裡不設計複雜的案情，將重點放在辦案者的昏庸，更彰顯作者「譴責獄政腐敗」的創作深意。

第三節　反映世態人情

周憲在研究中指出：文學「是一種包孕多種因素的文化複合體」。因此可將其視為一種文化現象來討論。〔註41〕而近來學者們也逐漸體認到，從文化的視角去透視文學——通俗文學，就會發現其內涵超過我們想像的豐富。因為通俗文學來自於民

〔註40〕同註3。
〔註41〕周憲：《超越文學》（上海：上海三聯書局，1997年），頁1～3。

間，最貼近社會百姓的生活，反映出多樣的面貌。

楊義亦認為：「文人虛構言情作品假如沒有經過民間文學的滲透或洗禮，容易帶上一種顧影自憐之態，於綺艷柔靡的風格中顯得境界狹小。〔註42〕」這裡強調的是民間文學反映社會現實的特色，根據蔡國梁對《躋春臺》的考證：「這部晚清的擬話本小說集，描敘了社會生活的各個側面與市井鄉野的眾多形象，雖具有清擬話本平直淺陋的通病，但卻有作者自己的生活實感，諸如買賣傭耕、堰水屠牛、放銀兌換、設壇行醫、趕會唱戲、婚喪喜慶、人倫交誼、稱爺結黨、吏治軍功等等，俱收入他的筆底，反映出作者的廣泛閱歷與涉世根柢。作者筆下的人物有官吏、地主、僧尼、方士、幫閑、塾師、訟棍、店主、伙計、魔師、戲主、伶人、小販、車夫、長年、牧童、轎夫、裁縫、銀匠、漁翁、潑婦、悍婆、老姆、丐婆，以及打草鞋的、燒火的、賣豆芽的、賣餅的、賣螺螄的、挑水的、耍獅子的、打更的、開煙館的各色人物，而以市井下層平民為夥，足見作者生活在社會底層，主要是閭里街巷間〔註43〕。」可見《躋春臺》貼近社會風俗的創作特徵。

對於本書內容價值，蔡國梁也有其看法：「《躋春臺》反映的是光緒時擬話本的情形，在一定程度上形象地表現了由亂而治到由治而亂的清代的歷史與社會，可以作為正史的輔助讀物看待。它習運寫實手法，寫作時已處大廈將傾的末世，世態及時風全面敗落，民心大動社會矛盾尖銳複雜，加之列強入侵，中國進入次殖民地的時代，客觀現實已到揭露不盡的地步，因此，廣泛深入地反映生活，表現各階層特別是中下層市民的處境與感情，是現實對文學創作特別是小說提出的迫切要求。〔註44〕」蔡的話實是一語道出《躋春臺》故事內涵，筆者歸納本書所反映的世態人情，可分為以下四種現象呈現：

一、人心歹毒，連孤兒也不放過

〈雙金釧〉中的常懷德只不過是位五歲的小孩，因為一句不經意的對話，得罪了他的叔叔常正泰，從此種下禍源，常正泰故意陷害懷德，在其父死之後，趁機大辦喪事：

> 大會賓客，訃告官紳，做十天道場，開三日祭奠，飄香謁廟，遊縣走街，發普孝，飲官派，每日百餘桌。開奠之日，火戲飲游，獅子龍燈，籤子影子，遠近風聞。男女混雜，發流水席，晝夜不歇。事畢算帳，正泰浸

〔註42〕楊義：《中國古典白話小說史論》（臺北市：幼獅文化事業公司，1995年），頁65。
〔註43〕同註2，頁253。
〔註44〕同前註。

漏，以少報多，兼之賒欠吃虧，貨低價□〔註45〕，共費四千餘金。正泰回
家，閉門不出，四處要帳的鬧得天翻地亂，孟氏無奈，只得請正發幫忙，
將田地房廊概行賣盡，衣服器皿尋出當完，尚欠二百兩金無有出路，孟氏
哀求債主各項讓些，方才開清。

孤兒寡母，經過這一番刻意的舖張，從此一貧如洗，無處棲身。後來懷德之母孟氏病
逝，小小年紀的懷德走投無路，連先前訂親的岳家見其落魄，不但不伸出援手，反意
欲悔婚，與常正泰聯手設計懷德入獄，這樣的故事發生於同一家族之中，更彰顯出世
態的人情冷暖，同一血源宗親不顧人情的欺凌幼子，岳家只認權勢錢財，得勢時歡喜
結親，失勢時翻臉無情。亦或是〈孝還魂〉中的毛子，也是孤兒寡母、替母賣線還被
騙，途中結識強盜韓大武，韓大武怕毛子洩露自己盜取不義之財的事，在蛋中下毒殺
毛子滅口……，〈白玉扇〉中的謝大德亦是五歲的孤兒，受到嬸嬸的虐待：屢次把大
德刻待，逼著要去撿糞，不惟衣食不給，而且打罵交加，磨得大德面黃肌瘦，好似乞
丐一般。〈比目魚〉中繼母為佔家產，虐待丈夫與前妻所生的孩子——楚玉：做不得
的要他做，擔不起的要他擔，食不准飽，衣不許縫，每日撿柴割草，挑水淋菜，十分
磋磨。甚至三番兩次的設圈套陷害楚玉，讓他的父親厭惡他；〈十年雞〉中的米榮興
夫婦為獨佔家產，苛刻對待年僅八歲的小叔米二娃：朝夕搓磨刻苦，做不得的要他做，
擔不起的要他擔，每天撿柴打豬草割牛草，限了簣數少，即毒打，不准吃飯，冬搶被
絮，夏藏帳席，磨得二娃面黃肌瘦，暗地痛哭。這些為了錢財利益，不顧家族兄弟情
誼、無視幼小稚子，毫無仁愛之心的行徑，在在都說明人心歹毒的社會現況。

二、貴族之家仗勢欺人

〈萬花村〉中的單武：家極富豪，其父以軍功陞授提督，現在任上，單武倚父之
勢，在鄉欺良壓善，無惡不作。某日在寺中看戲時巧遇封官兒之妻林氏，見其貌美，
意欲染指，即問：「他肯嫁人麼？」、「可能嫖麼？」，為達目的，找來鄉中的無賴包得，
設下圈套讓封官兒成為搶劫財貨，殺死官府的罪犯，以此做為逼迫林氏改嫁單武做為
救夫的交換條件，包得就勸封官兒的父親說：「此案重大，非有大勢力、大門面之人
到官前去替他辯白，不能得出，仔細想來，非我家公子不可。老爺何不將媳嫁他，他
與官說，放你兒子出來。如若不允，你兒一死，媳婦還是嫁人，不若先嫁媳婦救出兒
子，豈不兩全？」這樣的口氣中透露貴族之家的霸氣，據清律「強占良家妻女第二條
例文」：「（強占良家妻女）未被姦污而自盡者，照強姦未成，本婦羞憤自盡，例擬絞

〔註45〕 □——原本殘缺，見〔清〕省三子編輯，蔡敦勇校點：《躋春臺》，《中國話本大系》
江蘇古籍出版社，頁4。

監候。〔註46〕」凡豪強勢力之人強奪良家婦女該判絞刑。而故事中原本恩愛夫妻，因為單武強行介入而拆散，落得一個入獄受罪，一個必須改嫁救夫，明明是莫須有的事，被他們一設計，小百姓即陷入無有退路的境地，而更讓人生氣的是官吏的不明究理，「大老爺叫民招民就招，大老爺說民搶人民就搶人」，案情的眞相尚未調查清楚，即開始動刑逼供，硬是指鹿爲馬，白白冤枉好人，除了胡亂判案，還接受關說、收受賄賂：官曰：「這案太大了，況是當堂招認，卑職怎敢釋放。」單武無奈，只得請人去與官說。官要一千銀子，單武咬牙出了，官即提出官兒釋放回家。一千銀子，數目龐大，人命關天，更是無價，但一切就全憑貴族之家的權勢金錢操弄，官宦弟子的惡質行徑，令人髮指。幸好最後害人的單武落得佳人未得，胞妹也與人私奔的局面，雖未受到眞實刑罰的懲治，至少在人情輿論方面人心可以稍微得到安慰。類似的情形亦可見到〈比目魚〉中的楊克明，作者對他的形容是：爲一富戶，家富貪淫，恃勢欺人。其先輩乃大利盤剝興家，到克明水中，每年都要收四千餘租，又捐個新一大爺，家中賓客來往不絕。可知他是個財大氣粗的有錢人家，他見藐姑生得十分絕色，就要去嫖，花下兩千銀子買通本家，硬生生的要拆散一對苦命鴛鴦：藐姑與楚玉，逼得兩人走投無路，跳水自縊。鬧出人命之後，楊克明雖被捕入獄，但見：楊克明請人去與官講，願出錢買命，官要銀五千，克明求少。官曰：「彼一女旦，尚出銀三千，何況買命？」克明只得依從，把錢繳足，釋放回家。兩條人命的官司就這麼在金錢權勢中了結，而未受到懲處的惡霸當然沒有領教到絲毫的教訓，沒過多久就又舊技重施的買通班子與顏本家苟合。最末被顏本家設計入獄，但終不改本色的命妻：「回家賣地辦銀送官，救我性命。」妻將田地賣了兩股，打一萬兩銀子的票送官，官不要銀，總要辦他。又寫信回家，叫妻：把業賣盡，務要把我救出。妻又把田地房屋概行賣了，拿銀進城，打兩萬銀子的票見官。官見銀多，把票收了，將案放鬆，坐徒三年釋放。讀者看到這裡，原本以爲出現了不貪財也不畏勢的良吏，豈知一切仍是落空，放人與捉人之間的界限並不在於司法正義，而是在於金錢數目，只要數目夠多，能夠改寫罪孽，將大事化小，由此可見官吏的貪瀆與畏勢。

三、館師誤人子弟

《蹟春臺》作者劉省三認爲：

> 教書原是培植人材，子弟一生好歹收成，都在蒙師，倘把音韻錯訛，
> 習成自然，終身難挽。上智則誤功名，下愚多成鄙陋。世上許多執業，何

〔註46〕《大清律例》，卷十，戶律婚姻，強占良家妻女律文，強占良家妻女第二條例文，見《欽定四庫全書》（台灣商務印書館，1983年，景印文淵閣四庫全書），頁672。

必好爲人師，徒增名教之罪？一旦報應臨頭，那時悔之已晚。(〈假先生〉)

在中國傳統「天地君親師」的倫理規範中，「師者」，所以傳道、授業、解惑也！不但要爲人經師，更要爲人師，以身作則的爲學生樹立良好的模範，老師的職責與地位是十分崇高的，但在《躋春臺》中作者描寫了兩位不守師道的「惡質老師」，反映清末時館師的部分現況。例如：〈假先生〉中的楊學儒是個奸詐、見利忘義的「假善人」，爲求生計，團一蒙館，他：

> 教書學規不嚴，脾氣又怪，任隨徒弟上樹取鵲、洗澡、摸魚、角孽、
> 吵嘴，都不經管。時與徒弟說笑訕談，時把徒弟哄罵亂打，所以一堂徒弟
> 都不怕他。……平日又愛打牌燒煙，若有煙朋牌友到館，他就十分親熱。
> 又貪口腹，常約徒弟打平夥，他不出錢，每到朔望，派徒弟出錢辦酒肉，
> 演祭禮，裝子媳裝文元，在館糊鬧，無錢的叫偷酒米。

可見其爲人師毫無尊嚴與規矩，更甚至是：他見大的就用醫刷，小的就使耳巴，點書扯上拉下，圈字去入各差。這樣的教育方式，實在令人難以認同，最後竟因爲與徒弟四喜爭食鴨肉、四喜喪命，而捲入命案，雖然最終查明眞相，四喜是誤食染有蜈蚣毒的鴨肉而死，楊學儒並非殺人兇手，作者將其陷入冤獄當成是枉爲人師的報應，這樣的情節安排雖然不免牽強，但實際上也表達是爲人師表者不良的行徑的警示。另外，〈六指頭〉中的老師戴平湖：「爲人殘刻，不端品行，學問至深，刀筆尤利，專愛武斷唆訟，兼之最好男風。若那家子弟俊秀，他即挾勢哄騙而姦之。」這樣的不端的品行，當然影響到學生：「常言道：師不正，徒亂行。誰知徒亦效而爲之，每在書房，以大姦小，以強淫弱。他並不經管，即明知之亦不打罵，遂將孔孟之堂，變成豬牛之圈矣。平日又愛濫酒，往往醉後發瘋。」這正是所謂「上樑不正下樑歪」，做爲人師經師，應當立好榜樣，有此行徑，怎麼可能指導出優秀的子弟，更在最後引得受其姦淫的學生柳長青之父——柳大川的報復，使戴平湖之子命喪於新婚之夜，媳婦也改嫁。

又如〈巧姻緣〉中提到老師爲怕失去教書一職，面對學生不良行爲，故意視而不見，不加規勸：

> 一日，大明講不得書，老師叫水生講，水生講得有條有理，老師曰：「這
> 們大的人，反不如小兒，看你羞不羞？」大明怒恨，暗將水生毒打。從此
> 不准水生多讀，凡讀書寫字對對，比他稍微很些就要打他，紅黑把他逼住。
> 老師姓袁，雖是廩生，不講氣節，心怕打脫館地，只管把大明搊賀，明知
> 他逼住水生，也不說他。

這裡看到老師爲保住自己的飯碗，學生大明又是欺負水生，又是學不精要，明明有

不對的地方，老師卻還撈賀他。甚至還誣賴學生爲殺人兇手，提出不實口供。

以上兩篇〈假先生〉與〈六指頭〉皆是闡述清末不良之師的行爲，呈現時局之末社會大眾墮落的面向。

四、鴉片之毒害人心

清末鴉片入侵中國，造成社會政治莫大的問題，秦和平對四川鴉片的研究可提供我們一些參考：「四川（《躋春臺》的出產地），是中國鴉片生產和外銷的大省，煙田最多時超過五百萬畝，煙土二十萬擔，占全國同類數 40%以上，外銷煙土供給中部、東部多數省區；同時，四川亦爲鴉片危害最嚴重的地方，毒品泛濫，毒氣彌漫，十邑之內，必有煙館；三人同行，必有癮民，癮民人數超過三百萬。〔註47〕」吸食鴉片使得全民動亂與不安，帶來嚴重的社會問題，必然會引起關心社會時態的作者的注意，在《躋春臺》中揭露鴉片之毒，反映了道光年間鴉片輸入中國以後，毒害青少年的社會現實，如〈審煙鎗〉中作者說：

> 誰知這鴉片煙不比別物，說丟就丟，莫啥來頭。鴉片煙不吃，心裡又想，身上出病，使你涕淚雙流，行坐不安，一下怎丟得脫？……那鴉片煙害人無底，須當要痛心戒莫嚐點滴。你若是惹著他他就跟你好，好似那捨婦兒慣把人迷。纔吃口精神爽好得無比，有傷風和咳嗽不消請醫。哈一口就兩口口口登底，吃一頓想兩頓頓頓不離。倘若是上了癮就變脾氣，少一點慢一下他都不依。弄得你百病發流淚出涕，離了他有人參難把氣提。強壯人能使你莫得氣力，肥胖人能使你莫得膚肌，聰明人能使你糊塗到底，勤快人能使你懶得稀奇，有錢的他要你賣田當地，淡泊的他要你子散妻離，讀書的他要你玉樓削籍，婦人家有了他百事不理，姑娘家有了他難找夫婿。凡三教九流農工手藝，有了他盡都要落食拖衣，弄得你臉慘黑不像人氣，到那時才陪你一命歸西。到陰司睡鐵床把燈開起，你心想丟了他他纔不依。燒得你糊焦焦聲聲嘆惜，做住你要吃他好不慘悽。

作者對鴉片使人難以戒除的誘惑描述得十分深刻，故事中的天喜因戒不了鴉片煙癮，爲吸煙最後命喪煙管中的蜈蚣毒，還連累妻子遭受冤枉，父母痛失子嗣，雖有家財美眷，不能享受，鴉片害人之深，世人不可不引以爲戒。

由上述可知，《躋春臺》作者劉省三雖是一個「杜門不出」的隱君子，但事實上藉由作品的呈現，依然描繪出清末社會時態，他對於實際的生活與訟獄制度有多樣

〔註47〕 秦和平：《四川鴉片問題與禁煙運動》（成都：四川民族出版社，2001 年），頁 13。

觀照和展示，從他故事中的市井小民喊冤叫屈的現況，激動的反映清末政治腐敗、社會墮落的黑暗現實，在一聲聲的控訴中，獄吏們的惡行惡狀令人髮指，老百姓們的悲慘遭遇讓人同情，閱讀《躋春臺》讀者可以察覺傳統中國知識分子對社會關注的熱情。

第四節 宣揚果報觀念

佛教傳入之前，中國已有果報觀念。《尚書·湯誥》有「天道福善禍淫」之說，《周易·坤·文言》有「積善之家必有餘慶，積不善之家必有餘殃」之說，這是儒家經典的說法。道教經典《太平經》則提出了「承負說」：「力行善反得惡者，是承負先人之過，流災前後積來害此人也。其行惡反得善者，是先人深有積蓄大功，來流及此人也。能行大功萬萬信之，先人雖有餘殃，不能及此人也。」道教的承負說對行惡得善、行善得惡的社會現實作了理論上的探索，進一步豐富了果報觀念。佛教傳入中土後，其三世因果觀念很快便被中土接受，東晉僧人慧遠的《三報論》表明中土已經對佛教的因果報應有了深刻的了解：「經說〔註48〕業有三報：一曰現報，二曰生報，三曰後報。現報者，善惡始於此身，即此身受。生報者，來生便受。後報者，或經二生、三生、百生、千生，然後乃受。受之無主，必由於心。心無定司，感事而應。應有遲速，故報有先後。先後雖異，咸隨所遇而為對，對有強弱，故輕重不同。斯乃自然之賞罰，三報之大略也。〔註49〕」佛教的果報觀念進入中土之後，佛經中的果報故事隨之進入中土，中土的果報故事也應運而生，從此，因果報應便成了中土故事的一大情節框架和思想主題〔註50〕。

《躋春臺》四十回故事中作者苦口婆心的教化勸說，以善有善報、惡有惡報的因果報應循環之理勸勉世人盡孝道、要忠良，切勿殺生、犯淫戒，才能為自己開創美好的生活前程，藉由這些故事模式歸納分析我們可以知道作者創作意念是經由宣揚善行、懲戒惡狀來達到教育百姓的最終目的。在小說作品中，因果報應故事中的天堂地獄均直接指向世俗社會，成了維護人世公道的法寶，因果報應故事的主題特

〔註48〕 慧遠此處所指的「經說」，應為《阿毘曇心論》卷一所云：「若業現法報，次受於生報，後報亦復然，餘則說不定。」收於《大藏經》第 28 冊，毘曇部三，（中華佛教文化館大藏經委員會影印，1993 年），頁 814。

〔註49〕 《弘明集》卷第五，〈三報論〉。收於《大正新修大藏經》第 52 冊，史傳部四，大藏經刊行會編，1983 年，頁 34。

〔註50〕 吳光正：《中國古代小說的原型與母題》（社會科學文獻出版社，2002 年），頁 76～77。

質實質上被置換成了儒教主題，宗教遂依據儒教觀來實施旌揚和懲罰的功能，具體體現可分為以下幾個方面〔註51〕：

一、戒殺生

天地間最重要的是生命，一切有知覺，皆已有佛性，無論是殺人還是殺物，最終都要填還性命，文本揭示了殺人受報、殺物受報的種種形式，力圖警戒眾生，勿生殺念。〈失新郎〉中說：一放生，一傷生，兩般功過造來深，恩仇報得清。福也臨，禍也臨，痴兒轉慧富轉貧，憂喜兩驚人。羅云開夫婦打鎗射獵，性好野味，報應在自己的下一代身上，其子新婚之夜受狐狸幻化引誘外出，差點送命，也連累媳婦無端入獄，家業凋零，最後羅云開不禁失子之痛，得氣漲病死，是為傷生之報。〈雙冤報〉講的是高秀夫婦，一個好打蛇，一個嗜食蝦，結果最後高秀誤食中了蛇毒的蝦子身亡，王氏也因此徒受獄牢之災，真有道是「冥冥中自然之報施也！」勸人莫傷生去把口腹貪。再看〈啞女配〉中的孝子朱泰，朋黨要與其合夥牛屠戶、賣狗肉湯、抓鰍鱔的生意，他都認為殺生是傷天害理的生意，絕對不為。由此可知如能愛物惜物，人物雖殊皆一性，一念之善感天心，人誠能救物，物亦可救人，正像〈螺旋詩〉中的陳忠、陳禮及席成珍三人，放生螺得善報，不但免去殺身之禍，也求得功名富貴。

二、戒淫蕩

佛教五戒之一的戒淫和貞節觀念合而為一。表現在話本故事中常見的題材有：負心薄幸必受懲罰、縱欲者受禍，如〈巧報應〉：在開場詩中作者即交代：萬惡淫為首，百行孝在先，貪淫不孝罪無邊。不怕你用盡機關，到那時報應難逃。講述的是不孝之人陳維明，對上不敬父母，對下卻過份寵溺其子國昌，國昌成年之後有樣學樣，亦不孝父母，甚至為逃避奉養責任遠走他鄉，娶妻巫愛蓮，巫氏索求無度，國昌縱慾成疾，最後命喪巫氏與其姦夫馮仁義刀下，死於非命的故事；〈萬花村〉中的單武，見林氏貌美，為逞淫慾，託友人包得設計安排，硬生生的拆散封官兒夫婦，逼林氏與他成親，最後不但人財兩失，甚至發瘋投水身亡；而同樣的報應亦發生在〈比目魚〉中家富貪淫、恃勢欺人、破壞別人夫妻的楊克明身上，落得散盡錢財，家破人亡的下場；〈蜂伸冤〉的開場詩亦是：萬惡惟淫是首，最惱天地鬼神，起心動念禍機生，難免遭冤受困。故事中的段老陝平日素行不端，對鄰人之妻何氏多次調戲，因此扯上官司，入獄受刑，而真正的兇手黃毛牛也是因為一時淫念，錯手犯下

殺人罪,以死償命;除此之外,〈解父冤〉、〈雙血衣〉均是作者警惕世人:收起淫心,莫犯淫戒,否則「報應好似簷前水,點點滴滴毫不差。一報還報都是小,還要從中把利加」是遲早要遭受報應的。

三、戒不孝

孝道是中國倫理中極為重要的道德觀,不孝之人當然成為輿論躂閥的對象,也是以教化為主的小說中不可少的主題。〈審豺狼〉中史正綱,為人奸偽狡詐,不孝父母,不但不與同食,自己每日吃酒吃肉,雖父母過來過去,亦不喊吃,反倒罵父母:「你這窮骨頭,無能無志,未曾與兒孫買得丘田塊土,不是我掙得些錢,還要討口咧。如今有了飯吃又想酒哈,再是這門,我連飯都不拿跟你吃,看你會做啥子?」行徑十分惡劣,且嫌妻醜,在外宿娼,最後引來殺身之禍,棄屍山林,屍被狼食,只剩頭首殘骨而已。〈活無常〉中的饒巧蓮,忤逆翁姑,不但毒夫害姪逼嫁,且又逼得公公遠走他鄉,自以為從此可以和姦夫魏道仁光明正大的雙宿雙飛,豈知天理昭昭,報應不爽,最後自知無顏存世,只好自縊而亡。不孝之人必遭惡報,相反的,在《躋春臺》中,孝順之人必得善終,如〈東瓜女〉中的孝子何天恩,至事至孝,凡溫清視膳,出告反而之禮,無不遵行盡道,其子何路生謹承父行,亦為孝順之人,或許是他的孝心感動了上天,特安排了一個絕色佳人蔡香孩與他為妻,路生最後出門訪道,入青城山不返,人皆以為仙去矣,子孫茂盛,多發科甲。〈孝還魂〉中的毛子,亦因對母親的一片孝心感動菩薩,不但使他死後還魂,奉養母親享高壽,最後還富甲一鄉,入泮讀書。〈香蓮配〉的桂香遠生來知孝,見食若少,便忍口不吃,讓以母食,又因他熱心助人,在逃難途中幫助史香蓮母女,為自己結下良緣,功名利達,富貴終身。

四、勸忠良

盡忠存良亦是儒家倫理的基本要求,佛教傳入中國之後,也用其因果報應思想來弘揚品行端正的道德觀念。〈南鄉井〉的開場詩說到:天網恢恢不漏,神威赫赫甚嚴,任你用盡巧機關,報應到頭自現。這首詩已將小說的主旨點明,即勸諭世人諸惡莫做,否則儘管算盡聰明,終有報應時刻。由這一結構之道出發,小說在結構的技巧上便突出了罪犯作案手段的高明和隱蔽。故事開頭先敘述兩位個性截然不同的和尚,一是道行高妙的東廊僧,每日誦經唸咒,打坐參禪,杜門不出,一是不守清規的西廊僧,在外胡行,嫖賭偷盜,無所不為。因西廊僧與大牛之妻苟合之事東窗事發、惱羞成怒,遂同朱三喜聯手殺大牛洩恨,後來更遷怒時常規勸他的東廊僧,

佯裝鬼怪嚇他，將他逐出廟中，途中東廊僧失足跌入井中，豈料井中遇見兩屍，其中之一即是受乳母設計陷害致死的鮑紫英，因身處命案現場，被認為涉謙重大，東廊僧被捕入獄服刑，審案的過程中，一行人等因素行不良，紛紛成為兩啓命案嫌犯，入獄受罰，故事帶出了男女淫亂、父母嫌貧愛富導致子女婚姻不幸、外人有機可趁的曲折事端，最後作者用前世因果循環報應解釋今生遭遇：東廊僧自思平生無有過失，為甚遭此冤枉，必是修時未到，從此更加苦修，後來天門一開，行定出神，始知前生鮑紫英是他的妾，西廊僧是他之弟，誤疑叔嫂通姦，因此打妾逐弟，誤死兩命，今生道德高重，冥冥中故生此一段魔障，了卻前孽，纔能入聖成眞。後來功程圓滿，飛昇坐化不表。而使壞心眼的人也落得不好的下場：胡陸氏枷號，惡貫滿盈，遭了冥報，瘋癲品講，自說過犯。說了三日，大喊舌癢，用手抓得鮮血長流，腫爛而至。〈假先生〉講得是一位不守師道的教書楊學儒，教書學規不嚴，脾氣又怪，任隨徒弟胡為都不經營，時與徒弟說笑訕談，時把徒弟哄罵亂打，甚至興致一來，與徒弟四喜爭食鴨肉，扯出命案一事，學儒也為此下獄，妻離子散，這被作者認為是造罪多天怒神怨，才使他遭命案身受牽連。最後幸遇清官明冤斷案，學儒改惡習立心為善，才使夫婦團圓，後享福壽。

經過上述的檢視，我們發現：佛教的善惡觀、慈悲觀以及五戒八戒十戒等道德信條與儒家倫理體系融合為一，並予中國傳統道德多所補充，卡西勒認為：「一切較成熟的倫理宗教——以色列先知們的宗教、索羅亞斯德教、基督教——都給自己提出了一個共同的任務，它們解除了禁忌體系不堪承受的重負，但另一方面，它們發現了宗教任務的一個更為深刻的含義：這些任務不是作為約束或強制，而是新的積極的人類自由理想的表現。〔註52〕」《躋春臺》作者經常以宣揚果報的觀點來設計故事的情節與人物的命運，將因果報應當做「積極的自由的理想」來看待，奉行道德是為了追求人間正道和現實的功利，不論是無端捲入命案人物，或是造成命案的關鍵主謀，作者皆以「前世因果報應」來安排他們在故事中的際遇，意欲警醒世人：戒淫行、戒欺心昧財、諸惡莫做、為善盡。作者利用倒敘的手法層層推衍使冤案還原眞相，但支持故事結構的是一種善惡有報的信念。審案的技巧在有些故事中並未多著墨，只是做為輔助作者闡揚報應輪迴觀的過程。作者甚至在果報故事中構擬了一個理想的陽間法庭，用果報觀念來懲淫勸善，倡導理想的人際關係，進行人間正道的維護，這些故事融注了一個落魄知識份子、邊緣知識份子、鄉村知識份子對人生的積極關注，這種關注很世俗，從這裡透露作者生活經驗和慣性思維方式。

〔註52〕恩斯特‧卡西勒（Ernst Cassirer）；甘陽譯：《人論》（臺北：桂冠圖書股份有限公司，1990年），頁159。

　　果報觀結構雖有利於勸懲、教化，但亦有損小說的思想深度，當報應邏輯與情節取向發生衝突時，便借用巧合及前世因果掩飾，《躋春臺》中的冤案常發生在巧合的情況下，如〈南鄉井〉中道行高妙、每日誦經唸咒，打坐參禪，杜門不出的東廊僧，明明是受西廊僧的計謀所害，趁夜摸黑逃出寺廟卻恰巧跌入井中，無端捲入鮑紫英姦殺命案，卻將自身的悲慘遭遇歸咎於：想必是前生的冤枉不散，以這前世因果來自我安慰，最後抱著贖罪心理，更加苦修，作者說他：後來天門一開，行定出神，始知前生鮑紫英是他的妾，西廊僧是他的弟，誤疑叔嫂通姦，因此打妾逐弟，誤死兩命。以巧合和前世因果來解釋一樁早有預謀的犯罪事件，並替惡人脫罪，實難以安撫飽受冤屈的苦難者，也難以讓讀者心悅誠服的接受，但類似這樣的故事情節，在《躋春臺》中多處可見，向志柱就指出：「巧合」模式的顯性存在和「果報」模式的潛性存在，構成了話本兩種最基本的結構要素，凸顯於話本情節的改編、進展及結局等環節，二者的交互及綜合使用，彰顯了話本懲惡揚善的教化主旨，但同時也彰顯了話本敘事的缺失。〔註53〕

〔註53〕向志柱：〈“巧合”和“果報”模式在話本中的結構意義〉，載於《求索》2003 年 1
　　　期，湖南省社會科學院，頁 180。

第四章 《躋春臺》的形式特色

第一節 多樣的韻文藝術

　　敍述和描寫，是小說寫作的基本技巧。在中國古代小說中，普遍採用的是散文與詩詞等韻文相結合的手法。詩詞等韻文在話本中除了開場、篇尾外，正話中也常被使用，主要用來輔助加強情節，或做爲人物、景物等的描寫。

　　散文之敍述主體中夾雜韻文之形式向爲話本小說之特徵，由唐變文至宋人說話等，皆有類似表現，此一形式實有其文學史之背景〔註1〕，話本小說韻散相雜之敍述模式之所以形成，其背景複雜且多方，包含社會、經濟、文學演變及話本小說自有之內在發展等。社經因素包羅廣泛，主要是爲宋元當時之經濟結構改變與新興市民階級崛起，說話活動十分興盛，爲求商業考量而力求表演藝術之精進等，此自爲話本小說書寫藝術增進改良之主因。至於有關文學史之承襲，主要著眼于與變文等通俗文類之關聯等論題，其間之韻散相雜自爲話本小說於形式承接與仿眞之關注點。而就話本小說本身之流變言，由於有所謂早期說書底本與後世擬話本之別，故其中所使用之韻文現象亦各有異同。〔註2〕

　　話本小說中因具明顯之說書形式與特徵，故作品中呈現鮮明之口語性，且藉由韻文之運用情形以觀，尤其顯現其中敍述及表現上之特點。作者于故事中安排一敍

〔註1〕　胡士瑩，《話本小說概論》（臺北：丹青圖書出版公司，1983年）第六章第六節中分析話本與詞話間的關係，談到：早期話本中的詩詞來自于唐代間的變文、詞文，自宋以來持續發展，又可歸納爲樂曲系與詩贊系詞話，影響至明清。可見話本中雜入詩詞韻文的情況由來以久。

〔註2〕　許麗芳，《古典短篇小說之韻文》（臺北：里仁書局，2001年），頁76。

述者，主要陳述故事情節，且其敍述立場可隨時變動，或介入故事之陳述、或獨立於故事情節之外而作批評，雜以韻文呈現若干人事之暗示或隱射，不同之敍述層次有不同之敍述語態，穿插於故事中之韻文正能顯示其敍述地位之變化現象，又就韻文本所呈現之面貌以觀，其間又不離通俗與娛樂性。可見藉由韻文之擇取運用，作品本身之敍述特性及功能亦得以被強調。

一、韻文的表現形式

　　研究《躋春臺》的寫作藝術特徵，就不可忽視此書中的韻文，學者蔡國梁提到：

　　　　《躋春臺》與宋元話本及明清其他擬話本相比，一個顯著不同的特點是，每每于正文間插入角色的獨唱，唱詞屬第一人稱，中間有第二人稱的夾白。唱詞與夾白一問一答，一說一唱，唱詞前面並未列出曲牌，但俚俗上口，大概是用當地的方言唱的民歌、雜曲、小調，有時又似快板、順口溜或打油詩，上下押韻，讀來流暢悅耳，透露出作者活動在市井街巷，對民間文藝比較熟悉，拿來融入小說，使之散韻並具，別有情韻，這是它比一般擬話本特別的地方。只是各篇所唱的與正文重復，情節並無大的進展與深化，不過著意渲染與強化而已，但它確比正文的敍述或人物的對話富於生活氣息，除了用口語外，主要是有實際的生活內容，可以豐富小說的細節，體現人物的音容笑貌、性格心理並烘托氣氛。作者把戲曲、小說、詩詞交互引用的傳統，他用力創新，在較大限度內豐富了小說的表現手法，創立了話本小說的別具一格的體制，使讀者為之耳目一新。〔註3〕

他指出韻文在《躋春臺》一書中具有特殊的地位，它是作者寫作才華的展現，也是作者傳達創作意識的載體，四十回中大量出現的韻語（參見附錄二）在內容與形式上除了使本書的敍事技巧更為多樣，更確立本書獨特的創作價值。整理四十回中韻文的形式主要可見於：

（一）篇首詩和插詞

　　話本小說，常見以一首詩或詞，或一詩一詞為開頭。〔註4〕它與正話的內容有

〔註3〕　蔡國梁：〈從《照世杯》到《躋春臺》──清擬話本始末〉，收於《明清小說探幽》（臺北：木鐸出版社，1987 年），頁 248～249。

〔註4〕　〈錯斬崔寧〉的篇首是一首詩：聰明伶俐自天生，懵懂癡呆未必眞。嫉妒每因眉睫淺；戈矛時起笑談深。九曲黃河心較險；十重鐵甲面堪憎。時因酒色忘家國，幾見詩書誤好人。〈簡帖和尚〉的篇首是詞──〈鷓鴣天〉：白苧千袍入嫩涼，春蠶食葉響長廊，禹門已准桃花浪，月殿先收香子香。鵬北海，鳳朝陽，又攜書劍路茫茫。明年此日青雲去，卻笑人間舉子忙。〈志誠張主管〉的篇首則結合了七律詩和詞〈醉亭樓〉。

密切聯繫，不能脫離正話而立存在。《躋春臺》在這部分也承襲話本小說的慣用的形式，四十回故事均有篇首詩，形式上為獨立於故事前的韻文。若以字數加以細分，可分九種：

1. 第一、二、四句六字，第三句七字的篇首詩居多，四十回中有二十一回，如：

　　姻緣前世修定，美惡命裏生成。一朝退棄結冤深，難免一家失性。(〈過人瘋〉)

　　孝子安貧俟命，佳人垢面求賢。但托東瓜結姻緣，護佑窮人翻片。(〈東瓜女〉)

第一句與第二句前後對仗，做為故事的內容總述與結論，第三句與第四句對仗，第三句主要為故事重點提示，具有承上啟下的功能，第四句為故事情節說明，這特殊的形式，並非詩或詞，是作者自我的創作居多。

2. 七字、七字、三字、三字、七字，如：

　　大器由來是晚成，莫因小怨壞良心。誣為盜，逼退婚，他年難得跪轅門。(〈雙金釧〉)

3. 七字、七字、六字、七字：

　　男兒一諾值千金，切莫因貧易素心。子受屈父來伸，姻緣巧配是天成。(〈巧姻緣〉)

4. 七字、六字、七字、五字、五字，共有九回，如：

　　胎卵濕化皆是命，切莫無故傷生。一朝報復不容情，男從服毒死，女亦當冤深。(〈雙冤報〉)

　　全貞不二安貧日，夫婦愛敬如賓。一朝際遇甚驚人，富貴從天降，平地受皇恩。(〈白玉扇〉)

　　立品終須成白璧，欺心即是獸禽。切莫造孽辱斯文。一旦天加譴，財空絕後根。(〈六指頭〉)

　　從來冶容將淫誨，何必看戲觀燈。一朝露面禍纏身，矢貞如不屈，憑空降救星。(〈萬花村〉)

　　全貞富貴難奪志，守義視死如生。心中自有意中人，美名揚帝裏，來世締良姻。(〈心中人〉)

　　守節全貞非容易，被人輕薄堪憐。報父報子理當然，孝能將冤解，尤把仙桂攀。(〈解父冤〉)

　　四關原是迷魂陣，惟有酒色更凶。凡事皆要合乎中，不為彼所困，免

得入牢籠。(〈南山井〉)

　　人物雖殊皆一性，誰不怕死貪生？一念之善感天心，人誠能救物，物亦可救人。(〈螺旋詩〉)

　　不淫從來先受禍，節遭悍逆欺淩；見危致命不改心，任隨冤孽婦，自有鬼神申。(〈活無常〉)

全篇共五句，第一句、第二句可視為內容意義完整一組，第三、第四、第五句為第一、二句內容的承接、故事的說明。

　　5. 六字、六字、七字、五字、五字，有四回：

　　才女遭逢不偶，卻能旋乾轉坤。接個少姑配老親，天神皆欽敬，富貴蔭滿門。(〈節壽坊〉)

　　孝子思親無間，啞女見夫能言。哭退蛇虎在山前，一經神指點，富貴兩雙全。(〈啞女配〉)

　　婦女名節宜講，何必著綠穿紅。從來誨淫是冶容，致累夫遭害，自己亦終凶。(〈捉南風〉)

　　為人須當忍讓，處世總要吃虧。不惹災禍不乖危，鬼神皆護佑，富貴錦衣歸。(〈吃得虧〉)

一樣在第一句、第二句可視為內容意義完整一組，第三、第四、第五句為第一、二句內容的承接，故事的說明。

　　6. 五字、五字、七字、七字、七字，**總篇也是五句**：

　　萬惡淫為首，百行孝在先，貪淫不孝罪無邊。不怕你用盡機關，到那時報應難逭。(〈巧報應〉)

則是以前三句為一內容意義完整的一組，後二句為前面內容的延續。

　　7. 七字、六字、七字、四字：

　　窮人平白想發財，要把方便門開。時來平地一聲雷，富將人催。(〈川北棧〉)

　　8. 七字、八字、七字、八字：

　　忠孝節義是本根，男也當行女也當行。困苦危亡不變心，事迹驚人富貴驚人。(〈比目魚〉)

各占一篇，全篇共有四句，第一、第二句可視為一組，第三、第四句可視為一組。另外較為特殊的是：

　　9. 三字、三字、七字、五字。三字、三字、七字、五字：

一放心，一傷生，兩般功過造來深，恩仇報得清。福也臨，禍也臨，

癡兒轉慧富轉貧，憂喜兩驚人。（〈失新郎〉）

也可視爲上下兩組的對句。這樣的篇首詩共有十六回。作者以多樣篇首詩開啓前奏，提點故事的主旨，甚至於加入作者預示的評論，使讀者容易進入故事情節。

除了篇首詩之外，《躋春臺》中另一處出現韻文的還有文中所附入的詩詞，鄭振鐸稱之爲「插詞」，鄭氏認爲插詞的出現，主要是說書「敷演了一段話之後，意欲加重裝點，並娛悅在場聽眾，便拿起樂器來，自己來彈唱一段插詞。」「最普通的『插詞』的辦法，是以『但見』或『怎見得』、『眞個是』、『果謂是』之類的話，引起一段描狀的詩詞」〔註5〕換句話說，插詞本是用來歌唱的，職業說書的場合中具有蘊釀故事氣氛，激發聽眾情緒的作用，但是後來話本小說做爲文人創作的書面作品時，插詞的必要性便引起不同的看法，例如鄭振鐸指出：「他們也許已經完全不明白『插詞』的實際上的應用之意，但究竟習焉不察的沿用了下去，爲古代的『話本』留一道最鮮明的擬仿的痕迹。〔註6〕」哈佛大學故教授畢雪甫（John L.Bishop）亦認爲這些插詞到後來只是「有詩爲證」，徒能拖延高潮的到來，乃至僅爲虛飾，無關要旨。〔註7〕不可否認的，部分擬話本作家運用插詞，的確有「習焉不察的沿用」情況，但是，話本小說本來屬於口傳文學，話本中詩詞的使用仍具有其無法抹煞的價值，不但提升了說書人表演的可看性，更可表現說書人的學問淵博〔註8〕或是延長說書人的表演時間〔註9〕，另一方面，因爲說書人的物件多是一般市井民眾，爲拉近說書人與聽眾的距離，說書人常會沿用固定詩句，或只是將舊詩句略加修改，而構成所謂的「套語」〔註10〕，說書人在套語的選擇上多以一般大眾耳熟能詳的詩句爲主要內容，這可以方便聽眾在最短的時間內進入說書人要表達的故事中心，明白說書人傳達的文意，其情感和認知也容易找到共鳴點。這在一定程度上保證了話本創作從內容到形式的繼承性，以及同大眾欣賞趣味間的默契。另一方面，對敍事者來說，流行的職業化語言還代表著明確的價值判斷和已被公眾普遍接受的情感傾向。循著

〔註5〕見鄭振鐸：〈明清二代的平話集〉《中國文學研究》（北京：人民文學出版，2000年），頁333。

〔註6〕同前註。

〔註7〕轉引自侯健〈有詩爲證、白秀英和水滸傳〉，載《中國小說比較研究》（臺北：東大圖書公司，1983年），頁75。

〔註8〕如吳自牧《夢梁錄》提到的戴書生、周進士，《西湖老人繁勝錄》提到的喬萬卷、許貢士、張解元、雙秀才等。

〔註9〕可參考《水滸傳》五十一回白秀英故事。

〔註10〕套語，顧名思義即是「套用的話語」，參見徐志平：《晚明話本小說石點頭研究》（臺北：臺灣學生書局，1991年），頁142。

這類話語所表達的情感、邏輯的框架來評價人物、結構故事，敍事者能夠輕易地調動聽眾的情緒，博得其好感與認同，而不致因同受眾的好惡與經驗產生過大的偏差而失去聽眾的歡心。〔註11〕之後擬話本的創作，雖是由口傳文學改爲案頭文學的書寫形式，但「套語」仍普遍存在，作者常安排於人物的對話中，或是文末作者的評述或感想，接續「正是」、「常言」、「可知」等等文字之後，屬於情節的一部份。根據陳炳良對話本中套語藝術的研究，他分析話本中的套語有四種常見形式：兩句字數相同，或爲對偶、四句詩、八句詩、一段文字，並提出套語在話本中的運用之七種看法，陳氏所提的意見頗值得參考：

1. 外國研究口傳文學的學者強調重覆（repetition）的作用。套語的作用就在加深聽眾的印象。

2. 並列（juxtaposition）亦是口傳文學的一種基本手法。話本中的套語（對偶、韻文或駢文），發揮了並列的作用

3. 話本中散文部分是敍事（narrative），套語部分是抒情（lyricism）。因此像「歡娛嫌夜短，寂寞恨更長」，「塵隨馬足何年盡，事系人心早晚休」等句會引起抒情作用。

4. 對文化水準較低的聽眾來說，套語使他們感到是在參加一種高級的文化活動，也令他們認同于大傳統。

5. 由於要認同于大傳統，講者常引用典故和賣弄語言技巧，這些技巧基本上也是語法的重復運用。

6. 它有時也產生比喻（metaphoric）的作用……（下略）。

7. 在實用方面，說話人可以利用說套語時作一收束，向觀眾收取賞錢，《水滸傳》五十一回白秀英說書的例子可作參考。〔註12〕

以上是針對早期話本說的，後世的擬話本離口傳文學漸遠，因既無觀眾現場欣賞的實質考量，套語似乎沒有存在的必要，然而事實上這些套語仍被繼續沿用，甚至作者會因爲當時的情節需要自撰新詞，表達作者對全篇故事的感想，現分析《躋春臺》其中的插詞，在這裏所定義的插詞是廣義的，主要包括在正文中使用的詩詞，即在「正是」、「但見」、「有詩爲證」等提起詞底下的詩詞，及文末下場詩，套語的認定，是以《清平山堂話本》、《熊龍峰小說四種》、《三言》等五部早期話本集中出現過的插詞爲主要依據，有以下幾種形式：

〔註11〕同註2，頁49～50。

〔註12〕陳炳良，〈話本套語的藝術〉，《小說戲曲研究第一集》（臺北市：聯經出版社，1988年），頁145～183。

1. 兩句字數相同，或為對偶

這是所有話本小說運用最多的插詞形式，例如：

> 好馬不配雙鞍鐙，鴛鴦交頸不離群。(〈雙金釧〉)

出現在關漢卿《竇娥冤》第四折，《躋春臺》作者每用此描述女子堅守婚約，誓志從一而終的決心，符合上述陳炳良所言「比喻」的作用。還有：

> 合想欲吐心內事，妻子前頭不好言。(〈東瓜女〉)

故事中的何車夫為替母親安葬，在走投無路的情況下只好舉債辦理後事，債主看他還不出錢，勸他將妻子改嫁賣錢，他被逼得走投無路，心想這妻子不但賢淑，又懷了自己四個月的身孕，在解決債務與夫妻恩情間兩難時，面對體貼的妻子，他真是有口難言，這是故事中人物藉以抒情的手法。以及：

> 從前寂寞無人問，今朝富貴逼人來。(〈心中人〉)

這一句的內容和「十年寒窗無人問，一舉成名天下知」有異曲同工之妙，作者安排在此是為形容昔日無端被陷害入獄的張錦川如今時來運轉，不但晉身太醫院，且為公主看病也得心應手，藥到病除，令皇上開心的將公主賜予其當義女，今昔兩種截然不同的命運，相差甚大。最後：

> 洞房花燭夜，金榜題名時。(〈血染衣〉)

同於《警世通言》卷十七「若要洞房花燭夜，必須金榜掛名時」、《石點頭》卷五「且待金榜掛名，方始洞房花燭」，作者用來形容人生極樂的時刻。

2. 四句詩

這是《躋春臺》中最常出現的插詞形式，十七回中共有十一回，佔有百分之六十八的比例，其中有作者改寫詩句的：

> 千山無飛鳥，萬徑少人行。滿天飛白玉，世界放光明。(〈南鄉井〉)

這是改寫自柳宗元的〈江雪〉：千山鳥飛絕，萬徑人蹤滅，孤舟蓑笠翁，獨釣寒江雪。形容故事中忽下大雪的場景。

3. 有來自俗諺的

> 閻王注定三更死，豈肯留人到五更。任你費盡千般力，除了死字總不行。(〈節壽坊〉)

接近《宣講金針》〈雙義坊〉中「俗語云：閻王定就三更死。豈肯留人到五更。」形容人的生命長短完全由天注定，身不由己，故事中壽姑一家人命臨接二連三因病身亡的惡運，就算最後壽姑寧可犧牲自己的生命為夫死，仍無法改變命中注定的事實。

4. 還有作者根據故事內容，自我創作的

> 一兩黃金四兩福，四兩黃金要命消。湊得多金不吉祥，留來定要把禍
> 招。(〈孝還魂〉)

秦氏見兒子毛子無故拿了百兩銀子回家，覺得這錢來路不明，必定事有蹊蹺，勸叫兒子將錢退回原來的主人，否則這不義之財，留下只會招來禍端，用得也不安穩。

另外兩種陳炳良所說八句詩與一段文字形式的套語，在《蹐春臺》中並未出現，《蹐春臺》中較特殊的套語有五句式：

> 非義之財把禍招，得者喜歡失者焦。倘若情急尋自盡，欠下命債豈能
> 逃？好好好還是莫要。(〈錯姻緣〉)

這是故事中人物胡培德在路旁撿到四封銀子時，在收下與不收之間猶豫時，作者安排的人物內心獨白，藉此傳達人不可貪求不義之財的教化思想。

> 善惡兩途，禍福攸分。行善福至，作惡禍臨。報應原是不差的。(〈螺旋詩〉)

接近《清平山堂話本》〈陰隲積善〉作「積善有善報，作惡有惡報。積善之家，必有餘慶；積不善之家，必有餘殃。」「禍福無門人自招，須知樂有悲來。」、《醒世恆言》卷二十作「善惡到頭終有報，只爭來早與來遲；勸君莫把欺心傳，湛湛青天不可欺。」、卷三十六「善有善報，惡有惡報，若還不報，時辰未到。」卷三十九、《警世通言》卷二用「善惡有報」二句、《石點頭》卷八「行藏虛實自家知，禍福因由更問誰？善惡到頭終有報，只爭來早與來遲。」這段是出現在文末，作者評述的詩句，說到底仍是運用因果報應的心理來勸導人行善得福報、諸惡莫作的思想。

從以上的統計可以得到下列結論：

1. 《蹐春臺》四十回中並不是每一回都有下場詩（參見附錄三），若採取寬泛的標準，只要有「古人云」或「古云」的字眼為題，或是以俗諺句式表現者，如「善有善報，惡有惡報。人巧于機謀，天巧於報應。」均計為下場詩者，則四十回中共有十四回，僅占百分之三十五，無下場詩者則高達百分之六十五，根據徐志平對清初前期話本小說的研究指出：「刪除下場詩已成為本期話本小說的新趨勢。〔註13〕」從清初到清末，擬話本集對下場詩的表現均是覺得可有可無，《蹐春臺》即是如此，而多數的內容均是反應作者「善惡有報」的命定觀，對全篇人物下場、故事內容作總評，不僅內容上毫無新意，也有畫蛇添足的缺失，以現代小說的觀點來看，實有刪除的必要。

2. 《蹐春臺》四十回中並不是每一回都有插詞的安排，其中出現插詞的共有十

〔註13〕徐志平：《清初前期話本小說之研究》（臺北：學生書局，1998年），頁170。

七回（參見附錄四），全書使用插詞二十二則，有時一回之中會有二則插詞，代表晚期擬話本小說在形式上已逐漸擺脫話本形式的窠臼，大量減少插詞的應用，更接近純小說的形式。

3. 插詞的使用可以拉近作品與讀者間的距離，適時的使用，可以產生共鳴的效果，《躋春臺》中的插詞有的來自前人詩句、《三言》、宣講唱本、俗諺及前代話本小說，也有作者根據情節所需而自創，有些近於打油詩性質，例如〈雙冤報〉中形容敗家子平日的行徑，作者謂：「正是：銀錢壯人膽，玩蘇又玩款。日裏進秦樓，夜晚宿楚館。」這「玩蘇」與「玩款」，即是四川方言，表現作者的獨創性與地方色彩，顯示《躋春臺》是一部兼具個人風格與雜揉前人作品的擬話本集，呈現多樣化的文學風采。

（二）正話中的韻文

除了在每回故事前篇首詩，在故事中夾雜的韻文，形成韻散合流的形式，亦是話本小說常見的敘述方式，統計《躋春臺》四十回故事中的韻文的段數（參見附錄二），可知韻文在故事中出現段數不少，有的多達十一段，如〈義虎祠〉，最少的也有三段，如〈雙金釧〉、〈啞女配〉、〈審豺狼〉，呈現的方式有二：

1. 人物的對話

作者安排故事人物對話常以韻文表現，常見的有以下兩種形式：

（1）人物自我的表述

如〈比目魚〉中譚楚玉在被漁翁搭救上岸後一段全部都是七字的自我表白：

> 未開言肝腸痛斷，尊伯細聽詳端。家住在撫州郡縣，名楚玉本是姓譚。遭後母心腸奸險，謀害我想占田園。苦搓磨不把命短，將讒言常告枕邊。弄得父賢愚莫辨，才將我趕出門前。……望老伯另眼相看。這便是苦情一片，老伯呀，你看我慘不慘然。

作者安排故事中人物以第一人稱七字韻語的方式講述對話，流露文人創作時用字講究的精心設計，除了整齊的七字句式，還有另一種文字較為錯落的韻語形式，夾雜三字、十字、十一字、九字、八字等，如〈義虎祠〉中何氏婆媳到武廟中的向神祈禱文：

> 到神前，雙膝跪咽喉哽哽淚長揮。只因習氏借米挾怨生奸詭，習劉氏誣告我兒吃盡虧。官將孫兒丟卡內，怕的不久命西歸。喂呀，菩薩呀！婆媳生來家貧如杯水，若守冰霜志不恢。撫子盤家受勞瘁，並無有半點事兒把心虧。只說老來免得骨髓搖，那知道，遭冤待死不能把家回。菩薩呀！

你本是豪傑登聖位，到處顯靈威，爲國爲民將劫退，救苦救難大慈悲。保佑兒明冤雪枉回家內，災消孽散不把罪名背。喂呀，聖帝爺爺呀！刁陳氏，他本是口甜心毒陽間戳事鬼，真是個惡中傑來罪中魁。聖帝呀！何不使他去到官前自表罪，免得專在方境生是非。喂呀，菩薩呀！一啼千行淚，一叩淚雙垂，使孫兒早沾澤惠，感聖帝，萬種慈輝。

雖然字數上有所參差，但通篇字句都是押同一個韻腳，其中夾雜的發語詞，除了可加重抒發人物的情感，也是更顯語句活潑的裝飾。

（2）兩人間的對話

如〈萬花村〉中封可亭與其子間的對話，就是一段完整全部十字的韻語：

父：見我兒不由父心如刀絞，	子：忍不住傷心淚只往下拋。
父：只望兒讀詩書龍門高跳，	子：誰知道遭冤枉身坐監牢。
父：恨只恨無良賊把兒扳咬，	子：在法堂受苦刑已把供招。
父：兒就該對太爺好言哀告，	子：任你辯任你講不聽分毫。
父：全不念宦家子另眼看照，	子：不招供裝擡盒命喪陰曹。
父：喂呀兒呀！這都是父生前多把孽造，	子：爹爹呀！都是兒不孝罪纏把禍招！
父：怕的是丁封到罪問斬鉸，	子：可憐間父子情半路可拋
父：捨不得我的兒讀書有造，	子：都是兒在前生未把香燒。
父：捨不得我的兒有品有孝，	子：爹爹呀！怨你兒未報答養育劬勞。
父：兒呀！可憐父發蒼蒼年紀已老，	子：爹爹呀！風前燭瓦上霜怎受飄搖？
父：兒呀！可憐父戰戰兢兢去把誰靠？	子：爹爹呀！也只好夢寐間報答恩膏。
父：哭不盡父子情只把天叫，	子：難捨我哀哀父血淚嚎啕。
父：兒呀！怕的是未歸家椿樹先倒，	子：爹爹呀！切不可畢久兒煩惱心焦。

封氏父子兩人間藉由唱和的韻文略述前事、傳遞彼此的感情，扣除文中表現情感的發語詞（喂呀兒呀！兒呀！爹爹呀！），每一句皆是十字的前後對句，同樣的形式在〈假先生〉中楊學儒與妻子間的對話，也是這樣兩人一來一往唱和的句式，只是這次是爲七字：

| 妻：一見夫君肝腸斷， | 夫：心中好似滾油煎。 |
| 妻：只說今生難會面， | 夫：誰知相逢在此間。 |

妻：那日看夫回家轉，　　　　　夫：走到半路起禍端。

妻：到底爲著那一件，　　　　　夫：歸家無妻淚漣漣。

這種以韻文唱答的對話方式，在《躋春臺》中常見，較爲特殊的是在韻文中亦夾帶插詩，且見〈賣泥丸〉中癲僧與王成的對話：

癲僧：我笑你，有些癲，侍奉母親太費錢。人生倘若必翻片，須將孝字丟一邊。

王成：禪師說到那裏去了，又道是：親恩深似海，人子罪如山。頭髮數得盡，親恩報不完。若不孝順父母，就翻片興家也發不長久嘛。

癲僧：我笑你，有些怪，太把兄弟來友愛，你今還在受饑寒，何必把他來攜帶。

王成：禪師說錯了，又道是：兄弟如手足，十指連心肝。銀錢只顧己，何以對祖先？不顧兄弟，即爲不孝，就是掙得錢來，問心卻有愧的。

癲僧：我笑你，有些蠢，傭工忠實又發狠。一日纏得五十文，何須太把骨頭損。

王成：禪師說差了，又道是：爲人不忠良，死終爲下鬼。一文要命消，多得必受累。受些辛苦，掙來的錢雖然少些也是堅牢的。

癲僧：我笑你，有些迂，待人以信言不虛。只要金銀廣堆積，就是奸詐不爲汙。

王成：禪師之言太不近理了，常言道：窮言若無信，寸步不能行。口說蓮花現，還是風談經。虛誣詐僞，只是自欺，要積銀錢，恐怕不能。

癲僧：我笑你，有些愚，驕傲滿假一概無。爲富不仁是古語，何妨把禮來看疎。

王成：禪師此話更差。常言道：爲人若無禮，好似鼠無皮。有財不知禮，不死又何爲？想鼠尚有皮，人不講禮，比獸都不如，有錢何用？

癲僧：我笑你，有些呆，爲何不取非義財。人非橫財難致富，何妨使心用些乖。

王成：禪師之言更不是了，豈不聞：非義之財不養家，未曾到手禍先發。閻王賜你三合米，任你走到遍天涯。不義之財拿來何用？就是送我，我也不要。

癲僧：我笑你，有些憨，爲何不亂要人錢。於今廉潔多貧困，就是王侯也在貪。

王成：禪師之言越發隔遠了，常言道：廉者不受嗟來食，潔士不飲盜蹠泉。安分守己無妄念，簞瓢陋巷也心寬。只怕這們積錢，連人皮都要積脫，那我是不幹的。

癲僧：我笑你，有些悶，欺瞞拐騙全　　　王成：禪師誑我了，又道是：錢財如糞
　　　不信。如今廉恥盡消亡，何必　　　　　　土，仁義值千金。漏屋無虧欠，
　　　公平守本分。　　　　　　　　　　　　　皇天有眼睛。與其無恥而得錢，
　　　　　　　　　　　　　　　　　　　　　　不若安貧守本分，才不枉自為人
　　　　　　　　　　　　　　　　　　　　　　嗎。

　　韻文夾帶插詞的對話方式，在《清平山堂話本》中〈張子房慕道記〉中已有類
似的內容，文中高祖和張良的對話：

高祖：齊王韓信，他有罪過，如何苦　　　張良：我王豈不聞古人云：『君不正，臣
　　　死？卿不知其情，寡人有詩為　　　　　投外國；父不正，子奔他鄉。』
　　　證：韓信功勞十代先，夜斬詩　　　　　我王失其政事，不想襄州築壇拜
　　　祖赫趙燕。長要損人安自己，　　　　　將之時。我王不信，有詩為證：
　　　有心要奪漢朝天。　　　　　　　　　　韓信遭逢呂後機，不由天子只由
　　　　　　　　　　　　　　　　　　　　　妃。智賺未央宮內死，不想襄州
　　　　　　　　　　　　　　　　　　　　　拜將時。

高祖：卿，韓信、彭越、英布三人有　　　張良：臣自有詩為證：韓信臨危劍下亡，
　　　怨寡人之心。　　　　　　　　　　　　低頭無語怨高皇。早知死在陰人
　　　　　　　　　　　　　　　　　　　　　手，何不當初順霸王！

高祖：卿要歸山，你往那裏修行？　　　張良：臣有詩存證：放我修行拂袖還，
　　　　　　　　　　　　　　　　　　　　　朝遊峯頂臥蒼田。渴飲蒲萄香醪
　　　　　　　　　　　　　　　　　　　　　酒，饑餐松柏壯陽丹。閑時觀山
　　　　　　　　　　　　　　　　　　　　　遊野景，悶來瀟灑抱琴彈。若問
　　　　　　　　　　　　　　　　　　　　　小臣歸何處？身心只在白雲山。

高祖：卿意要去修行，久後寡人有　　　張良：臣有詩存證：十年爭戰定干戈，
　　　難，要卿扶助朝綱，協立社稷。　　　虎鬥龍爭未肯和。盧空世界安日
　　　　　　　　　　　　　　　　　　　　　月，爭南戰北立山河。英雄良將
　　　　　　　　　　　　　　　　　　　　　年年少，血染黃沙歲歲多。今日
　　　　　　　　　　　　　　　　　　　　　辭君臣去也，駕前無我待如何！

高祖：如今天下太平，正好隨伴寡　　　張良：有詩為證：兩輪日月疾如梭，四
　　　人，在朝受榮華富貴，卻要耽　　　　　季光陰轉眼過。省事少時煩惱
　　　寒受冷，黃虀淡飯，修行張良　　　　　少，榮華貪戀是非多。紫袍玉帶
　　　慕道！　　　　　　　　　　　　　　　交還主，象簡烏靴水上波。脫卻
　　　　　　　　　　　　　　　　　　　　　朝中名與利，爭名奪利待如何！

亦是韻文之中夾帶「有詩為證」等等的插詩。

許麗芳認爲:《躋春臺》的韻文表現方式實屬特殊,已經不是一般善用韻文的例子,也更不能視爲一般的敍述形式,而將其歸結爲變文等舊有文類表現方式的承襲。〔註14〕蔡國梁指出《躋春臺》中特殊的韻文形式,是與當時流行於民間的俗文學,例如:彈詞、鼓詞、評話及四川竹琴等南方說書有關〔註15〕,如今,我們將《躋春臺》視爲具有宣講性質的擬話本,則其中多樣的韻文形式便顯得其來有自,因爲宣講唱本本就是包涵多種複系俗曲與勸善歌謠及寶卷唱本的唱曲形式,除了上述幾種民俗曲藝之外,《躋春臺》特殊的韻文形式亦受流行於清末社會「五更調」的影響,以下分別析論之。

彈 詞

清代中葉以後,隨著話本小說的逐漸衰落,民間的彈詞說唱有了迅速的的發展。《躋春臺》的這種藝術體制,顯然有著時代的烙印,大量韻散夾雜這種藝術格局也呈現出話本小說和彈詞合流的趨勢。〔註16〕

彈詞是以且說且唱的方式講演故事內容,由於使用三弦、琵琶等「彈」撥樂器爲伴奏樂器,所以稱爲「彈詞」。它的唱詞以七字句爲主,間有加以「三言」的襯字的〔註17〕,也有將七字句變化成兩句的三言的〔註18〕,或三三四的句子,每句如有多餘的字就稱作襯字,襯字是唱時用以輔助表情,或加重語勢的〔註19〕。例如李家瑞在〈說彈詞〉中所述:「楊升庵仿作的〈二十一史彈詞〉,通體都是敍事,每段之前,先有一首曲調,繼後有一段說白,又後方是唱詞,詞都是十字句,分三三四讀,也有韻腳,在彈詞中稱爲『攢(或作贊)十字』。」〔註20〕且看〈萬花村〉中這段翁姑間的對話,即與彈詞的形式頗爲接近:

　　林氏一聞此言,心如刀絞,想起夫妻恩愛與公公情分,不禁大哭道:

　　聽公言,不由媳,肝腸碎斷。這一陣,好叫奴,珠淚漣漣。

　　只說是,奴的夫,時運乖蹇,又誰知,是狗子,出錢買奸。

　　恨單武,做的事,理該天譴,活生生,將奴夫,身陷禁監。

　　「媳婦何必哭,你夫被狗子陷害,身坐卡中,要你嫁去纏得回來,你到底嫁也不嫁?」

〔註14〕同註2,頁101。
〔註15〕同註3。
〔註16〕張兵:《話本小說史話》(遼寧教育出版社,1992年),頁140。
〔註17〕例如:常言道,惺惺自古惜猩猩。《珍珠塔》
〔註18〕例如:方卿想,尚朦朧,元何相待甚情厚。《珍珠塔》
〔註19〕阿英:《小說閒談四種》(上海市:上海古籍,1985年),頁84。
〔註20〕王秋桂編:《李家瑞通俗文學論文集》(臺北:學生書局,1982年),頁75。

尊公公，聽媳把，苦情細談，未必然，叫媳去，忍恥從奸。

婦女家，怕的是，名節有玷，失了節，辱父母，又羞祖先。

況媳祖，中狀元，常把君伴，公的父，平陽府，又做清官。

難道媳，宦家女，反居下賤，常言道，是良馬，不彎雙鞍。

媳情願，死陰司，絕他妄念，也免得，失節操，罵名永傳。

「媳婦全節固是正理，但把你夫害了。不如聽公相勸，改嫁救夫，雖然失節，卻能全孝，亦不愧於巾幗。」

即是以說白與唱詞夾雜的方式演出，彈詞的內容多以才子佳人的故事為主。發展到後來已有敘事與代言二大支，敘事的可以稱為「文詞」，只能夠在書齋裏看，完全是用第三身稱作客觀敘述的。〔註 21〕這一類的文體，後來也稱為「彈詞小說」，根據阿英在《小說閒談四種》中提到的：

它的篇章組織包括詩、詞、贊、套數、篇子幾種，而以篇子為主。所謂「篇子」者，就是篇中彈唱的段落，每一段叫做一篇子，一回應有若干篇子，是沒有固定的。詩和詞，大是為著每回的開場，中間的偶一停頓、穿插，或全書的結束用。贊與套數，是適應於特殊的部分，根據事實的必要性而增益，當然也可以隨時加入其他體制的作品，篇子的每句字數，大都以七字為主，其餘的字數，可看事實的必要決定，沒有什麼限制。篇子寫作的技術，自以韻腳押得自然為主，還有，就是更足以幫助彈詞成功的，那就是恰如其分的生動活潑的運用成語、俗語，以及民間流行的隱語。其次，幽默語的應用，也是必要的，可以調劑聽眾疲乏精神，更主要的，是靠能在「通俗易解，活潑雅韻」八個字上用功夫。〔註 22〕

彈詞小說的體制和《躋春臺》的體制亦多有相近之處，諸如：篇子、套數、詩、詞、成語、俗語的使用，而彈詞中的「開篇」〔註 23〕，或唐詩唱句，短煉風趣，和「平話」裏的「入話」，小說裏的「得勝頭回」，體制與用意相仿，是藉以待客，再開正書的意思，更主要的是，彈詞小說與話本小說，兩者間「通俗易解，活潑雅韻」的精神是一致的，均是以淺白易懂的文字，協以韻語，帶給人們通俗文化的樂趣。

〔註 21〕趙景深：《彈詞研究》（臺北市：東方文化，1971 年），頁 6。

〔註 22〕同註 19，頁 37～38。

〔註 23〕彈詞家于彈唱正書之先，往往理弦吟唱韻文若干句，名曰「開篇」。其材料或取舊有之詩詞，或即景情自編韻語，或剌取報章時事為之，以娛聽眾。考開篇流甚遠，宋代教坊樂隊，已有樂工等之致辭。小說戲曲之有致語及楔子，亦是此意。參見陳汝衡：《說書小史》（臺北市：廣文書局，1981 年），頁 99。

鼓　詞

　　鼓詞淵源于變文，是流行於北方諸省的講唱文學，以鼓爲主樂，在形式上鼓詞與彈頗爲相近，例如：唱詞多以七言、十字韻文（攢（或作贊）十字：三三四句式）爲主、說白都是連寫，唱詞都是斷句，甚至於每段首尾附加的詩詞，均是含有唱詞、韻散合一的民間曲藝，例如〈陰陽帽〉中這段韻文：

　　　　珠珠兒曰：「大老爺請聽：青天在上容稟告，細聽下民說根苗。我父本樸甚公道，無辜遭冤坐監牢。得病臨危把民教，品正行端莫浪交。廣行方便把福造，作善方能把財招。下民聞言如撿寶，緊記心中未輕拋。父病方瘥賊又到，房屋家財一火燒。……」

即是以七言爲主的唱詞，也因爲形式的接近，宣講唱本最早收錄的段子還放入子弟書、鼓詞一類〔註24〕，這或許是因爲宣講唱本的唱曲，類似鼓詞的詩贊系唱曲，如十言的攢十字或十三言的唱詞，幾乎篇篇皆有，故唱本編者以此認定，然而，根據陳兆南的研究指出：「宣講唱本大量應用勸善歌謠非鼓詞之常，這是宣講唱本與鼓詞唱本不同處。〔註25〕」不過，筆者認爲由於彈詞與鼓詞均是盛行於清代的民間曲藝，因此以融混的形式呈現在《躋春臺》亦是可以被理解的。

評　話

　　淵源于唐宋以來的「說話」，元朝的「平話」。它的名稱依地方有所不同，在北京、天津演出評書這種口頭曲藝形式，稱爲「評書」，南方蘇州一帶則稱「評話」，評者，就是評論、議論，說書人必須善用「敍述」和「評論」兩種功夫，構成「有講有評」或「又講又評」的表演形式。在內容方面，大致是「揄揚勇俠，讚美粗豪」的俠義和公案故事，或是「忠孝節義，善惡分明，因果報應」的社會家庭倫理故事，陳汝衡在《說書小史》中提到：

　　　　評話爲大書，所說者多屬勸忠教孝，敦品勵行，或敍歷史陳迹，或提倡武俠精神。其發人深省，移風易俗，有足多者。〔註26〕

文體則是平易、淺顯、通俗的平話式文學〔註27〕，用樸素生動的民間語言來敍述動人的故事，而且可以加入某些評論的色彩。從作品的有韻與否來分，可以分爲有韻

〔註24〕宣講唱本首先受到俗曲收輯者路工的注意，故當編《孟姜女萬里尋夫集》（臺北：明文書局股份有限公司，1981年）時，收錄一則〈孟姜女哭長城〉的宣講段子，然而路工卻將之放在子弟書、鼓詞一類，而未說明其原因。參見陳兆南：《宣講及其唱本研究》，中國文化大學中國文學研究所博士論文，1992年6月，頁273。

〔註25〕同註24，頁276～277。

〔註26〕同註23，頁62。

〔註27〕陳端秀：《清代小說綜論》（臺北：中華文化復興運動總會主編，1993年），頁402。

評書和無韻評書兩種，具有故事動人、情節曲折、人物生動、語言通俗口頭化，具有地方色彩的藝術特徵。《躋春臺》的內容，和上述評話的精神一致，是爲勸忠教孝、敦品勵行的作品，在形式上，也具有語言通俗、兼融講述與評論等特點。

四川竹琴

是漁鼓（道情）傳入四川後發展形成的曲藝曲種，據說清初已頗流行，內容以勸忠勸孝爲主，光緒年間漸改以《列國志》、《三國志》故事爲主，約於清末民初，因其主要樂器中有一擊節的竹筒，故改名「竹琴」，一般都是一人用漁鼓、簡板自打自唱，也有四五人一組坐唱，唱腔分一字板、二流板、三板等，說唱時，敍事體和代言體交織〔註28〕，與四川揚琴相同，但在潤腔手法上有異，尤其是鼻音悶腔在竹琴中使用尤多。曲詞由散文、韻文交織組成〔註29〕，且看〈道情〉曲者：

> 到春來，百花開，甚是體面。看不盡，繁華盛，錦繡乾坤。秋一到，那光景，忽然不見。只有那，松與柏，不改容顏。歎人生，少而老，猶如夢幻。在世間，不久長，就是這般。笑有等，把銀錢，事事貪欲。受勞苦，日不暇，夜不能眠。〔註30〕

〈竹板歌〉曲者：

> 父母恩德如天高，絲毫未報淚嚎啕，十月懷胎擔心早，臨盆險些赴陰曹。一周二歲懷中抱，爺娘時刻把心操，一怕饑餓未吃飽，口中嚼飯把味調。二怕寒冷少衣襖，績麻紡紗到深宵；三怕染病難得好，衣裙未幹不敢包。〔註31〕

和《躋春臺》中〈失新郎〉：

> 一放心，一傷生，兩般功過造來深，恩仇報得清。福也臨，禍也臨，癡兒轉慧富轉貧，憂喜兩驚人。

〈螺旋詩〉：

> 成珍叩頭訴道：
>
> 大老爺在上容告稟，聽客民從頭訴分明。幼年間讀書未上進，龍門縣開鋪把生營。
>
> 「龍門縣地震作海子，此時你出門未曾？」

〔註28〕參見齊森華、陳多、葉長海主編，《中國曲學大辭典》（浙江教育出版社出版，1997年），頁75。

〔註29〕參見《中國戲曲曲藝詞典》（上海辭書出版社，1985年），頁719。

〔註30〕本曲出自《宣講集要》卷十一，〈自了漢〉段，錦章石印本，頁28b。

〔註31〕同前註，卷十三，〈雪花銀〉段，錦章石印本，頁34a。

方出門兩日地就震，與陳忠貿易到宜賓。民順便來把舅父省，他二老
留得甚殷勤。又兼之舅娘得重病，民因此久住未回程。那一日忽來一算命，
民舅娘請送五鬼屋。心厭惡出外去散悶，扇與囊落了不知因。

兩者文體頗為類似，均是敍事體和代言體交織，鼻音悶腔為主的押韻，曲詞由散文、
韻文夾雜組成，尤是可知蔡國梁的推測實有理據。

五更調

也叫「歎五更」，一般五疊，每疊十句四十八字，其源甚古，唐代敦煌曲子中即
有「五更轉」或「十二時」。〔註32〕根據任二北的研究，「五更轉」在六朝時就已出
現，而在唐五代時大為盛行，在現在看得到的敦煌雜曲中，「五更轉」占了不小的比
例。〔註33〕「五更轉」和變文一樣，大致可分為宗教性與非宗教性兩種。前者主要
是用來宣揚佛教教義，後者則以閨怨為主，偶爾夾雜一些哀歎不識字之苦或發憤圖
強的作品。

這種用淺顯的文字，配合上民間普遍流行的歌唱曲調，以期更有效地向一般大
眾宣揚新的價值體系，或進行道德性勸勉的作法，是清末的知識份子、官紳、志士
利用戲曲形式所推展的下層社會啟蒙運動之一〔註34〕，其形式如下：

> 太子五更轉
>
> 一更初。太子欲發坐心思，奈知耶娘防守到，何時度得雪山川。
>
> 二更深。五百個力士睡昏沈，遮取黃羊及車匿，朱鬃白馬同一心。
>
> 三更滿。太子騰空無人見，宮裏傳聞悉達無，耶娘肝腸寸寸斷。
>
> 四更長。太子苦行萬里香，一樂菩提修佛道，不藉你世上作公王。
>
> 五更曉。大地上眾生行道了，忽見城頭白馬蹤，則知太子成佛了。

唱詞中敍述的時間是按照自然時間次序一更更的傳唱下去，《躋春臺》中可見，是作
者設計于故事中人物用來表達心聲時的韻文，例如：〈過人瘋〉中的蘭英在依照自我
意志、堅守原定婚約與違抗父命間兩者間內心的衝突與掙扎，作者即是安排這樣一
段唱詞：

> 一更裏，月銜山，想奴薄命好慘然。生來容貌本嬌豔，十歲犯了痘癲
> 關。渾身皮肉稀糟爛，希乎把命送陰間。痘好面麻顏色變，齒露唇歪發悁
> 悄。喂呀，天呀天！我前生作何罪犯，為甚麼改變花顏。

〔註32〕同註29，頁681。
〔註33〕任二北：《敦煌曲初探》（上海文藝聯合出版社，1954年），頁57～59。
〔註34〕李孝悌：《清末的下層社會啟蒙運動1901~1911》（臺北：中央研究院近代史研究所，
　　　　1992年），頁185。

二更裏，月斜懸，想起前事淚潸然。只因我爹媽出門飲酒燕，忽然李郎來拜年。狗兒圍住打不散，奴只得含羞接進大門前。李郎著怒抽身轉，不久日即來退姻緣。喂呀，冤呀冤！歎人情如此薄短，竟不能同偕百年。

三更裏，月中天，想起爹爹痛心肝。縱然他把婚姻來退轉，也當念父女恩情萬萬千。每日舍兒兩碗閑茶飯，度活殘生守貞堅。若不然送兒且到尼姑院，削髮全貞去參禪。為甚的另放高門結姻眷，一匹良馬配雙鞍。喂呀，爹呀爹！何苦要忍心害理，使女兒月缺花殘。

四更裏，月半山，想起我娘淚不幹。自幼諄諄把兒來勸勉，教女兒總要增氣免人談。生怕兒失了你體面，只望兒行坐俱要在人前。為甚今日不把前言念，與爹爹做事合一般。兒若從父依媽勸，定要敗名羞祖先。喂呀，媽呀媽！另改嫁兒實不願，要想會夢裏團圓。

五更裏，月色殘，想起李郎痛心肝。你也曾讀書到萬卷，難道說這個道理想不穿？昔年諸葛孔明夫後漢，黃承彥醜女結良緣。孟光力大醜難看，梁鴻配合甚喜歡。為妻雖然不體面，也念你爹媽昔日把親聯。為甚總要使奸險，活逼妻到鬼門關。喂呀，夫呀夫！你把這堅貞烈女竟當作野鶴山鶯。

女主角感歎自己因為生病使得原本的花容月貌徹底改觀，進而因貌醜影響到與未來夫婿的婚姻，最後父母不得不為她另謀親事，但這卻違背女兒家從一而終的堅貞信念，在夫家嫌棄、父母不支援的情況下，小女子孤夜難眠，只能隨著時間一分一秒的流逝發出的聲聲嗟歎，這五更調的唱詞運用，除了〈過人瘋〉之外，〈比目魚〉中亦有同樣的韻文唱詞，十分成功的刻劃出故事人物的心聲。

事實上除了以上所述幾種民間曲藝之外，當時流行於四川地區的曲藝，尚有四川揚琴〔註35〕、四川清音〔註36〕、四川評書〔註37〕等多種民間曲藝，均是韻散交織

〔註35〕流行於四川的川西平原和川東、川南一帶，約在清乾隆年間即已形成。原為坐唱，分角色卻不按角色化妝，類似戲曲的清唱，但時或穿插第三人稱的唱白以交代情節、烘托氣氛。現在也有主角站唱、配角坐唱的演唱形式。唱本寫法似壓縮了的小戲曲劇本，唱詞基本為七字句、十字句。基本曲調有正調（大調）和越調（小調）之分。正調由六板頭子、一字、快一字、舵子、二流、三板、大腔等組成，為板腔體。越調是吸收四川清音等民間音樂發展而成，為聯曲體，演員自奏自唱，樂器以揚琴為主，另有鼓板、懷鼓、京胡、三弦、二胡等。在長期發展中曾形成各種流派，主要是「文采派」和「本色派」兩者爭雄競長。傳統曲目據說有三百多個，多取材於歷史故事和民間傳說，如正調的《香蓮闖宮》、《刺目勸學》和越調的《秋江》、《船會》等。同註29，頁718。

〔註36〕流行於四川，據說在清乾隆年間即已形成。一般認為系由長江下游的民歌小調傳入

成的形式特徵，傳達著以「教忠勸孝」為主的世情故事，對民間一般大眾而言，透過欣賞與參與這樣的藝文活動，除了可以得到很好的藝術享受之外，還可使人認識社會現實種種樣相，熟悉種種歷史人物和生活知識，從而得到種種優秀的思想品德教育，《躋春臺》的作者來自于民間，以市井小民的生活做為創作的主要內容，從民間的創作吸取養料，整部作品呈現出的風格必定會受當時蜀地盛行的文藝活動影響，新舊文藝樣式互相的滲透、彼此吸收，我們很難將其劃定于單一種的曲藝特質，稱其為某一種特定的故事作品，持平而論，我們只能說這是一部具有地方曲藝色彩文學作品，呈現多樣化的藝術風貌。

2. 作者的敍述

在話本小說中，常可見到如「且說……」、「卻說……」、「正是……」一類語句，引導的往往是敍述者對故事的描寫或評論句式，既是宋元說話人的遺迹，也可說是典型的話本標誌。事實上，在宣講底本中亦有此種語式的呈現，例如：「正是一龍當定千江水，片言瞞過眾人心。卻說米氏有一俚兒名為寶………。」（〈雙義坊〉）〔註38〕此類句法皆為敍述者聲音之呈現，敍述者不再隱藏於故事背後，而是現身說法，中斷故事本身之敍述進程，直抒其見。如文中屢見之「看官聽說」、「且說」及「且聽小子道來」等，均為同類用法。而若干情節中之對句應用與故事末尾作者之評述尤為此一特徵之顯現。

話本或宣講故事之末，常會加入作者評述作為總結，這是話本及宣講故事常見的形式特徵。本書作者劉省三為貫徹「勸善懲惡」的著作動機，在每回文末，必會附上一段個人意見，這段文字中常有古人俗諺，例如：

> 古云：「兄弟如手足，妻子如衣服。衣服爛，尚可縫；手足斷，不可續。」（〈十年雞〉）

四川後，結合本地民間音樂發展而成。起初主要伴奏樂器為月琴，故初名「月琴」，1930 年前後改名為「清音」。演唱者多為一人，初為坐唱，後發展為站唱，左手打板，右手執筷子敲打竹鼓，以琵琶為主要伴奏樂器。曲本有以敍事為主，有以抒情為主，唱詞句型有民歌體，有散曲體，傳統曲目內容有兩類：一以歷史題材或民間傳說為主，如《斷橋》、《思凡》等，一為抒情小曲，如《悲秋》、《繡荷包》等。同註 29，頁 719。

〔註37〕流行於四川、貴州及雲南部分地區，歷史悠久，以四川方言演述故事，主要有清棚、擂棚兩大流派，前者以清淡為主，重文采，表演時輕言細語、娓娓而談，後者重表情動作，繪聲繪色。在傳統評書基礎上又創造了四川有韻評書，其特點為以韻文敍述故事，句子可長可短，下句押韻，可自由換韻，敍說與朗誦結合，曲目一般為短篇，如《冷槍戰》、《戲天地》等。同註 29，頁 719。

〔註38〕參見《宣講金針》卷四〈雙義坊〉，頁 21。

　　　　古云：人善人欺天不欺，人惡人怕天不怕（〈雙金釧〉）
多是以對句形式出現的韻文來總結全篇故事的內容大意。

二、韻文的功能

　　黑格爾曾經很憂慮的表示中產社會本質上是很平庸的，想要賦予任何抒情的成分都是行不通的，因此他認為早期的文學要避免描寫細微、平淡、單調的生活。前捷克漢學家 J.Prusek 曾探論十九世紀歐洲小說，大部分是描寫中產社會中平凡人物的樸素生活，為使作品變得美麗的、讓人心神愉快的東西，「詩」是第一個被引用來擔任這種角色，可以補足作品題材上平淡灰色的氣氛。同時他也討論十二、三世紀中國社會的情形，他說：

　　　　毫無疑問地十二、三世紀中國話本小說家跟十九世紀歐洲作家面臨同
　　　　樣的問題，他們必須給當代中國中產生活的描述賦予藝術的形式，那種生
　　　　活也許比歐洲十九世紀的生活更無聊、更狹窄，因為受到封建官僚社會秩
　　　　序束縛所致。因此這些話本小說家面臨了黑格爾所謂的不可能的任務。

因此：

　　　　在故事加入對現實狀況的描寫，以使故事更迷人，這些描寫真實灰
　　　　暗，卻具有美感，多采多姿及可愛的因素。為達到這個目的，十二、三世
　　　　紀中國的寫實作家也引用了十九世紀歐洲作家在同樣情形下所用的手
　　　　法：在典型的敘事因素裡加進了詩的成分，也就是在散文敘述裡插入了詩
　　　　歌。〔註39〕

換言之，詩歌的加入不但豐富了小說的內容，也使小說更具審美價值，徐志平指出：詩詞在寫實小說中緩和了張力，造成抒情的效果，同時也提升了通俗小說的境界，使讀者在擾攘熱鬧的情節中暫時脫身出來，有餘暇去深思，得到洗滌、淨化心靈的作用。詩詞成為話本小說中不可或缺的一環，有其特殊的價值，不應輕易抹煞。〔註40〕

　　話本小說繼承唐代以來俗講、變文的傳統，其間所夾雜之韻文成為表演或寫作應有的特徵。〔註41〕就其在《蹄春臺》中之敘述功能，可分為以下五種：

〔註39〕 J.Prusek 著，陳修和譯：〈中國中世紀小說裏寫實與抒情的成分〉，載《中國古典小說
　　　　研究專集 3》（靜宜文理學院中國古典小說研究中心編，臺北：聯經出版公司），頁
　　　　89～102。
〔註40〕 徐志平：《晚明話本小說石點頭研究》（臺北：臺灣學生書局，1991 年），頁 149。
〔註41〕 羅燁于《醉翁談錄・小說開闢》中曾云：「論才詞有歐、蘇、黃、陳佳句；說古詩是
　　　　李、杜、韓、柳篇章。畢斷模按師表規模，靠敷演令看官清耳。只憑三寸舌，褒貶
　　　　是非；略噂萬餘言，講論古今。說收拾尋常有百萬套，談話頭動輒是數千回。說重

（一）總敘全篇故事

話本小說中作者以韻文總述全篇故事，目的爲借著覆述事件，讓讀者重新領略全篇情節或事件。皆爲說書特徵之遺留與承襲，常爲一陳述終結之固定形式。在《躋春臺》中常以故事人物爲敘述者，藉對話總敘全篇故事：

> 萬歲爺禦太極紫微高照，聽小民將來由細訴根苗。民叫做張錦川家屋原小，祖居在無錫縣曾把醫操，昔小女名流鶯生來美貌，體端莊性賢淑聰敏才高。自幼兒與胡姓姻親結好，民女婿胡長春讀書兒曹。因小民行術時運不好，王府尊姨太太請把病調。姨太死他怪民醫未盡道。將小民丟監卡受盡煎熬。無錫縣父母官貪財愛寶，要小民一百銀纒把案消。民女賣了身去把銀繳，大老爺纒將民放出監牢。民女兒想夫婦關係非小，雖賣身尚與夫苦守節操。他丈夫見妻子有節有孝，願與妻守信義不續鸞膠。一心要贖小女百年偕老，同生死共患難兩不分拋。因二月陪主母燒香進廟，遇本縣父母官起下波濤。說小女生得來十分美貌，他總要把小女獻與王朝。民女兒念丈夫百般哀告，官只徒貪功賞不聽分毫。命多人押小女強逼上轎，到船舟從水路來獻美嬌。他丈夫聞此言心如刀絞，跟著船來趕送痛哭號啕。民女兒見了夫就往水跳，官見了將女婿毒打不饒。可憐間周身上鮮血浸泡，帶重傷猶跟趕珠淚滔滔。民女兒見丈夫形容枯槁，尋短路報丈夫命赴陰曹。父母官恨小女把他興掃，將屍首拋江岸用火焚燒。把骨灰灑之在平陽大道，盡牛馬來踐踏好把恨消。民女婿見妻死向火撲躍，被眾人往後推氣死荒郊。將小女焚過後去把灰掃，得一物與人心不差絲毫。如水晶似玻璃光華照耀，在中間現一個美貌兒曹。官心想女心中既有美少，不知道男子心可有女嬌。命左右將屍首一陣燒了，得一物與前物好似同胞。同輕重共方圓無分大小，中有個美佳人面賽桃夭。對面放心中人若言若笑，這縣官一見得喜上眉梢。說此物眞乃是希世之寶，獻皇上定賞我一品當朝。造金匣放二心封鎖已好，到京城見萬歲來把寶交。誰知道到金殿忽然變了，滿匣中是血水臭氣沖霄。諒必是他夫妻靈魂知道，化貞心見皇上來討恩膏。萬歲爺念小女苦節苦孝，念

門不掩底相思，談閨閣難藏底密恨。辨草木山川之物類，分州軍縣鎮之程途。」實爲故事中韻文所發揮之描述部分與演出效果，話本小說據而襲之，對於故事中相關事物亦多所鋪敘描繪。又據魯迅《中國小說史略》之〈宋之話本〉、〈宋元之擬話本〉與〈明之擬宋市人小說及後來選本〉等篇章中論及擬話本及特徵，其中引證詩詞即爲條件之一，而此及就擬話本之特性而言，仿眞之作品既須有引用詩詞之要求，則顯然早期宋元話本自亦有此明顯特質。

女婿守信義命斃身焦。萬歲爺施鴻恩將他旌表，願萬歲萬萬歲壽比天高。
（〈心中人〉）

在此韻文之功能在總述全篇故事的發展經過與重要情節，能夠經由再次內容的重述提高讀者閱讀時的注意力，另外，這段韻文表現故事中男女彼此愛慕相思之情，於整個故事氣氛有渲染效果，也有助故事氛圍之烘托。

（二）人物述懷言志

話本小說中人物彼此對白或自身之抒懷亦常以韻文出之，此亦為言志傳統之顯現。故事中人物所吟之詩除有言志效果外，此類韻文表現亦可加強故事情節強度，並能呈現書中人物之價值觀點。〔註42〕例如〈義虎祠〉中的劉江亭死前對妻子、兒子的叮嚀：

叫一聲賢德妻咽喉哽哽，這一回怕的是有命難存。夫妻們前世修今生配定，大限來鴛鴦鳥各自飛分。想過門家有餘剩，夫為善蒙賢妻一力贊成。雖是夫為善事將業賣盡，卻喜得妻末年有了天生。只說是夫妻們同心撫引，有了人雖無錢不愁翻身。那知道為夫的得壞疾病，醫不靈藥不效氣喘頭昏。夫死後妻當把心放穩，安貧困受苦楚立志為人。天生兒妻當要小心教訓，切不可慣習他使性耍橫。勤績麻、多紡花自把口混，到後來苦盡了自有甜生。叫嬌兒近前來父言細聽，莫輕浮莫放蕩至至誠誠。在家庭將爾母盡心孝順，出門去莫千翻又莫百人。長大時尋業行端品正，存好心、行好事正子勸人。是好人老天爺自然憐憫，到異日得好報富貴長春。

在韻文中傳達夫妻本是前世姻緣、子嗣勝於錢財、不可寵溺孩子、勤苦到頭自享甘甜、孝順父母、品行端正終得好報的價值觀。

（三）刻劃鋪敍場景

《躋春臺》中亦和其他話本小說〔註43〕一樣，有以韻文鋪敍場景此類場景常為故事發展的空間，且非靜態描摹，往往由故事中人物之角度加以呈現，例如：〈南鄉井〉中描寫夜裏大雪的籠罩大地的場景：

千山無飛鳥，萬徑少人行，滿天飛白玉，世界放光明。

〔註42〕同註2，頁87～90。
〔註43〕例如：〈碾玉觀音〉篇首所引用的詠春之詩詞韻語，其文雲：山色晴嵐景物佳，烘回雁起平沙，東郊漸覺花供眼，南陌依稀草吐芽。堤上柳，未藏鴉，尋芳趁步到山家。隴頭幾樹紅梅落，紅杏枝頭未著花。〈簡帖和尚〉中對簡帖和尚的描寫：濃眉毛，大眼睛，蹶鼻子，略綽口。頭上裹一頂高樣大桶子頭巾，著一領大寬袖斜襟摺子，下面襯金貼衣裳，甜鞋淨襪。

場景鋪陳時多少均透露出其間之善惡氛圍，而與敘事情境相結合，予讀者或觀眾眞實臨場感。

（四）描寫人物外貌

例如：〈東瓜女〉中用來描寫乞女經過打扮後的模樣：

眉彎新月映春山，秋水澄清玉筍尖。櫻桃小口芙蓉面，紅裙下罩小金蓮。

〈審禾苗〉中描寫何良易當新郎的姿態：

穿帶時興款，容顏美且都。行俏風前柳，步痕三寸餘。

經由作者之筆，一位花容月貌的少女、風度翩翩的男士就出現在讀者眼前，甚至是作者形容貌醜的胡蘭英：「一臉的大麻子堆了又砌，兩隻眼蘿蔔花紅線盤珠。鼻子歪嘴皮翹門牙外露，那眉毛兩邊斜又大又粗小金蓮前朝天後頭鑽土，論頭髮似沈香一尺有餘。」（〈過人瘋〉）。藉由韻文的呈現使得人物的形象更加鮮活逗趣，不過，話本小說對人物之刻劃，其間文字並未不太大差別，作品主要關注點仍在於所陳述之事件本身曲折度，對人物、場景的描繪多在於展現作者文采，起烘雲托月之效。

（五）作者評述論斷

以詩詞來表現人物心志往往因而呈現不同觀點，此非話本小說所獨創，實有其歷史淵源，敘述者分別藉由散文與韻文予以呈現，尤其藉由韻文特有之抒情詠懷特質，對於個人情懷或感歎更得深刻表現，除形成作品敘述結構中不同層次之錯落外，亦形成不同之意境風格，韻文於散文敘述中之功能亦由此顯見。

話本小說中敘述者於陳述故事之任務外，亦常藉由韻文來表現其人對故事情節或內容之論評，甚至爲超越故事層次作評斷之現象，基本上，作者論述之聲音有多重層次，且與情節進行有不同程度之關涉，如對故事之全面評價、暫時中斷前述情節及預示未來發展等，敘述者之聲音得以出現於不同之故事段落中，實乃因敘述者自由靈活之敘述地位所致。

1. 對故事之全面評價

一般而言，出現於入話與散場詩之評述多超越故事本身之發展層面，爲作者之獨立意見表達。在結尾贊詞中常可見到作者刻意而爲發揮主題的評論。在話本小說的情境中，作者一方面要扮演敘事者的角色，另方面又要以評論者的姿態實踐道德教化之功能，處於此種「兩難困境」〔註44〕中，詩詞的運用則形成說話人所設定之

〔註44〕王德威：〈「說話」與小說敘事模式的關係〉，《從劉鶚到王禎和》（臺北：時報出版公司，1986年），頁35～37。

「適中距離」：作者以口說文字鈎勒出的小說情節，適時反映了現實人生的真實感，以詩詞作爲結尾之讚語則成爲作者抒發情感或表達意念的修辭策略，就讀者而言，文體的體制變換亦爲閱讀觀點之調整，在散文化敍事中穿插詩詞的吟詠，使讀者審美心理形成曲折跌宕的效應。在說話人或嘻笑怒罵或老練世故的聲音背後，隱藏著生存於俗世的無奈或對人生的悲感，二種文體交融的敍事模式適可詮釋話本小說中瀰漫的運命觀。〔註45〕例如：

> 天生富原是爲貧者設計，出功果捐貲財把他周濟，生貧者原是爲富者出力，替勞苦聽使喚走東去西。像我們在前生未把德積，到今生處貧困受盡寒饑。將氣力來賣錢辛苦無比，凡擔輕與擡重磨爛肩臂。……（〈平分銀〉）

不過，話本藝術雖然要求說書人不斷的評論講演，可是這只是一種職業性的講評工作，聽眾對他私人的感覺與意見不感興趣，他們表示的見解只是一般的見解，也就是一種公共輿論，而不是他私人的見解。〔註46〕例如：

> 從此案看來，人生在世，總要慈良愛物。……正所謂黃雀捕螳螂捕蟬，還有弋人在後邊。看來一報還一報，仇報仇來冤報冤。豈不可畏哉！（〈雙冤報〉）

即是以一般社會大眾所知的公共輿論來對故事加以評論，寓含誨世意識，此外話本中詩詞成語的變化使用，更加深了讀者對作者精心微妙藝術化手法的印象。

2. 中斷前述情節

在故事進行之中，偶爾插入作者的評論，中斷前述的情節，常以「正是」爲句子開端，例如：

> 正是：報應好似簷前水，點點滴滴毫不差。一報還報都是小，還要從中把利加。（〈巧報應〉）

> 正是：聞者傷心見者流淚。（〈審禾苗〉）

均是作者評述論斷的文字，它在故事之間介入，有學者認爲這樣的結構就小說藝術的完整性而言，常被認爲是個敗筆〔註47〕，但這亦是話本小說特有的結構特徵難以

〔註45〕 范宜如：〈話本小說中詩詞之運用及其意蘊——以「西湖小說」爲例〉，《國文學報》第 25 期，1996 年 6 月，頁 278。

〔註46〕 J.Prusek 著，陳修和譯：〈中國中世紀小說裏寫實與抒情的成分〉，載《中國古典小說研究專集 3》（靜宜文理學院中國古典小說研究中心編，臺北：聯經出版公司），頁 89～102。

〔註47〕 例如葉慶炳即認爲這樣的結構就小說藝術完整性而言是不必要的敗筆，參見葉慶炳：《中國文學史》下冊（臺北：臺灣學生書局，1997 年），頁 184。

全然省略。

3. 預示未來發展

情節之預示提供讀者某種程度之預期，進而產生閱讀興趣與期待。先導出情節之發展，並具有「導引」之功。例如〈螺旋詩〉中：

> 此處莫停留，久住禍臨頭，急早歸家去，小燕山莫住。頭闊油莫洗，
> 鬥穀三升米。

即是預示故事下面發展的內容。又如〈失新郎〉中綠波的卜卦斷詞：

> 花燭輝煌夜不眠，一夜風馳玉門關。傷生已極冤冤報，奈有祖德把命延。

因爲本卷中的羅雲開在平日喜好打獵殺生，報應在自己親生兒子上，兒子在新婚之夜無故失蹤，遍尋不著，審案的官吏劉鶴齡聽媳婦綠波的建議求助神明，得到以上這段詩詞，這段韻文對故事前段內容做了概括性的說明，也爲故事接下來的片段做了預示。

〈啞女配〉中的道長說道：

> 魏氏而今逢產難，貴人一到自安然。桂英聲啞年十九，一見親夫便能言。

在此時作者只鋪述到魏氏難產的情節，尚未出現啞女桂英的部份，藉由道長之口預示了主角朱泰與桂英相遇，孝子朱泰成功幫助啞女能言，最終結爲連理的內容。

總之，韻文可視爲話本小說重要的有機體，從篇首詩到正文、結尾作者評論，在在顯露作者創作的巧思，《躋春臺》中大量的韻文使用，形成本書重要的風格特徵；脂硯齋在《紅樓夢》（庚辰本）二十五回的批語說：「餘所謂此書之妙皆從詩詞句中泛出者，皆系此等筆墨也。」正可借來說明本書的詩詞妙用，這些韻文詩詞，表現人物的性格，添加民間文學素樸的生意，兼具娛樂性與勸誡性的雙重敘事功能，在韻散交錯的藝術形式中展現了新的審美生命。

第二節　巧妙的方言運用

自《金瓶梅》用魯語，《西遊記》用淮語，《紅樓夢》用京語，《海上花列傳》用蘇語，方言文學至清代已蔚然成風，不僅在人物性格與事物細節的描寫上形成特別風格，而且使作品帶有異鄉情味。李辰冬在〈論方言與文學的關係〉一文中指出：

> 文學是生活的表現，而表現生活最直接、最眞實、最能繪聲繪色的莫
> 過於語言。然語言是有地方性的，我們現在所提倡的國語，何嘗不是北平
> 話的擴大？所謂英語、法語、義大利語當初何嘗不是由歐洲的拉丁土語演

變而來？表現的目的，就在尋找最恰當的用語，將自己的情感思想表達出來。所以因人物的出身、地位、職業、知識、修養、思想、情感等等的不同，產生各色各樣的表現，這樣，才顯出文學的生動、變化來。因此，在真正表現民族精神的作品裏，自然而然也就避免不了方言。〔註48〕

因為「地方文化結構深埋在方言結構之中〔註49〕」，文學作品透過生動活潑的方言呈現這一風潮，亦和晚清時期文體的改革、語文合一的推動不無關係，當時的社會流行以淺近的語言向一般百姓大眾介紹文學〔註50〕，流風所及，也影響到話本寫作。同治九年刊刻的兩卷四冊的《俗話傾談》，使用廣東話寫成，稍後的《躋春臺》使用四川話，都是方言文學的支流。王獻忠就曾提到：「方言的相近性總是和特定的文化習慣相聯繫的，人們的心態越是相似，那麼他們的方言也就越加相近。〔註51〕」瞭解這些方言成分不僅對於欣賞作品的內容大有幫助，並且在考證小說的作者、籍貫、成書過程、版本優劣等方面往往能提供重要的線索。〔註52〕《躋春臺》中常出現川語川地風習，也可證明作者是四川人，或寄居蜀地，說「啥子」，稱「老表」，呼「泡哥（袍哥）」，滿紙四川味。〔註53〕書中所用方言俗語是一個世紀前的四川方言，但絕大多數至今仍在四川地區流行，其中一些字音也與今天中江話相同，例如作者將「怨恨」寫成「厭恨」，把「何犯于」寫成「何患於」，表明作者的口語中「怨厭」不分，「犯患」相混〔註54〕。

近來大陸學者對《躋春臺》研究，均集中在其所使用的方言辭彙上，認為本書大量運用口語和方言俗語對研究一個世紀以前的四川方言方面有重要的語言學價值〔註55〕。張一舟指出：「書中所用的方言俗語，絕大多數至今仍在四川地區流行，

〔註48〕 李辰冬：《文學欣賞的新途徑》（臺北：三民書局，1970 年）

〔註49〕 王獻忠：《中國民俗文化與現代文明》（北京：中國書店，1991 年），頁 296。

〔註50〕 參見黃伯耀在〈曲本小說與白話小說之宜於普通社會〉一文中也說：白話小說者，則又於各體小說之外，而利用白話以為方言之引緩者也。姑無論其為章回也，為短篇也，為箴時與諷世也，要均以白話而見長矣。二十世紀開幕，為吾國小說界騰達之燒點。文人學士，慮文字因緣之未能普及也，曾組設《中國白話》，而內附小說，以謀進化。揆其內容，既非單純小說之性質；而所演文字，又純用正音。以吾國省界紛歧，土音各異，其曾受正音之教育者幾何哉？苟如是，吾料讀者圇圇莫解，轉不如各隨其省界，各用其土音，猶足使普通社會之了於心而了於口也。原載《中外小說林》第二年第 10 期，1908 年。

〔註51〕 同註 49。

〔註52〕 周振鶴、游汝傑：《方言與中國文化》（臺北：南天書局，1990 年），頁 184。

〔註53〕 同註 3。

〔註54〕 崔榮昌：《四川方言與巴蜀文化》（四川大學出版社出，1996 年），頁 353。

〔註55〕 例如：張一舟：〈《躋春臺》的性質、特點、語言學價值及蔡校本校點再獻疑〉（西南

書中語料所反映的語音特點，也與今四川中江話一致〔註56〕」，學者們整理出其中所見的方言俗語眾多，筆者認為這些方言俗語的使用，具有以下幾種功能：

一、使對話更活潑、生動、貼近群眾

在對話中加入方言、俗語，可使原本平淡的對話變得活潑生動，例如〈義虎祠〉中當判官問案時的對話：

> 判官：「是不是同胞共乳的？」
>
> 刁陳氏：「雖未曾共母同懷抱，是柑子分瓣共皮包。……」

用「柑子分瓣」來形容同胞手足的關係，比直接說明是兄弟一家來得有意思，還有〈仙人掌〉中臥病在床的丈夫對妻子的一番告白：

> 「……該為夫這幾年莫得命運，似耗子鑽牛角越鑽越深。」

耗子與牛角，指的都是非常細微渺小的物件，以「耗子鑽牛角」來形容每況愈下的人生際遇，很是特殊，使人印象深刻，此外，在詞彙方面也有一些特別的方言俗語運用，例如「希乎」一詞的使用，有「差一點」、「幾乎」的意思，加入對話中：

> 天星曰：「這才是話，不然我做成的媒，希乎被他騙脫了。」(〈白玉扇〉)
>
> 培德曰：「莫講讀書，提起害怕，先年讀書，希乎把命丟了。」(〈錯姻緣〉)

使對話更為活潑，蒲松齡《聊齋俚曲集》亦有用例，見《磨難曲》第十回：「又把你希乎捆煞，幾乎勒煞！」「希乎」與「幾乎」對文。今山東青州、曲阜話仍說「希乎」，〔註57〕，河北保定、邯鄲等地亦說，《河北方言詞彙編》〔註58〕記作「吸乎」。徐州話音近如「歇乎」；是很生活化的用詞，用於文中拉近了作者與讀者間的距離，使作品更貼近群眾，也使一般百姓更容易欣賞作品、接受作品，進而達到作者所謂「寓教於樂」的旨意。

又如〈活無常〉中潑辣媳婦饒氏，皮性乖張，女工不做，丈夫看不過去，教訓

民族學院學報‧哲學社會科學版第 20 卷第 1 期，1999 年 1 月)，頁 69～72。張一舟：〈《躋春臺》與四川中江話〉《方言》第 3 期，1998 年 8 月，頁 218～224。張一舟：〈從《躋春臺》的校點看方言古籍整理〉《方言》第 2 期，1995 年，頁 128～137。李申、於立昌：〈《躋春臺》詞語例釋〉《徐州師範學院學報‧社會科學版》第 1 卷第 1 期，2002 年 2 月，頁 16～20。曹小雲：〈《躋春臺》口語詞雜釋〉《安徽教育學院學報》第 21 卷第 4 期，2003 年 7 月，頁 75～78。鄧章應：〈《躋春臺》詞語散箚〉，《西南民族大學學報 (人文社科版)》，2004 年 3 月第 3 期，頁 428～430。鄧章應：〈《躋春臺》婚嫁喪葬類方言辭彙散記〉，《成都大學學報 (社科版)》，2004 年第 2 期，頁 65～67。

〔註56〕張一舟：〈從《躋春臺》的校點看方言古籍整理〉《方言》第 2 期，1995 年，頁 128。
〔註57〕董紹克：《山東方言詞典》(北京：語文出版社，1997 年)
〔註58〕李行健：《河北方言詞彙編》(北京：商務印書館，1995 年)

她幾句，她反回嘴曰：「都是你窮背時，自己作苦。我媽原講送個丫頭來，你家又捨不得那碗牢飯，我又未學，叫我如何做法？」等到見丈夫汝弼拿她自娘家帶回的食物奉養公婆，心生怒氣，對丈夫破口大罵：

> 饒氏罵曰：「那個大膽的，敢拿我的？你們窮鬼都要齠這些格，吃了
> 怕要痾痢。」
> 汝弼曰：「你的吃不得，你又是那個的？倒底是不是我媳婦？」
> 饒氏曰：「是你的媳婦，就讓拿些好酒好菜來供養，怎麼還吃我的？
> 好不講臉！」

「背時」、「齠格」、「講臉」，都是四川地區的方言俗語，透過淺白口語化的文字、簡潔的語言，不僅增加了對話場面的精彩，更可精確的勾勒出一位不敬翁姑女子的性格態度，把對象的本質和特點鮮明生動的表現出來，是非常具有表現力的小說語言，可謂成功的寫作技巧。

二、可表達更爲細膩的心理變化

有些地方俗語適時的使用，更可貼切的刻劃故事中人物的心理，如在〈仙人掌〉中「諎」字：

> 只諎哥哥不歸，奴與嫂嫂作伴，聞哥哥歸來，奴回己房，順便開門。

「諎」是四川話，意爲猜想、推測、估計、以爲。《漢語大字典‧言部》：諎：方言——估計、料想。「諎」字，表達了賢淑孝親又懂事的芸娘，見時候已晚，哥哥逾時未歸，怕嫂嫂一人孤單，於是前去與她作伴的心理，這其中隱含著聰慧女子的細膩用心，又如「估」字，四川話有猜測和強迫兩個意思，如「估諎」即估計、猜測；「估逼」、「估吃霸賒」、「估倒」、「估奸」均含強迫義。《漢語大字典‧人部》：「估，方言。逼迫強迫」。〈節壽坊〉中，性情潑烈、持家嚴密的何氏，對待丈夫娶妾，卻三年不孕的態度：

> 怎奈五旬無子，娶一妾三年不孕，估住丈夫嫁了。

強迫丈夫將不孕的妾改嫁，「估」字用在這裡，表現何氏的行事強悍。或是「才」字：

> 各位，你說此人是誰？原來才是米二娃。（〈十年雞〉）
> 講了半天，才是這個主意。（〈東瓜女〉）
> 我急忙幾步就趕上，他才是郭家豔姑娘。（〈捉南風〉）
> 你才是俞棟木林之女翠瓶，我正是金順斌之子水生。（〈巧姻緣〉）

《躋春臺》四十回多處，作者均以「才」代表著「恰」、「就」的意思，加重了語氣，使語氣更精細的描繪出人物心理的變化。另外，動作上的姿態也成爲方言之一，「肘

架（肘架子）」，「肘」有支撐、舉起之義。例如四川有句歇後語「正月間的龍燈——由人肘起耍」。「肘起」即舉起〔註59〕。文中：

> 升腔充老子，見人肘架子，常與長年訕談子。（〈螺旋詩〉）

> 何甲從此肘起架兒，名列書館，之乎者也一概不知。（〈南山井〉）

> 有仁見銀錢來得便易，於是肘起大架子。（〈雙冤報〉）

「肘架」在此是指「擺架子」，常見人心中有驕傲不謙虛的氣息，表現在外就會將手肘舉起交叉擺放，一幅不可一世的模樣，作者運用這樣的詞彙很適合描述故事中人物的行徑。

其他如一般使用的「方圓」，意指把某事做好、做成，引申為「將某事做好而求人通融、成全」。見文中：

> 我們佃戶在他地上發迹者有四五家，各家出些米，你族中富者出些錢，豈不把此事做方圓了？（〈雙金釧〉）

> 老姆拿銀一錠送與丫環，告曰：「劉某今夜要來會你大娘，求你方圓，莫關窗門。」丫環見銀，那知利害，一口應允。（〈解父冤〉）

上述二例中，前例是「好、成」之義，後一例則是「通融」之義。這些原本簡單的文字經過作家的熔鑄提煉，表達了超出這些字句本身的直接含義，包含更豐富、更深刻細緻的內容，擴大了語言的容量，也增添了作品的精彩，這正符合金聖嘆關於小說語言的一個重要思想，他在評點《西廂記》時說：

> 吾嘗遍觀古今人之文矣，有用筆而其筆不到者，有用筆而其筆到者，有用筆而其筆之前、筆之後不用筆處無不到者。（《第六才子書》一之二）

即是對語言的容量做一探析，認為作者之下筆功力，可增加文字的能量，《躋春臺》中合宜的方言俗語使用，正可與此觀點做一印證。

三、表現地方色彩

《躋春臺》的作者是四川人，所以文中常見四川地區慣用的方言對話，表現四川的地方色彩，如〈蜂伸冤〉中段老陝曰：「我見你忠厚樸實，故擡貿你，有啥子不放心。」這「啥子」即是指「什麼」，「有啥子不放心？」就是問人「有什麼地方不放心？」，「啥子」即是四川地區用語，又如「燒香」一詞，亦出現於〈雙金釧〉中：

> 浩然感寒，大意吃了雄雞，寒火結胸，燒得胡言亂語，舌黑氣吼，日

〔註59〕 李中、于立昌：〈《躋春臺》詞語例釋〉《徐州師範學院學報·社會科學版》第1卷第1期，2002年2月，頁20。

易數醫，撥解不開，三日而死。正泰聽得大喜，來家燒香，與正發商議，

要大辦喪事。（〈雙金釧〉）

鄧應章釋：燒香指吊喪〔註60〕，在《四川方言詞典》〔註61〕載：比喻爲疏通關係而請客送禮；行賄。又據《四川方言詞語考釋》〔註62〕載：比喻爲達到某種目的而請客送禮或行賄。雖未見鄧氏所釋之義，但根據上下句文義解釋，「燒香」一詞在此釋爲吊喪應是適切。另外，「安媒」亦爲四川方言，指的是「給本來已定下的婚姻假託一個媒人」，通常有兩種情況使用，一是說媒成功以後，要另請一對符合該條件的夫婦當媒人，因其名稱是「安」上的，故稱爲「安媒」，另一種情況是給未經媒人聯絡而定下的婚姻假託一個媒人，主要是指腹爲婚的娃娃親。在《躋春臺》中可見：

德長到任，王瑩把他極意款待，又安他爲媒，說子見不得生人，臨行

又打發銀子。德長受賄，便說女婿秀麗，張即開庚送去。（〈錯姻緣〉）

在此處的含義是指後者，因是王瑩爲女兒先前訂下的婚事臨時請託的媒人，所以這裡說「極意款待，安他爲媒」。此外，四川話「懂」讀陽平，把東西放入液體又迅速取出曰「懂」，「懂禍」「懂禍」或「懂禍事」即惹禍、闖禍；四川話把支使告狀挑撥叫「慫」（或作沖）。「慫禍」即「懂禍」。見：

又常在夫前懂禍，時常偷些錢米回娘家，以誣楚玉，使他隨時挨打。

（〈比目魚〉）

是指嫂嫂時常在慫恿丈夫，說楚玉的壞話，讓丈夫討厭他。其他的四川方言還有：

「松話」一詞：

大德曰：「岳父逼我接親，分明是悔親麼。罷了，大丈夫不受人憐，

只要有志，何愁一房妻室！他既悔親，把庚退他就是。」天星曰：「你說

得那們松話，哦，要接就接，怎說退庚去了？」（〈白玉扇〉）

《漢語大詞典》釋爲「軟弱無能的話」，今江淮方言常用此詞，如：「說什麼松話，大不了不要命。」也可單用「松」，義爲「膽小、無能」。

「紅葉」——

尊一聲張老爺你請息怒，聽小子一件件細說明目，老紅葉你不必在把

眼鼓，這場事不說明諒難結局。（〈錯姻緣〉）

老紅葉不許我機關抖露，入洞房三晚上椅上獨宿。（〈錯姻緣〉）

〔註60〕 鄧章應：〈《躋春臺》婚嫁喪葬類方言辭彙散記〉，《成都大學學報（社科版）》，2004
年第 2 期，頁 65。

〔註61〕 王文虎：《四川方言詞典》（成都：四川人民出版社，1987 年）。

〔註62〕 蔣宗福：《四川方言詞語考釋》（成都：巴蜀書社，2001 年）。

「紅葉」，指媒人，《四川方言與民俗》〔註63〕中記載：紅葉：媒人，因媒與黴同音，故改稱紅葉，又稱紅葉大人，分爲紅葉公與紅葉婆。紅葉應是熟知男女雙方情況的「福壽雙全、父母、子女均在」的雙福之人，《漢語大詞典》中收有此詞。

「戳拐（卻拐）」——

> 何不與師婆當個孫崽崽，師婆教你些兒乖，免得二回去戳拐，弄點錢免得拿與婆娘挨。（〈過人瘋〉）

> 店主謂么師曰：「你去喊生童客人，不要打牌燒煙，那些人來得稀奇，看要卻拐。」么師方才對客說了，那些人又從店外過去，店主愈疑，心想：「今天免不脫，定要卻拐。」（〈川北棧〉）

此詞西南官話多用，《四川方言詞典》〔註64〕釋戳拐爲「出差錯」、「闖禍」。《雲陽縣誌》（1935年）：出拐，遭敗也。俗謂失敗曰出拐。〔註65〕

「皮絆」——

> 怕的是親家講皮絆，我看你狗臉有何顏。（〈假先生〉）

> 我二人在先前就有皮絆，商量到遠方去蓄髮同眠。（〈南鄉井〉）

> 父：說你妻與有仁定有皮絆，母：難怪得一見了話不斷纏。（〈雙冤報〉）

《四川方言詞典》收有此詞，釋爲「互相勾搭，存在不正當男女關係的人」。

「搊賀」——

> 懷德你搊賀，我就搊不賀嗎？

> 正奉叔公良心喪，明中搊賀暗爲殃，吃得肉肥膘也長。（〈雙金釧〉）

> 回來哄你瞎子老漢，我的兒子未見你搊賀，總說讀不得。（〈比目魚〉）

> 我待你大賓十分搊賀，我敬你如長上並未刻薄。（〈吃得虧〉）

《成都方言詞典》收有此詞，釋爲「奉承、恭維」。

「造孽」——

> 我啥，見你兒死得苦，又見你造孽，跟你打個不平，你啥莫忘我恩情哦。

原爲佛教用語，做壞事也說作孽、造業。四川話意爲可憐。或說皂孽、遭孽、照孽。

「慣習」——

> 夫死後妻當要把心放穩，安貧困受苦楚立志爲人。天生兒妻當要小心教訓，切不可慣習他使性要橫。（〈義虎祠〉）

> 那知年芳幼時慣習，驕傲滿假盡行學會，五倫八德一概不知。（〈節壽

〔註63〕黃尚軍：《四川方言與民俗》（成都：四川人民出版社，2002年）。

〔註64〕同註61。

〔註65〕同註59，頁19。

坊〉)

長媳魏氏,雖是大家人女,小時慣習,性極潑烈,而且懶惰好睡,不知孝順,專好豔妝。(〈啞女配〉)

彰德夫婦極其愛惜,從小慣習,任其穿紅著綠,看戲觀燈,與他修一繡樓,極其高大,四面皆窗,一面臨路,以便閒時觀玩。(〈審禾苗〉)

其妻慣習兒子,香煙斷絕。(〈審禾苗〉)

罵一聲豬老縱,這陣叫人氣難容。前日將你慣習,今朝敢來逞兇。(〈螺旋詩〉)

「慣習」一般指父母嬌慣放縱小孩,現在四川話還用,如:「小娃兒、小孩不要太慣習了」也說成「慣失」。有時也可用於其他人之間的放縱,《漢語大詞典》「慣習」收有兩義:1. 經常練習;熟練。2. 習慣於;習慣。未收此義。

「投」——

有十年才歸家奴家心喜幸,殺雞公具美酒與夫洗塵。兩夫婦歡離情三更方寢,到天明喊不應一命歸陰。投二叔他一見進城具稟,誣告奴因姦情謀毒夫君。(〈十年雞〉)

靳氏大怒,將二人捆綁,投鳴家族,說要送官。(〈仙人掌〉)

遂上田去投娘屋。克勤抓著,提起雙足倒拉回屋,還未進門,拉得衣破皮爛,痛苦難當,喊曰:「老子呀!我不敢了!饒了我罷!我自己走!」(〈活無常〉)

鄧章應解釋:「投」就是告狀,多指受了委屈,向親友投訴。現在四川方言還襲用,「投娘屋」指婦女在婆家受了氣而跑回娘家投訴〔註66〕。

「打冒雜」——

桂母曰:「我是瞎子,怎能看見?我兒撿得一個乞婆,不知是也不是?你不要來打冒雜。」(〈香蓮配〉)

還須要先把主意想,打冒詐頂名到他莊。(〈雙血衣〉)

上舉第二例為「冒認」義,第一、三例為「冒名頂替」義,第三例中的「頂名」一詞,正可為釋例,《四川方言詞典》釋「打冒雜」為:用假話試探使對方吐露真情,與上舉數例皆不合,但從上下文義來看,釋為「冒名頂替」、「冒認欺詐」應無誤。

多處四川方言俗語的使用,表現濃厚的地域色彩,形成《躋春臺》獨具的創作

〔註66〕 鄧章應:〈《躋春臺》詞語散箚〉,《西南民族大學學報(人文社科版)》,2004年3月第3期,頁429。

風格。

四、保留中江話的語法特點並傳達小說語言的形式美

《躋春臺》中疊字詞很多，有一些為名詞，如：「縫縫」指細縫〈白玉扇〉、「線線」指直線〈捉南風〉、「坑坑包包」指凹凸不平的樣子〈雙金釧〉，或是形容詞，如：「筋筋吊吊」形容到處是懸吊物，破破爛爛的樣子〈吃得虧〉、「偏偏倒倒」形容東倒西歪、站立不穩的樣子〈捉南風〉，根據張一舟教授的研究：「《躋春臺》中的語法特點，和今日中江話廣泛運用重疊構詞基本一致。〔註 67〕」《躋春臺》除了保留四川地區的語言型態，為日後研究地方民俗留下珍貴的資產，更同時發揮了小說語言的形式美，因為使用疊字，能夠表現語言文字本身的音韻、節奏，例如「身可奪心難移冰霜凜凜，不怕你用力多枉費機心」（〈棲鳳山〉）、「這陣渾身打起柳，咽喉哽哽淚不收。」（〈比目魚〉）藉由重覆的音節，配合《躋春臺》多樣的韻文形式，渲染了一種氣氛，流露更深刻、堅毅、悲傷的情感，也產生了一種音韻美，形成獨特的審美情趣。

由上述方言辭彙可知作者劉省三是以自己熟悉的方言編輯本書的，具有濃厚的地域色彩，這些俗語、方言、土語的適時運用，使對話更加生動、傳神，例如「這個災雜種會做，老子的肚皮痛。」（〈啞女配〉），這句話是用於故事中啞女的父親本來不相信朱泰真的醫好女兒的啞症，藉以嘲弄，套用一句俗語來表現，一方面加深了話中的刻薄意味，一方面也活化了故事中人的現實嘴臉。文學創作中，根據塑造人物形象和表現主題等的需要，適當運用一些富有特色的方言體，往往使作品具有強烈的地方色彩和濃郁的生活氣息，除了能使讀者能收到生動感及寫實感等的藝術效果，也有助於對當時民俗的考察。另外，也有學者注意到：「我們常常從人們說話的發音粗細、語言的緩慢、急促、粗魯、靈巧、明快、拖塌等來判斷某一地區人們的總體精神風貌、氣質修養等。因為言語總是帶有一定的感情色彩的，總是帶有特定文化以及生活風俗痕迹。〔註 68〕」《躋春臺》中方言及俗語的使用，使作品更貼近一般社會大眾的生活，呈現民間文學獨具的風格特色。同時正如鄧章應所說：「作者編撰目的是為了向沒有受過多少教育的下層人民口頭宣傳功過善惡，所以書中充

〔註 67〕 《躋春臺》中使用的疊字詞，多數至今仍在使用，大部份符合中江話的語法特點：構成名詞時，若是去聲或陽平字重疊，則後一字變讀陰平；構成形容詞時，其中去聲或陽平字的重疊不產生變調現象，如「筋筋吊吊」中的「吊吊」是去聲字重疊、「收收拾拾」中的「拾拾」為陽平字重疊，但都一律念本調。張一舟：〈《躋春臺》與四川中江話〉《方言》第 3 期，1998 年 8 月，頁 221。

〔註 68〕 同註 49，頁 295。

滿了大量的方言俗語。〔註69〕」我們可由方言俗語的出現爲本書作者預設的閱讀物件做一定位,是爲教育水準不高的下層社會民眾,不過由於該書多方言俗語和俗字,加上刊刻上魯魚亥豕的現象,使讀書在閱讀上產生困難,蔡敦勇在校點本書時下了不少功夫,改錯字、補脫漏、正詞序等,但是張一舟教授在〈從《躋春臺》的校點看方言古籍整理〉一文〔註70〕中指出蔡敦勇因爲對四川方言的不理解,使其在本書的校點上出現若干缺失,在校正〔註71〕、不明方音〔註72〕及標點〔註73〕三方面,均出現原文不誤而誤改、原文誤,校改亦誤、漏校等錯誤,並提出方言作品整理時應注意的問題〔註74〕,除此之外,《躋春臺》語料所反映的語音特點,在聲母、韻母、聲調方面及構詞法、特殊句式上,都有顯著的成就〔註75〕,不但是研究四川方言珍

〔註69〕同註66,頁428。

〔註70〕張一舟:〈從《躋春臺》的校點看方言古籍整理〉《方言》第2期,1995年,頁128～137。

〔註71〕例如:怎奈五旬無子,娶一妾三年不孕,逼住丈夫嫁了〈節壽坊〉。蔡敦勇校:逼——原作「估」,誤,徑改,下同,不另出注。張一舟則認爲原文不誤,四川方言「估」有「強迫、逼迫」意。《漢語大字典·人部》:「估」,方言:逼迫,強迫。「估」常同「往、倒、逼」連用,說成「估住、估倒、估逼」。因此,「估住丈史嫁了」即「強迫丈夫嫁所娶之妾」。另見:「估逼爲妻要下堂」〈十年雞〉、「估住我嫁妻要還清」〈東瓜女〉、「估」未改,則爲正確,「估」今仍這樣使用。

〔註72〕例如:正發大喜,出首募化,共聚錢六七串,米三四門〈雙金釧〉。蔡敦勇校:聚——原作「驟」,誤,徑改。張一舟則認爲原文「驟」非「聚」字之形誤。四川方言「驟」音同「湊」,原文「驟」當是「湊」字音同致誤。原文是說正發出首募化,湊集錢米,安葬孟氏,而非「聚斂」錢米。

〔註73〕例如:蔡敦勇校:可憐你當家,爲人,費盡心機,二娃從空過日,又懶又偷,這樣不成材的就分與他,也是要賣的〈十年雞〉。張一舟則認爲「爲人」,四川方言詞,指結交朋友,搞好人際關係,當同「當家」連用,泛指主持家庭內外事務,故「當家」後不應有逗號,又,「費盡心機」後應改爲句號。

〔註74〕例如:校點者必須熟悉方言古籍所使用的方言,對該方言的語音、辭彙、語法要有全面而深入的瞭解、在具體校勘時,應對具體情況做具體分析,並作相應的處理,另外對方言古籍的整理,除校點外,還應爲方言詞語作注,以摒除方言造成的特殊障礙。同註70,頁135～137。

〔註75〕在聲母方面,例如:古泥來母字聲母相混,(拉誤作挪、賴誤作耐)、某些知系字讀同見組、精組細音(覺見誤爲著澄、生怕誤爲心怕)等;韻母方面,例如:撮口呼混入齊齒呼,(怨恨誤作厭恨、言誤作援)、【～m】韻尾混於【～n】韻尾(「心、林、尋」等字爲中古【～m】尾字,它們與中古【～n】韻尾字「進、門、問、人、魂、信、引」及中古【～ŋ】尾字「明、清、命、生、鳴、星、嶺、坑、病」等押韻,說明它們的韻尾都變得一樣了);聲調方面,古入聲字歸陽平,例如:表現在韻語上是上句用反聲字,下句用平聲字。(今日裏坐講臺來把善勸,無非是說報應先哲格言,勸男敦厚悌改惡從善,勸女子守六戒名節要全。〈平分銀〉)及錯別字(匹誤作皮、磨誤作末)兩方面。參見張一舟:《《躋春臺》與四川中江話》《方言》第3期,1998年8月,頁219～220。

貴的史料，亦可補大型詞典之不足，更是本書另一方面的價值所在。

第三節　完整的結構佈局

結構本來是建築學上的名詞，後來借用于文學上，指的是對小說中人物、事件的組織安排等，劉勰在《文心雕龍・附會篇》說：

> 何謂附會？謂總文理，統首尾，定與奪，合涯際，彌綸一篇，使雜而不越者也。若築室之須基構，裁衣之等縫緝矣。……凡大體文章，類多枝派，整派者依源，理枝者循幹，是以附辭會義，務總綱領，趨萬途於同歸，貞百慮於一致，使眾理雖繁，而無倒置之乖，羣言雖多，而無棼絲之亂，扶陽而出條，順陰而藏迹，首尾周密，表裏一體，此附會之術也。

劉勰在這裏所說的，便是文章的結構，所謂「附會」是「附辭會義」，辭是文辭，是表現在外的形式，義是內容，形式與內容是文章最主要的兩大要素，將此二大要素有計劃的加以組織安排妥當，構成一個有機體，這便是「附會」。文學作品如何開頭？如何結尾？何者先敘？何者後寫？人物形象體系如何的設置以及時間、事件如何處理等？這些文章的結構如果安排得當、脈絡分明的話，將有助於作品主題的呈現。

結構的方式稱為格局，依故事情節的進行方式有「單線式」、「多線式」及「互動式」等格局，所謂「單線式」格局，指的是只有一條主線貫穿全篇，雖然可能有一兩條副線，但只在結構中處於從屬地位。所謂「多線式」格局，指有好幾條主線交錯進行。所謂「互動式」格局，指兩條主線交錯進行。

在此一節中區分《躋春臺》故事情節結構〔註76〕，可分為單線式格局、互動式及大團圓結局三種，茲分析如下：

一、單線式格局

指的是只有一條主線貫穿全局，雖然可能有一兩條副線，但只在結構中處於從屬地位。依故事內容又可分為以下三種：

1. 主角遭遇危機　→　主角受到考驗　→　主角得到幫助　→　主角戰勝危機

〔註76〕 就小說而言，結構是對人物、事件的組織安排，這種結構又稱為「情節結構」，是由情節的發展構成的。小說的結構還包含了一些非情節的因素，例如話本小說的入話、議論、結語等，它們獨立於情節之外，但仍屬於結構的一部分，用來陪襯或加深主題的意義，有它存在的價值。參見徐志平：《晚明話本小說石點頭研究》（臺北：臺灣學生書局，1991年），頁186。本節主要討論的，是本書「情節結構」部分。

　　全書中的〈雙金釧〉、〈巧姻緣〉、〈白玉扇〉、〈比目魚〉、〈僧包頭〉等篇皆是以
這四步驟爲故事發展結構。

　　在危機解除主角與危機對抗的過程，多是以主角遭受危機爲出發點、皆是以主
角最終獲得功名富貴爲終點，這即是葉慶炳提出的話本小說的佈局：

　　　　在理論上，話本作家在佈局上可以匠心獨運，自成一格；但在事實上，
　　有一種佈局出現在現存大多數的話本作品之中。這種經常出現的佈局，筆
　　者名之爲常用佈局。常用布局提把整篇話本故事清楚地畫分成幾個階段，
　　每一個階段都包括進展、阻礙、完成三部份。用線條表示，就如下圖（假
　　定此篇話本故事分爲三個階段）：

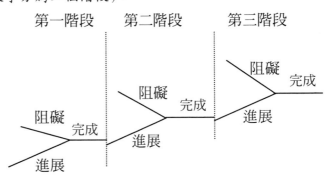

每一階段的作用性，正如黃建國所言：「每一次進展和每一次阻礙都是對整個故事的
推進。每一個階段中的「終於進展」都是下一階段中『進展』之因，故事的完結是
所有進展之果。」〔註77〕

　　以〈雙金釧〉的主要情節來看：

　　（1）懷德家道中落，懷德得罪常正泰（主角遭遇危機）

　　（2）常正泰報復（危機考驗主角）

　　（3）淑英與金氏幫助懷德（主角獲得幫助）

　　（4）懷德功成名就，壞人得到懲罰（危機解除，主角戰勝危機）

這是懷德個人命運由厄轉順的歷程，一開始遭遇族中叔叔的欺凌，現實環境的種種
困境，但他的妻子淑英與岳母始終在緊要關頭伸出援手，最後他終於戰勝危機，享

〔註77〕話本小說的正文部分，明顯呈現出三段式的故事結構，而每一階段中又包括故事進
　　　展、阻止進展、終於進展三部分，每一階段中有進展、阻止進展、終於進展，每一
　　　次進展和每一次阻礙都是對整個故事的推進。每一個階段中的「終於進展」都是下
　　　一階段中「進展」之因，故事的完結是所有進展之果。短篇話本小說的三段式結構，
　　　由於它波瀾曲折，高潮疊起，收到了步步引人入勝的藝術效果。參見黃建國：〈短篇
　　　話本小說的結構藝術和審美價值〉（寶雞文理學院學報，1994年第2期），頁35～38。

受功名富貴。同樣的結構模式是《躋春臺》一書最常出現的模式，我們可以歸納其：在第一階段中，這個危機代表的是片善不修或是嗜好殺生的惡行或是父母雙亡的惡運，造成孤兒寡母（如〈雙金釧〉中的懷德）或是身陷牢獄的悲慘命運，在第二階段中，主角受其自身環境的進一步考驗，考驗主角的是眼前的不義之行所帶來的短暫榮華富貴，例如：〈心中人〉的流鶯若接受縣官的進獻入京，可獲得立即的享受，但這是出於違反誓約的不義之行所換來的好處，因此有德行的主角終將不為，其不受眼前的勢力所屈服、改變自我原本堅持的善良誠信原則，同時在考驗的過程中主角亦不是孤軍奮戰，作者安排助手，主角會獲得幫助，使其最後必能通過重重考驗，例如：有情人終成眷屬，行善人長壽享功名等等，得到最終也最極致的富貴，這是主角一路堅守善行所受的獎賞。

2. 主角行善 → 主角得善報

這是本書中極單一的結構，例如〈啞女配〉、〈東瓜女〉、〈節壽坊〉等篇，故事中的主角未經任何考驗，事事順心，故事底下支援的是主角行善結局也得到善報的結構，例如：〈節壽坊〉的主要情節是：

（1）壽姑嫁入馬家、馬家人俱染瘟疫而亡，僅剩翁姑兩人

（2）壽姑促成姨娘花朝與公公婚事

（3）壽姑、花朝、公公享高壽富貴

故事中的壽姑，本身就是個才貌俱佳，德行兼備的女子，出於振興家業、承嗣宗祧的善心，促成姨娘花朝與公公的婚事，最後使馬府一家俱享高壽，富貴功名都來的故事。

《躋春臺》四十回的故事，以單線結構進行為大部分篇章的表層結構。

3. 主角行惡 → 主角得惡報

相當於上述第二種結構，作者亦安排單線發展但情節卻是行惡得惡報的故事，全篇採用「正敘」手法，例如：〈萬花村〉的主要情節是：

（1）單武為占封可亭之妻，設計封可亭為盜賊被捕入獄

（2）封家先前救濟的戲子薛紙鳶想出妙計應對

（3）薛紙鳶與單武之妹共成連理，單武人財兩失

是單武的淫念惡行為故事發展的主軸，單武本就是一個倚仗父親勢力，在鄉欺良壓善，無惡不作的惡人，家中雖已妻妾數人，見封可亭之妻貌美，仍想強佔，為遂已願，設計封可亭被誣告入獄，但沒想到最後被封家先前救濟的戲子薛紙鳶反將一軍，不但沒能得到封可亭之妻，反倒是單武的妹妹被薛說動了與他出走私奔，落

得人財兩失的局面。又以〈捉南風〉為例，主要的情節是：

（1）豔姑好冶容，彥珍好淫

（2）郭家僕人長年與牧童欲接彥珍，卻遇醉漢呂光明

（3）吳豆腐半夜竈內撿頭，挖坑埋，晏屠夫好奇幫忙，遭吳豆腐失手殺死

（4）平安橋土地廟前無頭命案，死者是郭彥珍

（5）郭家認為兇手是呂光明，誣告使其入獄

（6）差人攞呂光明找頭途中，遇到吳豆腐，吳豆腐的插嘴，使差人在認定其必定知情與得財喜的動機下，將其一並拉起交官。

（7）官判定郭彥珍是呂光明所殺，再去其頭丟到吳豆腐家

（8）新官白良玉認為呂光明是冤枉的，並未殺人，

（9）白良玉審理土地，認為兇手是「正南風」

（10）二差唱戒淫文過程中恰好遇到鄭南風

（11）審案過程中發生靈異事件，冤鬼要命，其實是白良玉故意設計的鄭南風供出事情始末（鄭南風與豔姑有奸，殺其夫郭彥珍，再嫁禍先前有間嫌的吳豆腐）

故事是以一椿無頭命案為主線，引出一連串情節，而這一連串的事端，都構築在一個「巧」字之上的。郭家僕人長年與牧童欲接彥珍的途中遇到醉漢呂光明是一巧，而吳豆腐半夜竈肉撿頭，也是一巧，怎會無端的接到人頭呢？實在詭異，判官的以審理土地的方法，進而確認殺人兇手是「正南風」，也是一個「巧合」，差人又在唱戒淫文的過程中找到鄭南風，而鄭南風犯案的動機，正是因為不倫的姦情，這一連串的巧合，皆出現在進展受到阻礙之時，一方面使情節跌宕、波折、緊張，另一方面又便於展開另一情境描寫，但不可否認的，當巧合過份牽制情節動力、偶然性占上風時，可信度就會變差，也會使讀者感到反感，削弱作品的藝術魅力。例如此篇中的兇手「鄭南風」，是判官審理土地時找出的兇手，就讓人難以信服，因此，作者在設計情節結構時，仍應適度應用，才能創作出豐富又不失淺俗的作品。

二、互動式發展

主要是指故事中有兩條主線互相交錯進行，即「善有善報、惡有惡報」。例如〈賣泥丸〉中的孝子王成與品性不端的王老么，王成因為善行得到神人之助，靠著泥丸替人醫病，發跡富貴，而不孝不忠、愛嫖愛懶的王老么雖想如法炮製，卻是落得身陷囹圄、突染惡疾，棄屍荒野的悲慘下場。兩人的遭遇在故事中形成強

烈的對比。

又如〈失新郎〉的主要情節是：

（1）羅雲開性好打獵殺生

（2）劉鶴齡性慈悲曾救狐放生

（3）羅雲開之子洞房之夜失蹤

（4）羅雲開之媳庚英因丈夫失蹤被誣告入獄

（5）汪大立幹兒胡德修覬覦庚英

（6）胡德修為遂願誣告羅雲開亂倫入獄

（7）官吏反判定是胡德修與庚英通姦，同謀害夫

（8）劉鶴齡兒子轉癡為慧

（9）劉鶴齡靠占卜找到羅雲開之子

故事中有兩條主線，一條以羅雲開為重心，另一條則以劉鶴齡為重心，雖然寫的分量羅多於劉，但兩條線互相交錯而沒有主從之分，是屬於「互動式」的格局由於主線有兩條，無法採單純的「編年式」，遂採取了「混合式」格局，其敘述手法，屬於《中國古典小說藝術欣賞》一書所提出的「輪敘」，其定義是：

> 就是說完這一頭，再說另一頭；說完另一頭，又說這一頭。也就是甲事件與乙事件輪流敘述。〔註78〕

故事中的羅雲開與劉鶴齡兩人為友，羅雲開因為性好打獵殺生，一日獵得九尾蒼狐，種下禍根，但另一方面素有仁心的劉鶴齡不但出力搭救，還予以放生，這兩人截然不同的作為是作者為整篇故事日後發展埋下的伏筆，羅雲開之子在新婚之夜受到幻化的狐狸引誘外出失蹤，是作者設置的懸念，一場無端的訟獄風波由此展開，先是羅雲開之媳庚英因此被告謀夫，再是胡德修因平日覬覦庚英，而羅雲開又阻止庚英再嫁，胡德修為支開羅雲開誣告其亂倫，最後反造成判官認為是胡德修與庚英通姦，兩人聯手謀害羅雲開之子，幸遇劉鶴齡的協助，羅雲開之子終尋獲，故事才有圓滿結局。作者以一個行善者能改變惡運、得富貴功名的境遇來與行惡者悲慘的下場做對照比較，兩條結構交互組成。

同樣的結構模式還有〈平分銀〉、〈吃得虧〉，〈平分銀〉中的郭安仁與江正宗同為胡永久做長年之同幫人，因聽了教諭後，決心向善，意外得財，而江正宗雖曾為人打樣娶妻，種下惡報，娶得貌醜智愚的妻子，但在覺悟，真心懺悔後，得到神助，醜妻變美眷，而始終未行善的守財奴胡永久，經過意外反而散盡家財，淪落為為郭、

〔註78〕參見賈文昭、徐召勳合著，《中國古典小說藝術欣賞》（臺北：里仁書局，1983年），頁37。

江兩人幫傭的下場。作者同樣在故事中安排兩組主線交錯，結構成善與惡的兩股力量，而勝出的永遠是爲善的一方。

三、大團圓的結局

不論是單線發展抑或亦是雙線發展，話本小說結構的另一特徵，是「大團圓」結局，亦是「封閉型完成式結構」，學者王曉初認爲：

> 這結局無論是就故事本身的發展來說，還是就故事所蘊含的社會文化價值來說，都被給予了一個封閉的圓，一個明確的結論，一個句號，代表著敘述人（隱含作者）對現實世界的判決。〔註79〕

它具有民族心理的繼承性，黃建國指出：

> 它屬於內容，也屬於結構，說它屬於結構，是因爲它總出現在話本的最後，如同一條並不多餘的尾巴，或皆大歡喜，或因果報應，這「尾巴」傾刻間將一切悲劇都化成了使人感到欣慰的喜劇。這是出於中國人的民族心理所決定的，在中國歷史上，老百姓始終處於悲慘境地，他們在現實生活中得不到的東西就通過幻想去實現，因此總希望能夠懲惡揚善，好人好報，使感情上得到一種宣洩，精神上和心理上達到一種平衡，在西方人心中引起崇高與尊敬的悲劇，在中國人只能引起眼淚和更大的悲苦。聽眾如果聽了一段好人不得好報，惡人卻得到善終的故事，他們會氣憤不平，會很痛苦，很不振作，甚至幾個晚上難以入眠，這是是他們所不願意見到的，另一方面，說話人在講故事時，除考慮到文學中必須具備「高臺教化人」、勸人向善的作用之外，還考慮到所講故事如何適應聽眾的口味，在他們心理上引起共鳴。〔註80〕

這「大團圓的結局」換句話說即是四個字「獎善懲惡」，《躋春臺》四十回的故事不論故事是以何種形態演出，以何種情節敘寫，發展到最後必定是要給予獎善懲惡的結論，善人與功名富貴的獎勵連成一線，惡人必定受到災禍的懲罰，這才足以安慰讀者在世俗生活中不平衡轉而寄託于文學的心靈欲求。「新的藝術，沒有一種是無根無蒂，突然發生的，總承受著先前的遺產……」〔註81〕因此，筆者以爲短篇話本小說大團圓結局，符合中國人的民族心理和欣賞習慣〔註82〕，具有審美

〔註79〕 王曉初，〈中國古代白話小說的敘事藝術及其演變〉，《四川大學學報（哲學社會科學版）》2000年第6期，頁62。

〔註80〕 同註77。

〔註81〕 魯迅：《致魏孟克》1934年4月9日，載1977年2月19日《光明日報》。

〔註82〕 筆者同意許麗芳的觀點，她認爲：以教化觀點言，古典小說作者雖極力強調有益於

價值。

　　筆者上述對全書結構的分析，是四十回故事呈現的明線結構，同時，隱藏在這些結構之下的暗線結構，筆者將其歸納爲「善與惡的對立」，楊義在分析小說的結構時曾說：「現代小說的時空結構往往不再採取自然形態，而實行反復的穿插和折疊，敘事結構的雙構性也就崇尙採取一明一暗的兩條結構線索，在它們的糾纏、對比和撞擊之中產生哲理的昇華。〔註83〕」在明線的組合與暗線貫通——兩條結構的交織下，闡釋作者的創作理念。正如林有仁爲此書做序中所指出，本書是爲「勸善懲惡一書」，因此，在作者創作意識中，即蘊藏著善與惡兩者對立的觀點，由此觀點出發，進而透過種種章法，鋪述成文，目的要說明的是在善與惡兩者對立下，爲善者必定消除惡運，爲惡者將得惡報的勸世觀。我們可以看到，以結構單線發展而言，主角對抗危機的過程，事實上即是善與惡的拉鋸戰，唯有主角一路秉持著善心善念，才能克服種種惡的考驗，最後得到善報。同樣善惡二者的對立，在第二種雙線結構發展的故事中更加顯見，作者以雙線同時並進，以爲惡之人所受的惡報與爲善之人所得善報做鮮明的對比，全篇故事敘寫的亦是以善惡兩者對立的結構。全書四十回故事都是在善惡兩者對立下敷衍而生，在作者心中，世間的功名富貴，代表的是行善之後的獎賞，人若不循著善心而行，終將走入惡的黑暗深淵，不是意外慘死就是子孫喪命……帶來種種苦難。

第四節　靈活的敘寫技巧

　　要有眞實感人的藝術作品，必定需要高超的敘寫技巧，除了前面所論韻文的藝術、方言使用與結構安排，此節中再分爲敘述模式、情節與人物刻劃三方面探討《蹐春臺》全書呈現的敘寫藝術。

一、敘事模式

　　不論我們將《蹐春臺》視爲話本小說或是宣講故事集，我們都可以發現它承繼中國小說傳統的寫作模式：即是以說書人的敘事方式在講述故事，在敘事時間，探

　　　　世道人心，及勸善懲惡之寫作目的，然對於陳述模式，則爲相承既有形式之現象，
　　　　此或爲當時作者與讀者間之默契，亦或爲作者本身處於既有文學傳統中之無意識仿
　　　　眞或遵循。是以話本小說有一隱定之結構模式，有其相互關聯之敘述框架，此一敷
　　　　演方式首由宋元說話人就變文等通俗文學形式之基礎加以發展，經宋元至明之文人
　　　　加以整理定型，而後有明清文人之仿眞遵循。同註2，頁81。
〔註83〕楊義：《中國敘事學》（嘉義縣：南華管理學院，1998年），頁60。

用順敘及倒敘；在敘事觀點上，採用全知視角；在敘事結構上，以情節爲中心。同時，爲使故事生動、引人興致，必然有一整套原則和技巧。《夢粱錄》和《都城紀勝》中都講到了雜劇、崖詞等的話本與講史書者頗同，都是「大抵眞假相半，公忠者雕以正貌，奸邪者刻以醜形，蓋亦遇褒貶於其間耳。」即說明了講故事的技巧。捷克斯洛伐克的著名漢學家普實克在〈二十世紀初中國小說中敘事者作用的變化〉一文中，高度評價了中國的說書人，他說：

> 中國的專業說書人具有不尋常的創造性和天才，他們的敘述形式對中國小說產生了如此深刻的影響，以致於它存在七個世紀而未發生根本性的變化。直到一九一九年的文學革命，中國小說才擺脫了它的影響，即使到那時，也沒有徹底擺脫這種影響。〔註84〕

傳統的「說話」這種形式，確定了說話人與所講故事的關係。以下茲就敘事時間、敘事視角討論之。

（一）敘事時間

法國學者克利斯蒂安·麥茨曾指出：「敘事作品是一個具有雙重時間性的序列……；所講述的事情的時況和敘述的時況（所指的時況和能指的時況）。〔註85〕」即故事時間與文本的時間，後者又稱爲敘事時間，所謂故事時間，即作品所敘的那個或眞或假的故事的實際時間，只能由讀者在閱讀的過程中根據日常生活的邏輯將它重建起來，所謂敘事時間，是指該故事在作品文本中所呈現的時間狀態，是作者經過對故事的加工改造提供給我們的現實的文本秩序。法國敘事學家熱奈特將二者的不一致稱爲「時間倒錯」（Anachronies）。〔註86〕《躋春臺》四十回的敘事時間，主要分爲順敘與倒敘兩種。

1. 順　敘

說話人稱讀者爲「看官」，大有爲「看官」服務、迎合、討好之意。既然是說話人用自己的語言藝術去娛樂看官，那麼首先就是讓看官處於一種精神放鬆的狀態，盡可能一聽就懂，不費腦子。因此在敘事時間上的順時連貫敘述就很合適，這既便於說話人講述故事過程與事件本身的發展過程，也便於讀者釐清和把握故事的脈絡和順序。即是按照事件的發生、發展、高潮、結局這樣的時間順序來講

〔註84〕《普實克中國現代文學論文集》（湖南文藝出版社，1978 年），頁 123。
〔註85〕克利斯蒂安·麥茨：《論電影的指事作用》巴黎，1968 年。轉引自張寅德編選：《敘述學研究》（中國社會科學出版社，1989 年），頁 194。
〔註86〕熱奈特著，王文融譯，《敘事話語　新敘事話語》（北京市：中國社會科學出版社，1990 年）頁 17。

述故事,如果遇不能連貫敘述的,就馬上解釋,說是一張嘴不能同時說兩件事,叫做「花開兩朵,各表一枝」。例如〈雙金釧〉中的常懷德,先是經歷父喪、母喪,被叔父、岳家陷害、妻子、典獄搭救等過程,最後生子登科,報仇雪冤,得以善終,在故事時間及敘述時間上均是一致性的演進,同樣的敘事時序還呈現在〈十年雞〉、〈節壽坊〉、〈白玉扇〉等篇章,如此「順敘」的敘事時序可視爲《躋春臺》主要的敘事方式。

2. 倒 敘

所謂倒敘指的是故事發展到現階段之前的事件的事後追述或補述。《躋春臺》作者常以此用於解釋案情的故事內容,常是一啓命案的發生,帶出全篇故事的發展,後來兇手捉拿到案,供出作案實情,懸疑的案件也終於眞相大白,例如:〈雙血衣〉中先是談到王三嫂的命案,以血衣爲證,最後找出兇手何四麻才破案。〈南鄉井〉中本是東廊僧誤入井底遇著兩屍,後來查出命案經過;類似的敘述手法還有〈活無常〉、〈血染衣〉、〈蜂伸冤〉、〈孝還魂〉等篇。

(二)敘事觀點

影響敘事模式的另一個重要條件就是敘述觀點的選擇,在敘事學的研究中稱爲「觀點研究」〔註87〕,是探討敘述者敘述故事的方式和角度,以及其提供進入人物內心的方式。正如 Wallace Martin 所說:

> 敘事觀點不是作爲一種傳送情節給讀者,而加上去的附屬物,相反的,在絕大多數現代敘事作品中,正是敘事觀點創造了興趣、衝突、懸念,乃至情節本身。〔註88〕

敘事觀點的選擇與運用,直接影響小說思想性與藝術性的表現,達到不同的藝術效果。小說的敘述方式,雖然涉及敘述語態與敘述語調的因素,但最基本最核心的是確定敘述主體與敘述角度的問題。敘述者與視角一起構成了敘述。「視角」指敘述者或人物與敘事文中的事件相對應位置或狀態。在近代小說技巧中被認爲是非常重要的環節。在此一部分中就這一點進行討論,從中探索《躋春臺》中敘述者與故事之間的關係。

〔註87〕關於敘事的視點,各家有不同的說法,黃展人主編的《文學理論》中提到的相關名稱有:敘事觀點、敘述角度、視點、視角、敘事角等,實際上其意義都是相同的,都是指敘事者所選擇觀察事件、敘述故事、刻劃人物、展開情節、描繪環境的角度和位置,見黃展人主編:《文學理論》(廣州:暨南大學出版,1990 年),頁 187～190。

〔註88〕Wallace Martin 著,伍曉明譯:《當代敘事學》(北京:北京大學出版,1990 年),頁 159。

1. 靜態的視角：全知與限知

《躋春臺》作者繼承中國古代的白話小說中常使用的「全知視角」敘事觀點，敘述者不是故事的參與者，他和故事中的人物不是一個平等關係，而是說者與被說者（讀者）的關係。說話人對於故事人物處於一種居高臨下的全知視點，沒有固定的觀察位置，敘述者像上帝般超越時空無所不知、無所不在，他知曉人物的過去、現在和未來，可以透視人物的內心。羅蘭‧巴特這樣描述全知敘述者說：

> 敘述者既在人物之內又在人物之外，知道他們身上所發生的一切但又從不與其中的任何一個人物認同。〔註89〕

例如作者總是在故事開端詳細介紹故事主角的身世、性格、際遇，如〈過人瘋〉一段：

> 順慶府離城二十裏，有一李文錦，家屋富足，父名高升，母何氏，生他兄弟三人。文錦行二，人稱李二，聰明俊秀，十四歲即能完篇，屢列前茅，眾鹹以大器目之。幼聘胡天祥女蘭英爲妻，幼時秀美，十歲出痘兇險，竟將顏容改變，面麻身矮，兩眼紅爛。卻又知書識禮，孝順父母，尊敬哥嫂，一家憐惜。

作者用的即是敘述者的全知視角，他知道故事主角李文錦生活上的一切。再看〈心中人〉中的一段：

> 此日無錫縣官亦在院內降香，見了流鶯大驚，心想：「我縣中亦有此絕世佳人，實在難得。」忽想起：「皇上出詔選美，若將此女獻上，定得高官重任，奚罕此一個縣官。」

作者甚至可以進入故事中人物的內心，進而安排接下來發展的故事情節，此一敘述方式正如羅小東爲其所下的結論：「敘述者所掌握的情況多於故事中的任何一個人物。〔註90〕」稱之爲全知敘事。除此之外，游友基還指出：「說話人的敘述視角，多以第三人稱的「全知敘述」視角爲主，敘述人擔負的不僅是故事本文敘述人的任務，它身兼數任，還是小說內容的評論人」〔註91〕，例如〈審煙鎗〉的文末：

> 各位，人生在世，這鴉片煙第一是染不得的。煙之害人，比酒色尤甚，酒色說忌就忌，易於戒除；這鴉片煙把你害死都不丟手，還要把你

〔註89〕 巴特：《敘事作品結構分析導論》，轉引自羅小東：《話本小說敘事研究》（北京：學苑出版社，2002 年），頁 104。。

〔註90〕 參見羅小東：《話本小說敘事研究》（北京：學苑出版社，2002 年），頁 103。

〔註91〕 游友基：《中國社會小說通史》（南京：江蘇教育出版社，1999 年），頁 76。

跟到陰司，就做鬼，都不安逸。你看天喜瞞親吃煙，使親憂氣，竟被蜈蚣毒死，累及妻子遭冤，父母絕嗣，雖有家財美婦，不能享受。王明山傷天害理，唆訟慳吝，落得香煙斷絕，人財兩空。李貞秀端莊孝順，雖遭冤屈，終遇神恩昭雪，享福終身。伍氏姑息養奸，適以速子之死。李紹儒夫婦養而能教，卒以成女之名。至若崔教學不嚴，好為人師，害得人家妻離子死，是亦名教中之罪人也，後來定有報應的。從此案看來，教學者切宜謹戒生徒吃煙，慎勿以為逢場作戲之事。倘若染著，不惟怠功棄學，功名難成，後來敗產傾家，亦由此而開其漸矣。為師為弟者，須以崔、王天喜為鑒焉可也。

作者將故事人物的結局總述一次，這是《躋春臺》承襲宣講故事慣用的敘述形態，往往在每篇故事文末，將故事中人物的遭遇敘述一番，並加上作者個人意見評論，這樣，就能把作者的創作意圖，小說的題旨提示給讀者，以增加社會教育的作用。

　　然而，必須指出的是全知敘事的不足之處，在於敘述者和人物之間有一種距離感，不像第一人稱那樣，敘述人與人物合而為一，因此，就使小說失去了某種真實感和親切感，敘述人的存在，就使小說敘述多、描寫少，某些非常細膩的內心體驗、意識流、潛意識，用講故事的語言講出來，效果不佳，甚至根本無法進行，總沒有人物第一人稱的內心獨白來得自然親切。

　　於是為彌補以上的不足，在具體敘述故事之時，作者還會借用故事的敘述者來擔綱講述，把作者的全知視角進行切割，敘述者雖然有掌握整個敘述過程與事件的權威，但由於演述的特殊性，或為了增加真實感，敘述者有時會依附於某個角色，這樣所表達出來的對外部世界感覺的角度與方式等等，就受到了限制，這就是限知視角。且看〈東瓜女〉中一段：

　　　　何母次早起來，女已收拾妥當，喊婆婆見禮，何母一見大驚，卻是：
　　眉彎新月映春山，秋水澄清玉筍尖。櫻桃小口芙蓉面，紅裙下罩小金蓮。

這段對東瓜女的外貌敘述，即是故事中人物何母親眼見到的事實描述，讀者在此是藉何母的觀察對故事人物加以瞭解，作者利用此一限知視角，達到介紹故事人物的目的，是敘述者依附故事角色所表達出來的所見所聞。限知視角所表達的是一種感覺世界的方式。敘述者採取全知與限知兩種視角，可以擴大作品的視野，豐富作品的觀點，使作品讀來更加細緻與深入。

2. 流動的視角

　　以上所述全知視角和限知視角是靜態的分類，實際上，在《躋春臺》中往往是將兩者結合使用的，楊義指出：「我國敘事文學往往以局部的限知，合成全局的

全知。」〔註92〕這兩種視角的出現常常是動態、輪流交替使用的，例如〈萬花村〉中寫單武強娶林氏，卻被紙鳶假扮新娘完婚一段，就運用了多視角流動的敘事：

擡到單家，高點銀缸，拜完花燭，（敘述者的視角）眾各齊來賀喜，都說：「好個美貌佳人！」（角色視角）其妻妾亦來道喜，見了紙鳶盡吐舌，說道：「無怪乎我那人用了許多心機，連寢食都廢了，這樣美色，天下又有幾個？使些銀子到還值得。」（角色視角）將要坐席，門外火炮喧天，來了兩人，把報單書信取出：「請單大人道喜。」（敘述者的視角）單武將報單一看，（敘述者的視角）上寫：「恭報貴府大人單武，奉旨授四川保寧府正堂，即日上任。」（單武的視角）又看書信，原來是他父的好友，現任本省藩台與他把缺補好，喊他星夜進省到衙領憑，不然他明日卸任，遲必誤事。（敘述者的視角）單武蹬足曰：「偏偏有此意外之事，我費了千辛萬苦接個夫人，尚未同宿，就要出門，如何是好？」（單武的視角）眾客曰：「婚姻事小，功名事大，不如進省去領憑回來纏完花燭，夫妻會合期長，何必爭此一夕，失了機會。」（角色視角）單武忙叫發席，收拾行李。（敘述者的視角）

敘述者全知視角與角色限知視角的流動變化，使故事場面更加立體生動，又見本文中一段：

他的父親聞子得疾，接到任上醫治。一日，命人帶至城外閒耍，走到橋上憑欄觀望，（敘述者的視角）見水底影子嘻笑，以手相招，影子亦招，便說：「你要我下來嗎？」（單武的視角）即踴身一跳，眾人聽得水響，方纔曉得，急忙拉上，已無氣了。（敘述者的視角）

敘述者雖然通盤掌握整個故事的發展，但為了追求逼真的效果，就必須「演述」，時而潛入某個角色中，不僅摹擬其聲口，而且進入其感覺與境遇，與這個角色的視角重合，這時，他採取的是限知視角，此一敘事視角的靈活展現，組成了流動的視角，作者時而附屬于人物之中，時而又站在人物旁邊，時而又跳出故事之外。既可以達到逼真的，使人身歷其境的效果，又提高小說的審美價值，可以利用限知視角設置懸念，再以全知視角化解懸念，使故事一波三折，充滿創造力，更加引人入勝。

二、以情節為中心

一部成功的小說必定有精彩的故事情節，情節是由細節組成的。中國通俗小說

〔註92〕同註83，頁240。

的兩種類型，一類以情節的傳奇性吸引人，一類以細節的眞實性吸引人，前者多是講史、武俠、公案題材；後者多是社會、家庭、言情題材。〔註93〕常見的情節諸法有：

（一）懸念法

所謂「懸念」是故事中忽然出現難以解釋原因的離奇情節，例如：一件命案的發生、故事主角的無故失蹤等等，作者在創作時常會設置懸念來吸引讀者，讀者在欣賞小說時，也會爲關注人物的命運而產生的一種焦灼、期待、猜測，並急於知道其結果的心理活動。這種心理活動的緊張程度，常使讀者手不釋卷，欲罷不能，非把小說一口氣看完不可，懸念是強化情節和結構、吸引讀者，製造緊張氣氛，增加藝術感染力最常用的手法之一。

《躋春臺》中懸念設置的手法十分常見，懸念的設置和解釋都是鍊條式的，即設置一個在下一個段中即解釋一個。也有的懸念是大懸念套小懸念，所謂「一波未平、一波又起」，一連幾個懸念都不作解釋，一直拖到最後，一切才眞相大白。如〈六指頭〉，故事中的新郎在洞房之夜離奇的失蹤，新郎的家人因遍尋不著，推測是新娘與人聯手陷害，將新娘一狀告入衙門，無奈又遇不察官吏，只知刑求，不查眞相，使整件失蹤案的案情更加膠著，最後輾轉幾位官吏辦案審理，終於查明原來是因新郎的父親因素行不端惹來報復，一件失蹤案件才得以澄清，還無辜者公道。同樣的情節在〈審煙鎗〉中亦是在故事開端設置懸念，進而一步步發展整個故事。

總體來看，劉省三在創作冤案故事時，懸念的設置是其慣用的創作手法，常是故事開頭即有人離奇的死亡或失蹤，作者以此爲主軸，鋪陳出一段段審案、追查等等的事迹，文末答案揭曉，一椿椿出人意料的命案，終是撥雲見日。

（二）巧合法

巧合法，正是充分利用生活中的偶然性，把它用之於小說創作之中，作爲製造矛盾解決衝突、推動情節發展的一種藝術方法。巧合也不能亂用，違反生活常識，違反事理邏輯，不合人物性格，就會弄巧成拙，叫人難以置信。所以巧合法的原則是：雖然是意料之外，又必須在情理之中。古典小說中有不少巧合，是用在「因果報應」上，形成「因」與「果」的巧合。這樣的巧合往往能特別尖銳地揭示作品的主題。〔註94〕

例如〈假先生〉中的學儒，原本因爲品行不良下獄，妻離子散，在改過遷善後，

〔註93〕劉炳澤、王春桂：《中國通俗小說概論》（臺北縣：志一出版社，1997年），頁163。
〔註94〕同註78，頁190。

四處學講聖諭，最後因此而在廟中巧遇失散的妻子，夫婦團圓完結。或是〈仙人掌〉中堅持節義之婦韓芸娘在機緣巧合下被其兄打了一下，遂成孕胎，生下一手掌，經道人指示爲一仙人掌，是忠孝節義之婦遇著忠孝節義之男或是摸下，或是推打，感著忠孝節義之氣，凝結成胎，眞乃千古未有之至寶也，後借著仙人掌爲龍府帶來千金財富，這即是巧合法的應用，在《躋春臺》中的作者運用巧合法的創作動機，常是以善惡果報的觀點出發，若是主角先前行善，必會種下善因，日後上天必以善報爲酬，反之若是以噁心處世，難逃報應制裁，例如：〈十年雞〉中的成金與米榮興妻，因兩人違反倫理道德的相約私奔，最後一個吃了十年毒雞頭喪命，另一個因在半路望見丈夫魂魄索命墜崖而死，兩人均因惡行付出慘痛的代價。但必須討論的是巧合法的運用在《躋春臺》中時有誇大之嫌，諸如前述因一掌打下即成孕胎事件，頗不合情理，只是爲彰顯秉持忠孝節義之氣的重要而安排此一巧合，似乎是神話思維的產物，較難具有說服力。

（三）誤會法

誤會，就是對人、對事作出了錯誤的判斷，好人當成壞人，朋友當敵人，認賊作父，好心當成驢肝肺。造成誤會的原因有各式各樣，有的是愚蠢，有的是無知，有的是偏見，有的是輕信，利令智昏，中了奸計等等。而誤會又造成許多悲劇、喜劇、鬧劇，或滑稽劇，而從這些形形色色的誤會中，又可表演出各式各式的人物個性。所以用誤會法來寫小說，不但可以製造許多離奇的情節，也可以刻畫出各式各樣的人物。

在《躋春臺》中常見誤會的發生，例如：〈審豺狼〉中的喬景星因爲一時善念爲豺狼醫病，豺狼感謝之餘送給他自史正綱身上銜來的錢財做爲饋贈，結果反使喬景星成爲史正綱命案的最大嫌疑犯。這即是一個誤會法的運用，從這離奇的情節裏我們可以看到喬景星的善良與眾生萬物的有情善念，就連一般眾人印象中兇殘的動物——豺狼，遇到救命恩人仍具有回報之心，雖然造成了一時的誤會，但末尾終是誤會澄清，洗刷冤情。

（四）層巒疊翠法

所謂「層巒疊翠法」，實際上就是現實生活中的「屋漏偏逢連夜雨」。爲了使小說更吸引人，情節設計更加緊張，於是加劇矛盾，製造氣氛，增加生活中的困難程度的寫法。例如〈雙金釧〉中常懷德命運多舛，先是父母親接連死亡，留下他一個稚子孤苦伶仃，又遇苛薄的叔父常正泰接二連三的陷害，讀者越讀越是對其寄予同情，越是希望他能有撥雲見日的一天。

（五）草蛇灰線法

　　清代的蔡元枚在《水滸後傳讀法》中，在列舉《水滸後傳》的種種手法時，寫道：

> 　　有灰線草蛇法。如李俊在金鼇島救起安道全，爲後引兩寨諸人入海之線；聞小姐患病求安道全醫治，診太素脈，説他大貴，爲後嫁與李俊爲妃之線；鄆哥隨呼延鈺去時，説銀子原爲娶妻之用，爲後請留共濤之女賞與爲妻之類，皆是遠遠生根，閑閑下著，到後來忽然照應，何等自然。

《中國古典小説藝術欣賞》解釋這段話所説的「灰線草蛇法」就是伏筆，所謂「遠遠生根」，就是指在前文很遠的地方埋下伏筆。所謂「閑閑下著」，就是指它埋伏得很自然，不露痕跡。〔註95〕

　　草中之蛇，姿態曲折多變，灰裏之線，隱隱約約，似斷實連。形容一段文章中要有一條隱約可見的主線，也就是説作者安排情節和細節時，應該首尾照應，前後關聯，早打伏筆，稍作暗示，作者有意，讀者無心，以致到重大的情節發展變化時，在邏輯上無突然意外之感，增加故事的合理性。例如〈失新郎〉中在前段部份劉鶴齡搶救羅雲開打獵而得的黑狐一事，即是日後故事發青新郎失蹤與劉鶴齡癡子轉慧的伏筆，羅雲開的獵狐種下惡因，因此其子在新婚之夜被狐幻影引誘外出失蹤，而救狐的劉鶴齡受到狐的報恩，派來一女綠波助其家業興旺，這獵狐一事即在整個故事中具有重要的關鍵意義，作者安排在故事前段，留下線索，説明不同處世的態度，一善一惡的對比，造就日後不同的人生際遇。

三、人物刻劃

　　《史記》的實錄原則，一直是通俗小説家在創作時所遵循圭臬，所謂的「實錄」，就是《漢書・司馬遷傳贊》所説：「《史記》善序事理，辨而不華，質而不俚，其文直，其事核，不虛美，不隱惡，故謂之實錄。」因此「逼眞」一直是中國通俗小説塑造人物、結撰故事所追求的美學境界。〔註96〕

　　我國古代通俗小説在人物塑造方面，重視「逼眞」的表現手法，所謂眞，包括生活眞實與藝術眞實兩個方面，生活眞實又有兩層含義，一是事實眞實，一是概括眞實。事實眞實，是説歷史上實有其人，實有其事，所謂概括的眞實，是説雖不一定有事實的根據，但作品中所虛構的人和事，在生活中的確廣泛的存在。〔註97〕人

〔註95〕同註78，頁220。
〔註96〕同註93，頁121。
〔註97〕同註93，頁142。

物創造的諸法：〔註98〕

（一）化靜為動法

在小說人物塑造上，不愛作客觀而靜止的肖像描寫，和冗長的人物心理分析，作品總是在生活的流動發展中展示人物的性格、命運，揭示事件的社會意義，不僅很重視故事發展中的波瀾、懸念，情節轉換中的穿插、分合，而且影響及於人物的描寫手法，也多取在動態的事件的發展過程中，通過人物的語言、行動表現人物性格，很少離開故事發展作靜止的心理剖析，而愛從別人的眼中、口中看出人物、說出人物。在動作中、行動中，活脫脫地表現人物，毛宗崗稱這種方法為「化靜為動法」。例如〈節壽坊〉中壽姑，是個聰慧、擅於處理人情事故的女子，作者藉由其面對夫家災變人亡，無以為嗣的困境，仍能說服公公再娶，姨娘嫁給老翁，讓夫家香火再傳，重振家風；作者使用的即是「化靜為動法」，並不直接的剖析壽姑的性格、或是靜態的描寫她的才能容貌，而是從事件中讓我們看出一位女子識大體、圓融的處世智慧，如此一來壽姑靈巧的形象更能鮮明的勾勒出來，使人印象深刻。

（二）誇張寫意法〔註99〕

誇張是一種修辭手法，也是文學創作的一種基本方法。劉勰在《文心雕龍‧誇飾》中寫到：

> 夫形而上者謂之道，形而下者謂之器，神道難摹，精言不能追其極，形器易寫，壯辭可得喻其真，才非短長，理自難易耳。故自天地以降，豫入聲貌、文辭所被，誇飾恒存。雖詩書雅言，風俗訓世，事必宜廣，文亦過焉。是以言峻，則嵩高極天；論狹則河不容舠。說多則子孫千億；稱少則民靡孑遺。襄陵舉滔天之目，倒戈立漂杵之論，辭雖已甚，其義無害也。

誇張的情節，對於人物的創造常起畫龍點睛的作用，使人過目不忘，印象深刻，「誇過其理，則名實兩乖」，所以必須做到「誇而有節，飾而不誣。」例如〈捉南風〉中的新官白良玉有審判土地片段：

> 官又看了一遍，回廳坐定，叫差人：「把土地拿來，本縣要問。」
>
> 眾人大笑，說：「土地是泥塑的，如何問法？」都擠攏來看審土地。
>
> 差人只得把廟門敲開，將土地抱至公案前放著。
>
> 官曰：「膽大土地，你上帝耳目，受下民香煙，奏善呈惡，賜福降殃，管轄一方，代護萬姓，為甚有人在你面前殺人，頭都割去了，你都不知

〔註98〕同註93，頁147～153。
〔註99〕劉炳澤、王春桂：《中國通俗小說概論》（臺北縣：志一出版社，1997年），頁148。

嗎？看是何人殺的，逃在何處，今在本縣台前還不實訴？」

　　差稟曰：「大老爺土地不答話。」

　　官大怒曰：「你有好大的官兒，本縣面前都由你執傲不成嗎？左右與爺掌嘴四十。」

　　差人見說，嘎嘎而笑。

　　官怒曰：「你這些狗奴，笑本縣無才嗎？與爺重責八十！」左右見官發怒，將差人打了八十，又將土地仰放拿皮掌吡吡吧吧掌了四十。

　　官曰：「本縣在此為官，黃土要管三尺，你有好大的膽兒，敢與本縣執傲，好好將兇手說出還則罷了，如其不然，定要把你打爛。」

　　左右稟道：「他不開腔。」

　　官連打幾下戒方，站起說道：「這個土地實在強性，再與爺責八十！」左右拿皮掌在土地臉上一五一十的再打，方纔打得二十，忽然一股旋風來到廠內，繞了幾轉向北而去。

　　官問道：「這是甚麼風？」

　　一房書稟曰：「此時正是午刻，南風發動，此是正南風。」

　　官命將土地送回廟去，隨出一票，撥差二名，捉拿鄭南風。

讓人覺得有些誇張奇異，土地是不會說話的，居然扯入殺人命案中，擔任嫌犯一角，而且後來還真讓白良玉捉到真正的兇手鄭南風，於是對這位縣官白良玉精明辦案的形象刻劃就更顯得傳神，相同的情節還發生在另一篇〈審禾苗〉中，這次也是白良玉靠著對被殺者茂生墳上長出的禾根細心觀察，聯想出兇手名字「韓穀生」，因而破案，還有〈審豺狼〉中的審問豺狼的縣官，這些為求真相，將土地、禾苗、豺狼捉來審理的官吏，辦案手法很是新奇，在我們現在以科學辦案，講求物證、人證的時代看來，雖然覺得不可思議，不免感到誇張荒誕，但是作者希望呈現他們辦案認真、明察秋毫的個性形象，經由這樣的情節安排下，是已達到突出的效果。

（三）對比映襯法

　　有些東西，孤立起來看，倒看不出個俊醜來，一經和另一個事物對比，那巨大的形象反差，就叫人一目了然。對比映襯法詳細分析起來，又可分為三種，即正襯法、反襯法、連環襯法。

1. 正襯法

　　同一性質，但程度有別的兩種事物之間的比較。例如〈平分銀〉中的郭安仁與江正宗，兩人的背景相同，不但是同年同月同日同時生，而且同心同德同景同村住，

兼之又是同甘同苦同幫人，家俱貧寒，同爲胡永久做長年之同幫人，一生事業皆同，娶妻之時，郭安仁娶得貌美聰明能幹賢妻，而江正宗曾因見錢心動，爲人打樣娶妻，種下惡報，日後娶得面醜智愚的妻子，後因爲正宗誠心悔過，菩薩才顯聖，將其妻改頭換面，去蠹生靈。很明顯的作者在此故事中使用了「正襯法」來強調處世爲善的重要性，相同背景的兩個人，郭安仁一貫的善行讓他娶得美眷，但是曾經爲惡的江正宗就受到果報，娶得醜妻，作者以此勸諭世人：行善爲惡的差異頗大，不可不愼。

2. 反襯法

美醜對比、忠奸對比、賢與不肖之對比，金聖歎稱此爲「背面鋪粉法」。例如〈賣泥丸〉中的王成與王老么，前者性極孝友，問安送睡，煎湯熬藥，端茶遞水，事事盡道，幫人又殷勤老實，人人喜歡，個個皆請，後者爲人奸詐，脾氣乖張，背主懶惰當主勤，一天歇肩把氣勻，不是坡上睡覺了，就在吃煙看婦人。手足不好，愛偷東西走邪路，嘴巴不好，愛談閨閫說空話。日後同是賣泥丸，王成因爲得到神助，所以在村裏瘟疫流行之時，泥丸正好發揮功用，讓人一吃便好，四處俱來求買，王成也因此致富，而敗德的王老么見之起而效尤，卻是使人吃下俱死，最後送官丟卡，在獄中受盡慘刑，染牢瘟而死。作者以兩人同是賣泥丸，一個治病大富，一個醫死人償命來對比各人的心不同造就的際遇不同，是使用「反襯法」的最佳示例。

3. 連環襯法

正襯、反襯多是兩元對比，連環襯是多元對比。連環襯法通常的寫法是圍繞一件大事、一次尖銳的矛盾衝突，讓許多人物都站出來亮相表態，互相進行對比，從而看出各個人物性格和思想差異。例如〈南鄉井〉是四十回中少見人物眾多的篇目，在故事中一共出現十幾個人，圍繞著一樁井底命案而發展，先是平日行爲不正的西廊僧與大牛之妻田氏通姦，大牛發現向其索財，而西廊僧竟聯合友人朱三喜將大牛殺害，棄屍牽鄉井中，並連帶遷怒平日勸誡他的東廊僧，佯裝鬼怪嚇他離開廟中，東廊僧途中摸黑跌入井中，圈入鮑紫英命案，鮑紫英之死卻又是因大牛之母胡陸氏（鮑紫英乳母），與其子黑牛聯手利用鮑紫英之父不同意紫英與杜青雲的婚事設計將其誘騙外出，結果被黑牛失手殺害，而大牛之母胡陸氏在西廊僧投案前也曾懷疑大牛的死與媳婦田氏自小與姚思義苟合的姦情有關，一干人的關係十分錯綜複雜，作者在此段故事中安排幾種不同的人物性格，一是作惡行兇之類的，如：西廊僧、朱三喜、胡黑牛，一是縱妻搕財的胡大牛，還有背父私奔

的鮑紫英、背夫犯淫的胡田氏，騙誘人、縱子行兇的胡陸氏，好談閨闈的杜青雲，受苦守規的東廊僧等，他們雖可以大致分為善與惡的二大類，但其實又各自有所差異，最後也因為他們各自的行跡招致善惡不同的果報，以此印證「禍福無門，惟人自召」的道理。

第五章 結 論

　　話本小說的發展曾在明末清初一度蓬勃，繼晚明《三言》、《二拍》高潮之餘勢，
到了清初，根據徐志平先生的研究指出：此時期的話本小說不僅對前代小說的各種
題材做了全面的繼承和發展，除此之外，還開發了時事小說、翻案小說等新風格的
小說，有一定程度的價值及意義。但在此同時，話本小說的題材也顯出後繼無力的
現象，諸如不少作家會從其他通俗小說或史書及文言說部中拾取相同題材故事加以
改編，使得作品脫離現實，無法表現當代的社會面貌；而在形式方面，由於過於追
求形式美，造成與現實生活脫節，明顯的編造痕跡，使人物形象平面單薄、缺乏立
體感與眞實感，無法深刻動人，亦或是爲達膚淺的娛樂效果，化重爲輕，不寫悲劇，
或是將悲劇轉爲喜劇、鬧劇，大幅降低了作品的思想層次和感人力量，遂使話本小
說逐漸走入末途〔註1〕。

　　《躋春臺》的正確成書時間已無從考證，僅從卷首有光緒己亥（二十五年／西元
1899 年）林有仁〈新鑴《躋春臺》序〉推測其出現年代已屬話本小說發展的尾聲。
以《躋春臺》命名其書，蔡敦勇認爲：《躋春臺》或得意於《老子》：「眾人熙熙，如
享太平，如登春臺」之旨，而作者「將與同人共躋於春臺，熙熙然受天之佑。」〔註2〕
這命名顯然寄寓了作者對本書的期許，作者希望藉由本書勸善懲惡之俗言，使後世效
法取尤，以與同人共登於春臺仙境。而這樣的寫作旨趣，仍然是話本小說之遺緒，並
沒有更具意義的特色。至其價值特色，當在下述的內容、形式等方面。

　　本書的內容，以呈現社會的寫實面來傳達善惡有報、因果輪迴的價值觀。它

〔註1〕　徐志平：《清初前期話本小說之研究》（臺北：學生書局，1998 年），頁 614～616、
　　　　674。
〔註2〕　蔡敦勇，〈《躋春臺》前言〉，《躋春臺》（《中國話本大系》，江蘇古籍出版社，1993
　　　　年），頁 1。

的內容廣泛，有的故事改寫自《三言》、《聊齋誌異》以及筆記小說，也有的是作者自行創作，記錄著下層民眾生活風貌，舉凡乞丐、僧尼、戲子、幫閒、匠人、盜賊這些小人物，都成爲故事主角，舉凡鴉片毒害社會、貴族世家仗勢欺人、館師誤人子弟等世態時風，皆收錄其中，尤其側重於監獄生活的描寫，揭發監獄黑幕，例如：獄卒與老犯狼狽爲奸、獄卒擅用私刑、卡犯強取和監等等作爲，以及獄吏屈打成招、收賄貪污、僞造假證的腐敗獄政，皆是前代小說較少出現的內容，使人大開眼界，更可做爲研究清末社會、獄政史料的參考。這是本書的特色與價值之一。

在本書的形式方面，篇目均以三字爲題，省略入話及頭回的表現方式，在擬話本小說形式的沿襲方面，筆者歸結出幾項結論：《躋春臺》四十回中並不是每一回都有下場詩及插詞的安排，這代表晚期擬話本小說在形式上已逐漸擺脫話本形式的窠臼，大量減少下場詩及插詞的應用，更接近純小說的形式。就插詞內容來說，《躋春臺》中的插詞有的來自前人詩句、《三言》、宣講唱本、俗諺及前代話本小說，也有作者根據情節所需而自創，有些近於打油詩性質，還有以四川方言創作的詞語，表現作者的獨創性與地方色彩，顯示《躋春臺》是一部兼具個人風格與雜揉前人作品的擬話本集，呈現多樣化的文學風采。這是本書的特色與價值之二。

此外，在正文部份，結合彈詞、鼓詞、評話及四川竹琴、五更調等，表現在人物之間的吟詠、唱和及作者敘述時的韻語，是本書最大的藝術特徵，同時也讓此書呈現迥異於前中期擬話本的風貌，具有宣講故事書的特徵。韻文在全書中發揮總敘全篇故事、人物述懷言志、刻劃舖敘場景、描寫人物外貌及作者評述論斷等功能，是重要的有機體，兼顧娛樂性與勸誡性，同時也從這多樣的韻文中見到《躋春臺》深受民間說唱藝術影響，其中保存珍貴說唱藝術的材料，展現民間文學活潑的特色。這是本書的特色與價值之三。

值得一提的，本書作者採用大量的方言俗語寫作，意欲方便向廣大社會下層未受過多少教育的人民宣傳勸善理念，往往使作品具有強烈的地方色彩和濃郁的生活氣息，除了能使讀者能收到生動感及寫實感等的藝術效果，還有助於對當時民俗的考察，其中的方言俗語絕大多數至今仍在四川地區流行，其中一些字音也與今天中江話相同，對研究一個世紀以前的四川方言有重要的語言學價值，已於近年來引起大陸方面學者的關切。這是本書的特色與價值之四。

當然，《躋春臺》也有許多缺點，例如：過份迷信因果——有時將此生的苦難一律歸咎於前世的罪孽、審案時冤魂現身迫使嫌犯認罪，以及過度的爲闡發勸善懲惡

而失去文學創作的美感等等，均減弱了話本小說的藝術成就，但不可諱言的，《躋春臺》的缺失，同時也反映出話本小說在中國小說史上的衰弱期的通病，見證了通俗小說由短篇到中長篇小說過度的一般規律。在清代中後期，仍有部份的話本小說，如：《雨花香》、《通天樂》、《娛目醒心編》等，都和《躋春臺》一樣，雖處於話本小說的末流卻仍具創作特色，都值得學界的探討，以使話本小說的研究更臻完備。

徵引書目

凡　例：

1. 徵引書目分三大類，分別為：一、專書、二、學位論著、三、期刊論文，專書類再區分小說版本和其它古籍兩類。

2. 「專書」中之「小說版本」依作者年代列表，「其他古籍」依經史子集其他類順序排列。

3. 「學位論著」、「期刊論文」書目按照作者或編者姓氏筆劃順序排列，姓氏筆劃相同者，以姓名第二字的筆劃順序排列，同作者之作品依出版年代先後排列。

一、專　書

（一）小說版本及書目

1. 〔清〕省三子編輯：《躋春臺》，《古本小說集成》第一批影印本光緒刊本，上海古籍出版社，1993 年。

2. 〔清〕省三子編輯，蔡敦勇校點：《躋春臺》，江蘇古籍出版社，1993 年。

3. 〔宋〕耐得翁：《都城紀勝》，台灣商務印書館，1983 年。

4. 〔明〕馮夢龍：《喻世明言》，臺北：桂冠圖書股份有限公司，1984 年。

5. 〔明〕馮夢龍：《醒世恒言》，臺北：桂冠圖書股份有限公司，1984 年。

6. 〔明〕馮夢龍：《警世通言》，臺北：桂冠圖書股份有限公司，1984 年。

7. 〔明〕馮夢龍：《情史》，湖南省新華書局，1986 年

8. 〔明〕凌濛初：《初刻拍案驚奇》，臺北：台灣古籍，2002 年。

9. 〔清〕薛福成：《庸盫筆記》，臺北：新興出版社，1978 年。

10. 〔清〕草亭老人：《娛目醒心編》，上海古籍出版社，1988 年。

11. 〔清〕蒲松齡：《聊齋誌異》，上海古籍出版社，1990 年。

12. 〔清〕李漁：《連城璧》，上海古籍出版社，1990 年。

13. 〔清〕徐珂編：《清稗類鈔》，中華書局，1996 年。

（二）其他古籍

1. 《大藏經》，中華佛教文化館大藏經委員會影印，1993 年。

2. 趙爾巽等：《清史稿》，上海古籍出版社，1995 年。

3. 《欽定四庫全書‧史部》，臺北縣板橋市藝文發行，1989 年。

4. 《大清聖祖仁（康熙）皇帝實錄六》，台灣華文書局，1964 年。

5. 李經權修、陳品全纂：《民國中江縣志》，日新工業社代印，1930 年。

6. 朱樟、田嘉穀：《澤州府志五十二卷》，臺北：臺灣學生，1968 年。

7. （河南）《續安陽縣志‧社會志‧民生‧禮俗》，臺北：成文書局，1968 年。

8. （河北）《高邑縣志》，臺北：成文書局，1968 年。

9. 〔明〕張鹵編，《皇明制書》，臺北：成文書局，1969 年。

10. 〔明〕田汝成，《西湖遊覽志》，臺北：世界書局，1982 年。

11. 〔明〕田汝成，《西湖遊覽志餘》，臺北：世界書局，1982 年。

12. 〔清〕徐珂，《清稗類鈔》，北京：中華書局，1984 年。

13. 〔清〕方苞：《方望溪全集》，河洛圖書出版社，1976 年。

14. 〔清〕文孚：《欽定六部處分則例》，臺北縣：文海出版社，1968 年。

15. 《大清律例會通新纂》，臺北縣：文海出版，1987 年。

16. 〔清〕文孚纂修：《六部處分則例》，臺北縣：文海出版，1969 年。

17. 〔清〕張廷驤：《入幕須知五種》，臺北縣：文海出版，1968 年。

18. 釋僧佑：《弘明集》，大藏經刊行會編，1983 年。

19. 〔清〕陳宏謀：《牧令書》，合肥市：黃山書社，1997 年。

20. 〔清〕汪輝祖：《續佐治藥言》，合肥市：黃山書社，1997 年。

21. 〔清〕黃六鴻：《福惠全書》，北京市：北京出版社，2000 年。

22. 〔清〕袁守定：《圖民錄》，合肥市：黃山書社，1997 年。

23. 〔清〕田文鏡：《州縣事宜》，合肥市：黃山書社，1997 年。

24. 王錫鑫：《宣講集要》，三一堂刊。

（三）近人論著

1. 〔日〕小野川秀美著，林明德、黃福慶譯，《晚清政治思想研究》，臺北：時報出版公司，1982 年。

2. 〔日〕大塚秀高：《增補中國通俗小說書目》，東京：汲古書院，1987 年。

3. 〔日〕原田李清：《話本小說論》，臺北：古亭書屋，1975 年。

4. 〔日〕滋賀秀三等著，王亞新、梁治平編：《明清時期的民事審判與民間契約》，北京：法律出版社，1998 年。

5. 恩斯特.卡西勒 (Ernst Cassirer)著，甘陽譯：《人論》，臺北：桂冠圖書股份有限公司，1990 年。

6. Wallace Martin 著，伍曉明譯：《當代敘事學》（北京：北京大學，1990 年。

7. 佛斯特（Edward Morgan Forster）著，李文彬譯，《小說面面觀》，臺北：志文出版社，1995 年。

8. 韋勒克、華倫著，王夢鷗、許國衡譯：《文學論》，臺北：志文出版社，1983 年再版。

9. 王平：《中國古代小說敘事研究》，河北：人民出版社，2001 年。

10. 王昕：《話本小說的歷史與敘事》，北京中華書局，2002 年。

11. 王汝梅、張羽：《中國小說理論史》，浙江：浙江古籍出版社，2001 年。

12. 王秋桂：《李家瑞先生通俗文學論文集》，臺北：學生書局，1982 年。

13. 王泰來：《敘事美學》，重慶：重慶出版社，1987 年。

14. 王靖宇：《中國早期敘事文論集》，臺北南港：中央研究院中國文哲研究所，1999 年。

15. 王爾敏：《明清時代庶民文化生活》，臺北：中央研究院近代史研究所，1996 年。

16. 王獻忠：《中國民俗文化與現代文明》，北京：中國書店，1991 年。

17. 戈公振：《中國報學史》，臺北：台灣學生書局，1976 年。

18. 申丹：《敘述學與小說文體學研究》，北京：北京大學出版社，1998 年。

19. 任二北：《敦煌曲初探》，上海文藝聯合出版社，1954 年。

20. 吳光正：《中國古代小說的原型與母題》，北京：社會科學文獻出版社，2002 年。

21. 吳邨：《200 種中國通俗小說述要》，臺北：漢欣文化事業有限公司，1990 年。

22. 李孝悌：《清末的下層社會啟蒙運動》，臺北：中央研究院近代史研究所，1992 年。

23. 李辰冬：《文學欣賞的新途徑》，臺北：三民書局，1970 年。

24. 李家瑞：《北平俗曲略》，臺北：文史哲出版社，1974 年。

25. 余振邦：《刑獄錄》，臺北：聯亞出版社，1978 年。

26. 林明德：《晚清小說研究》，臺北：聯經出版事業公司，1988 年。

27. 林紀東：《監獄學》，臺北：三民書局，1977 年。

28. 阿英：《小說閒談四種》，上海市：上海古籍出版，1985 年。

29. 阿英：《晚清小說史》，臺北：臺灣商務印書館，1996。

30. 金健人：《小說結構美學》，臺北：木鐸出版社，1988 年。

31. 周振鶴、游汝杰：《方言與中國文化》，臺北：南天書局有限公司，1990 年。

32. 周憲：《超越文學》，上海：上海三聯書局，1997 年。

33. 荊知仁：《中國立憲史》，臺北：聯經出版公司，1984 年。

34. 侯忠義：《明代小説輯刊第二輯》，《包龍圖判百家公案》，成都市：巴蜀書社，1995 年。

35. 胡士瑩：《話本小説概論》，臺北：丹青圖書公司，1983 年。

36. 范伯群、孔慶東：《通俗文學十五講》，北京：北京大學出版社，2003 年。

37. 時萌：《晚清小説》，臺北：萬卷樓圖書有限公司，1993 年。

38. 格非：《小説敍事研究》，北京：清華大學出版社，2002 年。

39. 婁子匡、朱介凡編：《五十年來的中國俗文學》（臺北：正中書局出版，1963 年。

40. 莊因：《話本楔子彙説》，臺北：聯經出版公司，1978 年。

41. 莊吉發：《清史拾遺》，臺灣學生書局印行，1992 年。

42. 高辛勇：《形名學與敍事理論》，臺北：聯經出版公司，1987 年。

43. 徐岱：《小説敍事學》，北京：中國社會科學出版社，1992 年。

44. 徐志平：《晚明話本小説石點頭研究》，臺北：學生書局，1991 年。

45. 徐志平：《清初前期話本小説之研究》，臺北：學生書局，1998 年。

46. 秦和平：《四川鴉片問題與禁煙運動》，成都：四川民族出版社，2001 年。

47. 浦安迪：《中國敍事學》，北京：北京大學出版社，1996 年。

48. 馬振方：《小説藝術論》，北京：北京大學出版社，1999 年。

49. 馬積高：《清代學術思想的變遷與文學》，長沙：湖南出版社，1996 年。

50. 孫楷第：《俗講説話與白話小説》，臺北：河洛出版社，1978 年。

51. 孫遜、孫菊園：《中國古典小説美學資料彙粹》，臺北：大安出版社，1991 年。

52. 孫燕京：《晚清社會風尚研究》，臺北：知書房，2004 年。

53. 夏曉虹，《晚清的魅力》，百花文藝出版社，2001 年。

54. 陳大康：《通俗小説的歷史軌迹》，長沙市：湖南出版社，1993 年。

55. 陳大康：《明代小説史》，上海文藝出版社，2000 年。

56. 陳平原：《小説史：理論與實踐》，臺北：淑馨出版社，1998 年。

57. 陳平原：《中國小説敍事模式的轉變》，北京：北京大學出版社，2003 年。

58. 陳汝衡：《説書小史》，臺北：廣文書局，1981 年。

59. 陳桂聲：《話本敍錄》，珠海市：珠海出版社，2001 年。

60. 陳敏傑、丁曉昌：《清代筆記小説類編・案獄卷》，安徽：黃山書社，1994 年。

61. 陳端秀：《清代小説綜論》，臺北：中華文化復興運動總會主編，1993 年。

62. 郭廷以：《近代中國的變局》，臺北：聯經出版公司，1987 年。

63. 崔榮昌：《四川方言與巴蜀文化》，四川大學出版社，1996 年。

64. 曹亦冰：《俠義公案小說史》，浙江：浙江古籍出版社，1998 年。

65. 許麗芳：《古典短篇小說之韻文》，臺北：里仁書局，2001 年。

66. 黃岩柏：《中國公案小說史》，遼寧：遼寧人民出版社，1991 年。

67. 黃展人：《文學理論》，廣州：暨南大學出版，1990 年。

68. 黃源盛：《中國傳統法制與思想》，臺北：五南圖書出版公司，1988 年。

69. 黃錦珠：《晚清時期小說觀念之轉變》，臺北：文史哲出版社，1995 年。

70. 黃霖、韓同文：《中國歷代小說論著選》，南昌，江西人民出版社，2000 年。

71. 曾永義：《說俗文學》，臺北：聯經出版公司，1980 年。

72. 梁啓超：《中國近三百年學術史》，臺北：中華書局，1958 年。

73. 梁啓超：《戊戌政變記》卷一，臺北：文海出版社出，1964 年。

74. 梁啓超：《清代學術概論》，臺北：臺灣商務印書館，1966 年。

75. 張兵：《話本小說史話》，遼寧：遼寧教育出版社，2000 年。

76. 張俊：《清代小說史》，浙江：浙江古籍出版社，1997 年。

77. 張晉藩：《清朝法制史》，北京：中華書局，1998 年。

78. 張寅德：《敍述學研究》，中國社會科學出版社，1989 年。

79. 程歗：《晚清鄉土意識》，北京中國人民大學出版，1990 年。

80. 賈文昭、徐召勳合著，《中國古典小說藝術欣賞》，臺北：里仁書局，1983 年。

81. 歐陽代發：《話本小說史》，武漢：武漢出版社，1994 年。

82. 歐陽代發：《世態人情說話本》，臺北：亞太圖書出版社，1995 年。

83. 康有爲：《康有爲全集》，上海古籍出版社，1987 年。

84. 康來新：《晚清小說理論研究》，臺北：大安出版社，1999 年。

85. 游友基：《中國社會小說通史》，南京：江蘇教育出版社，1999 年。

86. 馮爾康：《古人社會生活瑣談》，長沙：湖南出版社，1991 年。

87. 葉朗：《中國小說美學》，臺北：里仁書局，1987 年。

88. 楊義：《中國古典白話小說史論》，臺北：幼獅文化事業公司，1995 年。

89. 楊義：《中國敍事學》，南華管理學院，1998 年。

90. 甯宗一主編：《中國小說學通論》，合肥市：安徽教育出版社，1995 年。

91. 趙景深：《彈詞研究》，臺北：東方文化，1971 年。

92. 劉大杰：《中國文學發展史》，臺北：華正書局，2003 年。

93. 劉大鵬：《退想齋日記》，山西人民出版社，1990 年。

94. 劉炳澤、王春桂：《中國通俗小說概論》，臺北縣：志一出版社，1997 年。

95. 管成南：《中國民間文學賞析》，臺北：國家出版社，1993 年。

96. 蔣星煜：《中國隱士與中國文化》，上海：中華書局出版，1947 年。

97. 鄭振鐸：《中國俗文學史》，上海：上海書店，1984 年。

98. 鄭樹森：《現象學與文學批評》，臺北：東大圖書公司，1984 年。

99. 潘壽康：《話本與小說》，臺北：黎明文化事業股份有限公司：1973 年。

100. 魯迅：《中國小說史略》，臺北：唐山出版社，1989 年。

101. 蕭一山：《清代通史》，商務印書館，1985 年。

102. 戴逸：《簡明清史》，人民出版社，1991 年。

103. 羅小東：《話本小說敘事研究》，北京：學苑出版社，2002 年。

104. 羅鋼：《敘事學導論》，昆明：雲南人民出版社，1994 年。

105. 譚正璧、譚尋：《古本稀見小說匯考》，杭州：浙江文藝出版社，1984 年。

106. 譚君強譯、〔荷〕米克‧巴爾著：《敘述學：敘事理論導論（第二版）》，北京：中國社會科學出版社，2003 年。

二、學位論文

1. 林淑蕙：《清初前期話本小說之命運觀研究》，東海大學中國文學研究所碩士論文，1999 年。

2. 咸恩先：《話本小說果報觀研究》，中國文化大學中國文學研究所博士論文，1989 年。

3. 陳兆南，《宣講及其唱本研究》，中國文化大學中國文學研究所博士論文，1992 年。

4. 陳智聰，《從公案到偵探：晚清公案小說敘事模事的轉變》，淡江大學中國文學研究所碩士論文，1996 年。

5. 董挽華：《從聊齋誌異的人物看清代的科舉制度和訟獄制度》，國立臺灣大學中國文學研究所碩士論文，1976 年。

6. 劉恒興，《話本小說敘事技巧析論》，國立中山大學中國文學研究所碩士論文，1994 年。

三、期刊論文

1. 王曉初：〈中國古代白話小說的敘事藝術及其演變〉，《四川大學學報（哲學社會科學版）》2000 年第 6 期，頁 60～67。

2. 王德威：〈「說話」與中國白話小說敘事模式的關係〉，《當代臺灣文學評論大系‧文學理論卷》，1993 年，頁 115～146。

3. 向志柱：〈"巧合"和"果報"模式在話本中的結構意義〉，載於《求索》2003 年 1 期，湖南省社會科學院，頁 180。

4. 朱迪光：〈藝人說話與宋元話本韻散兼用的敘述特點〉，《十堰職業技術學院學報》，第 15 卷第 4 期（2002 年 12 月），頁 36～40。

5. 宋若雲：〈擬話本研究：回顧與評述〉，《中國文哲研究通訊》，第 12 卷第 3 期，頁 201～223。

6. 宋若雲：〈論通俗文學的價值依據——從擬話本說起〉，《文藝評論》，2001 年 4 月，頁 49～56。

7. 宋若雲：〈如何講述——試論擬話本的敘事特點〉，《明清小說研究》2002 年第 1 期，頁 15～35。

8. 李申、于立昌：〈《躋春臺》詞語例釋〉，《南陽師範學院學報（社會科學版）》，第 1 卷第 1 期，2002 年 2 月，頁 16～20。

9. 吳建國：〈明清擬話本小說創作與時代文化精神〉，《湖南師範大學社會科學學報》，1996 年第 4 期，頁 52～58。

10. 林明興：〈晚清監獄中的黑幕——《躋春臺》初探〉，《東方人文學誌》，第 3 卷第 2 期，2004 年 6 月，頁 169～186。

11. 周英雄：〈結構主義是否適合中國文學研究〉，《中外文學》，第 7 卷第 10 期，1979 年 3 月，頁 30～45。

12. 邵雅玲：〈清代地方訴訟規範與女性——以淡新檔案為例〉，《國史館學術集刊》，第 2 卷，2002 年 12 月，頁 23～52。

13. 韋慶遠：〈清代官場的陋規〉，《歷史月刊》，第 69 期，1993 年 10 月，頁 29～54。

14. 苗懷明：〈論中國古代文言公案小說的故事模式和敘事特性〉，《古今藝文》，第 29 卷第 1 期，2002 年 11 月，頁 38～44。

15. 范宜如：〈話本小說中詩詞之運用及其意蘊——以「西湖小說」為例〉，《國文學報》，第 25 卷，1996 年 6 月，頁 267～289。

16. 范道濟：〈話本小說敘事模式述論〉，《荊州師範學院學報》2002 年 4 月，頁 11～16。

17. 侯健：〈有詩為證、白秀英和水滸傳〉，《中國小說比較研究》（臺北：東大圖書公司，1983 年），頁 75。

18. 侯志漢：〈話本的演變——從六十家小說到三言兩拍〉，《漢學論文集 1》，國立政治大學中文系出版，1982 年 12 月，頁 149～172。。

19. 胡萬川，〈從集體性到個人風格——民間文學的本質與發展〉，《民間文學的理論與實際》，新竹市：清大出版社，2004 年，頁 36～37。

20. 涂秀虹：〈話本的敘事對接受的關注與控制〉，《福建論壇（人文社會科學版）》，1996 年 2 期，頁 1～4。

21. 馬幼垣、劉紹銘：〈筆記、傳奇、變文、話本、公案——綜論中國傳統短篇小說的形式〉，《中國古典小說研究專集》第 1 集，1979 年 8 月，頁 1～16。

22. 徐忠明：〈從話本《錯斬崔寧》看中國古代司法〉，《法學評論雙月刊》，2000 年第 2 期，頁 150。

23. 黃伯耀：〈曲本小說與白話小說之宜於普通社會〉，《中外小說林》第二年第 10 期，1908 年。

24. 黃建國：〈短篇話本小說的結構藝術和審美價值〉，《寶雞文理學院學報（哲學社會科學版）》1994 年第 2 期，頁 35～38。

25. 張一舟：〈從《躋春臺》的校點看方言古籍整理〉，《方言》，第 2 期，1995 年 5 月，頁 128～137。

26. 張一舟：〈《躋春臺》與四川中江話〉，《方言》，第 3 期，1998 年 8 月，頁 218～224。

27. 張一舟：〈《躋春臺》的性質、特點、語言學價值及蔡校本校點再獻疑〉，《西南民族學院學報·哲學社會科學版》，第 1 期，1999 年 1 月，頁 69～72。

28. 張勇：〈說話的藝術特徵及其對話本小說的文體影響〉，《蘇州大學學報（哲學社會科學版）》，第 2 期，2001 年 4 月，頁 80～108。

29. 張玉法，〈晚清的歷史動向及其與小說發展的關係〉，《漢學論文集》第三集，臺北：文史哲出版社，1984 年，頁 22。

30. 張瑞芬：〈宋元平話及話本中所反映之民間文學特質〉，《興大中文學報》，第 4 卷，1991 年 1 月，頁 313～322。

31. 張雙慶：〈《清平山堂話本》所見的閩粵方言詞匯〉，《中國文化研究所學報》，第 1 卷，1992 年，頁 177～195。

32. 許麗芳：〈試論古典小說情節之虛實與論證特徵——以傳奇小說與短篇話本之對照爲例〉，《中山中文學刊》，第 2 卷，1996 年 6 月，頁 1～26。

33. 陳炳良，〈話本套語的藝術〉，《小說戲曲研究第一集》，（臺北：聯經出版社，1988 年），頁 145～183。

34. J.Prusek 著，陳修和譯：〈中國中世紀小說裏寫實與抒情的成分〉，載《中國古典小說研究專集 3》，靜宜文理學院中國古典小說研究中心編，臺北：聯經出版公司，頁 89～102。

35. 陳葆文：〈論中國古典短篇愛情小說的演變〉，《淡江大學中文學報》，第 5 卷，1999 年 6 月，頁 207～240。

36. 曹小云：〈《躋春臺》口語詞雜釋〉，《安徽教育學院學報》，第 21 卷第 4 期，2003 年 7 月，頁 75～78。

37. 黃慶萱：〈研究中國古典文學的幾個層面〉，《古典文學第一集》，1979 年 12 月初版，頁 387～398。

38. 傅承洲：〈藝人話本與文人話本〉，《湖北民族學院學報（哲學社會科學版）》，第 20 卷第 4 期，2002 年，頁 34～38。

39. 葉慶炳：〈短篇話本小的常用佈局〉，《中外文學》，第 8 卷第 3 期，1979 年，頁 80～90。

40. 廖咸浩：〈方言的文學角色〉，《當代臺灣文學評論大系·文學理論卷》，1993 年，頁 115～146。

41. 增田涉、前田一惠譯：〈論話本一詞的定義〉，《中國古典小說研究專集 3》，臺北：聯經出版社，1981 年，頁 49～68。

42. 鄭秦：〈清代州縣審判試析〉，《清史論叢》第八輯，中國社會科學院歷史研究所清史研究室編，中華書局，1991 年 6 月。

43. 鄭振鐸：〈明清二代的平話集〉，《中國文學研究》，北京：人民文學出版，2000年，頁 331～332。

44. 鄧章應：〈《躋春臺》詞語散箚〉，《西南民族大學學報（人文社科版）》，2004年 3 月第 3 期，頁 428～430。

45. 鄧章應：〈《躋春臺》婚嫁喪葬類方言詞滙散記〉，《成都大學學報（社科版）》，2004 年第 2 期，頁 65～67。

46. 謝偉民：〈因果報應——中國傳統小說的一種內結構模式〉，《社會科學輯刊》，1988 年第 5 期，頁 108～112。

47. 蔡國梁：〈從《照世杯》到《躋春臺》——清擬話本始末〉，《明清小說探幽》，木鐸出版社，1987 年，226～254。

48. 劉興漢：〈對“話本”理論的再審視〉，《社會科學戰線·文藝學研究》，第 4 期，1996 年，頁 186～192。

49. 賴惠敏：〈檔案介紹：清代「內閣題本刑科婚姻命案類」〉，《近代中國婦女史研究》，第 7 期，1999 年 8 月，頁 163～168。

50. 魏秀梅：〈清代審案迴避制度〉，《中央研究院近代史研究所集刊》，第 21 期，1992 年 6 月，頁 199～214。

51. 韓南著，張保民、吳兆芳合譯：〈早期的中國短篇小說〉，《韓南中國古典小說論集》，（臺北：聯經出版事業公司），1979 年 9 月初版，頁 1～43。

附錄一：四十回主要內容大意

回目名稱	內　容　大　意
	元　　集
雙金釧	常浩然多年行善，老來得子——懷德，一日發善修祠堂，告竣之日懷德無心言語得罪常正泰，從此正泰含恨，不但在浩然喪禮故意舖張排場散盡常浩然家中錢財，更在孟氏病逝後不僅對懷德不予以接濟反聯合其丈人方仕貴對懷德落井下石，幸好淑英與金氏私下偷偷以金釧贈予，並遇善心典獄羅含輝相助，懷德才能苟活，之後懷德聯科及第，中武魁元，歷經嚴嵩幾次考驗，懷德都一一過關斬將，最後親自審判常正泰與方仕貴，報仇雪冤，生子登科，得以善終。
十年雞	成金與雨花結爲夫婦後，一日成金欲賺取更多錢財，一別雨花到外地營生，結識米榮興，米榮興妻爲獨佔錢財，不但設計二娃，慫恿丈夫將二娃趕出家門，最後甚至用計將榮興害死，想要與其姦夫成金捲款遣逃，但天理昭昭，受不了良心譴責，以爲在路上遇見丈夫索命墜崖而死，成金帶著剩下的金錢回到家中與雨花團聚，卻吃下了雨花飼養的十年雞雞頭毒發身亡，貞烈的雨花不但在覬覦其錢財的二叔貝有能脅迫下始終未改嫁，並且在其誣陷她入獄，身受嚴刑討打之際仍堅持自身端正，幸好最後遇見王舉人與劉欽差，在巧合情況下得知十年雞頭有毒，查明丈夫身亡眞相，還她清白，並賜嫁二娃，兩個端正之人得到善報。
東瓜女	何天恩事母至孝，娶妻陳鴨婆，雖然貌醜但也十分孝順賢淑，後天恩死，陳鴨婆生遺腹子路生，亦非常孝順，路生長大娶妻蔡香孩，兩夫婦勤奮營生，改善家業，何母要路生報答張貢爺與何老爺救濟之恩，在過程中適巧發現蔡香孩原是一女婢，爲躲避主人收房而遠走他鄉，輾轉來到何家與路生爲夫婦，後蔡香孩得知原來主人已死，重返與小姐相認，本要勸路生爲官，但路生志不在此，待何母身後與何老爺出門訪道，入青城山不返，其子孫茂盛，多發科甲，苦節盡孝得到善報。
過人瘋	李文錦與胡蘭英自小即訂婚約，某日兩人相見，李文錦見到胡蘭英貌醜欲退婚，結果造成胡蘭英悒鬱自縊而死，後李文錦娶妻姜香蓮，胡蘭英死後心仍不甘，附身姜氏，對李文錦拳腳相向，並連帶始李文錦的哥嫂兄弟發瘋，後來姜氏因生產而死，李文錦行善補償自身之過，另梁翠娥因口腹嗜欲殺生過度，得病身亡，胡蘭英借屍還魂，與李文錦再續前緣，結爲夫妻。

義虎祠	劉天生與雷鎮遠的身世相似，皆是父早亡的孤兒寡母處境，一日兩人上山砍柴遇虎，雷鎮遠脫逃但劉天生迭入山崖後遇神助，刁陳氏曾從中造謠，誣賴雷鎮遠殺害劉天生，幸好老虎現身，雷鎮遠才能免於死罪，之後老虎奉養陳氏、幫助劉天生，一家得以善終。
仙人掌	龍海村為一行善之人，身亡後其妻斬氏為怕家產被妾之媳韓芸娘所分，三番兩次陷害韓芸娘，後在一機緣巧合下韓芸娘被其兄開榜打了一下，遂成胎孕，生下一手掌，經道人指示為一仙人掌，是忠孝節義之婦遇著忠孝節義之男或是摸下，或是推打，感著忠孝節義之氣，凝結成胎，真乃千古未有之至寶也。後藉著仙人掌為龍府帶來千金財富，行善的開榜、郭氏、芸娘三人也俱享期頤之壽，印證了善惡到頭終有報的道理。
失新郎	羅云開愛殺生，罪孽深重，報應在自己的下一代身上，新婚之夜，子被狐的化身吸引而外出，留下媳婦吃上不明冤獄，又遇胡德修覬覦，身陷囹圄，幸好後遇云開同庚劉鶴齡一家相助，失子復歸，真相大白，一家團圓。
節壽坊	壽姑為一聰慧女子，嫁入馬家之後，適逢惡疾流行，全家身亡，只剩她與丈人馬青雲，為延續馬家香火，壽姑說服姨娘：花朝與馬青雲結為老夫少妻，後花朝生二子，一家盡心撫育，聯科中舉，青雲、壽姑，花朝活到高壽，馬家子孫茂盛，功名尚多，天子也賀牌坊，一邊是節、一邊是壽，遂名「節壽坊」。
賣泥丸	王成為一至孝之人，奉養寡母，撫育胞弟，極其敦厚辛勞，偶遇仙人指示，以賣藥丸賺進千金，改善家業，敗德之人——王老么欲仿傚，但因敗德之行在先而落得淒慘，證明了善惡有報的千古定律。
啞女配	朱泰事母至孝，家雖貧，不義之事不為、不義之財不取，一日陳二爺長媳難產，樊氏夢有貴人到府，其人能讓魏氏順產、啞女能言，此時朱泰恰好欲賒酒到陳家，於是陳二爺將女嫁給朱泰，後朝廷徵兵，朱泰又得以沙場立功，日後一家富貴雙全。
亨　　集	
捉南風	艷姑自小受父母寵溺，長大後嫁給貪戀女色的郭彥珍，一日彥珍外出不幸被另一個登徒子鄭南風所殺，印證了他自己賭咒的咒語，鄭南風殺人後將頭臚丟到吳豆腐家，吳豆腐在埋此頭臚時又因晏屠夫索財而殺了晏屠夫，本以為神不知鬼不覺，可以將罪賴給醉漢呂光明，誰知遇到一清明的新官白良玉，認真審理此案，終於真相大白。
巧姻緣	金順斌一生樂與人為善，甚至於為救人而失了性命，死後變為城隍爺，妻不久亦死，留下孤單的九歲小兒——水生，水生與俞棟材的小女從小訂親，但在遭受家變後，俞家夫婦欲悔親，但俞女十分堅貞，誓死不從二夫，後來水生一路屢受磨難，先是被俞家夫婦與兄弟欺凌，甚至遭到陷害入獄，差點送命，後又遇匪賊，身無分文，幸好遇到善心漁翁搭救，供他讀書娶親，幾經波折，水生又再度與俞翠瓶相逢，兩人終成眷屬，水生亦建功立業，富貴雙全。

白玉扇	夏氏與虞氏在術士鄭天星的湊合下將丁元與鳳英的親事自小訂下，之後謝家沒落，丁元流落到四叔四缺牙家，因叔嬸討厭，故意將其趕出家門，讓走投無路的丁元差點尋死，幸遇好心監生張守謙收留，某日丁元出痘，面麻成餅，楊壽基見其面醜落魄，意欲悔親，但鳳英執意要嫁，在其兄嫂的幫忙下兩人終成眷屬，婚後相敬如賓，丁元對鳳英的誠懇感動了楊壽基夫婦，於是楊壽基給他們夫妻倆田地耕種爲生，在偶然的機會下夫婦倆遇到當今的天子，因鳳英的聰敏使天子賜給他們田地與官位，夫婦俱享高壽，子孫爲江蘇望族。
六指頭	戴平湖爲人師表卻行爲不端，嗜好男風，姦淫門生柳長青，長青之父柳大川因此心懷怨恨，趁平湖之子荷生與邵素梅洞房之夜，殺死戴荷生又玷汙素梅報復，黑夜之中素梅只認出盜賊爲六指之人，因此害恰好有六指的丁兆麟被誤會爲殺人犯入監，幸而後來城隍顯靈助官吏辦案，查明眞相，使善惡終有報應。
審豹狼	史正綱是位做生意不老實且又對父母不孝之人，因嫌妻醜，在老表何二娃的慫恿下，遂在外利用錢財收買人心，獨占城中美女——王挑水之妻：陳翠翠，也因此而與陳翠翠原本的姘頭朱五爺結怨，某日朱五爺趁機殺了史正綱洩恨，將其屍首棄於荒野，史正綱隨身的錢財被豹狼啣走送給爲地醫病的喬景星，喬景星也因擁有這些財物而吃上官司，押解入獄，最後官審豹狼，豹狼抓出兇手朱五爺，才讓此案情大白。
萬花村	封官兒夫婦某日至萬花村看戲，遇單武，單武見林氏貌美，意強娶爲妻，託友包得設計安排，封家不從，包得用計陷害封官兒入獄，逼林氏與單武成親，幸遇封官兒昔日救濟的戲子薛紙鳶想出計策，先扮成林氏嫁給單武，又藉故唆使單武之妹玉娥共成連理，結果單武人財兩失，最後發瘋投水身亡，包得也因與婦人通姦被殺身亡，而封氏一家最後福壽雙全，應驗了善惡終有報之圓滿結局。
棲鳳山	蕭錦川、何體堯、賀野泉三人爲同窗，蕭、何二人還爲子女定下親事，但事後家發展差距甚大，何家飛黃騰達，蕭家卻家道中落，蕭嘉言窮困落魄，何體堯意欲悔親，但女朝霞誓死遵守諾言，堅持嫁入蕭家，何體堯爲阻撓親事，誣陷蕭嘉言入獄，豈料朝霞卻私至蕭家，令其父無奈，後來嘉言母死，體堯要朝霞改嫁，朝霞不從，女扮男裝外出尋夫，途中遇孝女賀亞蘭共謀計策，終於與嘉言相遇，三人結爲夫妻，善惡終有報。
川北棧	張雲發原任川北棧么師，病逝後其子張銀娃（張進）子承父志，仍在川北棧任職，並恪遵父志，樂善好施，一日一名張性讀書人流落到川省，身無分文，沒有住處落腳，張銀娃不但伸出援手予以接濟，更在其生病之時，膏湯服侍，最後落難的張秀才科舉聯捷金階，官至欽差，重新找尋張銀娃報恩。
平分銀	郭安仁與江正宗是相同背景，同爲胡永久做長年之同幫人，一日兩人聽到關於「善惡有報、因果循環」的教諭，決心向善，在爲百姓修馬路的過程中撿到銀子，之後置產取妻，但因江正宗曾爲人打樣娶妻，因此自身果報，娶得面醜智愚的妻子，幸好後來覺悟，眞心懺悔，得到神助，醜妻才變美眷，而始終未行善的守財奴胡永久，經過意外，反而散盡家財，淪落爲爲郭、江二人幫傭的下場。
吃得虧	王德厚生性衝動，吃不了虧，其妻徐薇香時常勸諭仍未見其改性，最後竟因不忍之氣惹禍喪命，其子王囚謹守母親教誨，樂善好施，不與人計較，不但廣結善緣最後還成功感動了「背時鬼」，人鬼聯合，王囚既取得了功名富貴，也成就了願意吃虧付出的眾人。

利	集
陰陽帽	趙德輝與人結仇，遭人陷害，發生抬無頭屍命案，其子珠珠兒秉承父志，樂善好施，善心感動天，天降下「陰陽帽」助其行善，後來父親的命案真相大白，趙家一家功名富貴俱全。
心中人	胡德新之子長春與張錦川之女流鶯自小結下婚約，無奈錦川時運不濟，行醫時遭受陷害入獄，獄卒又索錢財和監，流鶯為救父，賣身高進士家為高進士之女嬌姑奴婢，而早年結親之夫婿胡長春仍有情義，兩人相約守節待團聚，某日無錫縣官見流鶯貌，強迫將其獻供皇上以求自身富貴，流鶯不從，自刎尋求解脫，無錫縣官見其身亡，焚屍洩恨，意外在過程中發現心形水晶，中有美男子胡長春隨妻身亡後屍首中亦有相同寶物，無錫縣官見此物稀奇，將此物獻皇上，豈料事與願違，寶物化成穢物，皇上大怒，縣官惡質內幕事跡敗露，得到懲罰，終是善惡有報，之後兩人投胎轉世，皇帝特賜為夫妻，終成眷屬。
審煙鎗	王明山與妻寵溺獨子天喜，導致其染上吸鴉片惡習，天喜與貞秀洞房之夜，天喜因吸了煙鎗內中的蜈蚣毒發身亡，但王明山不問究竟的一口咬定是貞秀所害，貞秀無端身陷囹圄，獄吏苦打成招，幸而後遇牛樹梅明察，才使真相大白。
比目魚	楚玉與藐姑自小訂親，但長大後楚玉受繼母及弟弟陷害，被逐出家門，藐姑被舅舅賣身，兩人不得結合，後來楚玉心生一計，利用唱戲機緣兩人聚首，但又被淫賊楊克明從中破壞，兩人以死全節，死後化為比目魚，幸被好心人莫漁翁夫婦搭救，再化人身，楚玉發憤苦讀求得功名富貴，而之前的繼母錢氏、懷美、楊克明一一遭受惡報，下場淒慘。
假先生	學儒是品行不端的教書者，某日與四喜爭食鴨肉，兩人打鬧，恰巧鴨肉本身受蜈蚣之毒，因此四喜吃後喪命，眾人不知，認為是為學儒所害，學儒為此下獄，學儒妻王蘭珠為探視丈夫，路途上幾經波折，幸遇好心尼姑搭救，安置廟中，後學儒遇清明審案，真相大白，出獄後改過遷善，四處學講聖諭，在廟中巧遇妻子蘭珠，夫婦團圓完結。
南鄉井	西廊僧平日行為不正，與大牛之妻田氏通姦，大牛發現向其索財，而西廊僧竟聯合友人將大牛殺害，棄屍牽鄉井中，並連帶遷怒平日勸誡他的東廊僧，佯裝鬼怪嚇他離開廟中，東廊僧途中摸黑跌入井中，圈入鮑紫英命案，一干人關係錯綜複雜，後來人證、物證齊全，真相才以重現。
雙冤報	高秀為謀生計，與表兄魏有仁外出他鄉貿易做買賣，魏有仁嫌妻面醜，買賣得錢後在外邪淫，歸鄉後為獨吞錢財，反倒在高秀妻王氏面前嫁禍給高秀，造成他倆夫妻間不信任，王氏之後不許高秀外出，高秀只好務農為生，某日王氏送飯途中巧遇魏有仁，高秀見之誤會，以為兩人有姦情，怪罪王氏，夫婦因此大吵，當晚高秀莫名暴斃身亡，高良棟夫婦以為是王氏與魏有仁同謀殺害，將兩人捉入獄中，幸好後有高明的縣令白公明察，查明高秀的死因是誤食蛇毒的蝦子而死，終於還王氏與魏有仁清明。
解父冤	劉有儀因愛慕寡婦張玉英美色，私下用錢買通丫鬟，與其苟合，原本相約定待劉場後結為連理，怎知劉金榜題名後貪圖名利，背叛盟約，另娶美眷，張玉英因發現與劉珠胎暗結，自知無顏在世，含冤而死，死後怨氣難消，告狀冥王，冥王判劉有儀削盡功名抵償，玉英欲尋劉有儀之子少卿為父償債，少卿反為父認罪，承諾認玉英為娘，玉英受其孝心感動，怨債了結，助其功名。

南山井	何甲性好煙粉，看前妻馮氏樸素不稱心，一腳致命，後娶妖嬈杜翠娘，縱慾奢華，散盡家產，最後竟喪命翠娘與其姘頭王五刀下。胡成與馮安兩人本有間隙，馮安為求報復，趁胡成酒醉狂言，設計其捲入何甲命案中，成為王五與翠娘的替死鬼，幸遇高明縣官費禕祉明察，真相大白，殺人者償命。
巧報應	陳維明不孝父母，對其子國昌卻過份寵溺，國昌長大後亦對父母不孝，甚至為逃避奉養責任，遠走他鄉，後娶妻巫愛蓮，巫氏索求無度，國昌縱慾成疾，最後命喪巫氏與其姦夫馮仁義手下，馮本想嫁禍梁惠風脫罪，縣官卻因城隍託夢得知真相，最後梁惠風也因不孝報應，死於非命，馮仁義入監抵罪。
貞　　集	
螺旋詩	陳忠、陳禮、席成珍三人一同貿易營生，因皆有仁心，放生螺不殺生，因此某日螺在沙灘上旋舞，留下三十字詩洩天機，三人遵照螺意，陳忠免去殺身之禍，席成珍也得以保身，之後兩人娶得美眷，求得功名富貴，證明一念之善可以格天心、免死亡，得美報之理。
活無常	饒巧蓮性潑辣，不但將丈夫害得生病癱廢，又忤逆翁姑，最後公公出走，巧蓮與其姦夫魏道人設計弟媳素娥，幸好巧蓮之女玉蓮暗中幫助，素娥逃走，投身舅舅周國珍，但又被舅母狠心陷害，誣告入獄，最後是城隍廟的無常顯靈及克儉聰慧明察，使周國珍的死因大白，得以洗刷素娥冤屈，一家團圓。
雙血衣	倪澤山之妻彭氏貌美又好打扮，四方鄰人駱心田、何四麻、孫子良見之起淫念，澤山懷疑彭氏清白，某日外出欲設計捉姦，夜裡彭氏害怕不敢獨睡，遂請鄰人王三嫂作伴，何四麻本欲趁夜偷香，為求願遂還故意著老師駱心田的衣服前來，好不巧遇到王三嫂壞其好事，慌亂之下一刀殺了王三嫂，藏血衣至廟中，孫子良亦本想趁夜偷香，卻遇此事惹上官司入獄，幸好後來物證一一尋出，才使真相水落石出。
錯姻緣	胡培德自小心靈聰穎且為人正直、拾金不昧，長大後成為裁縫。王瑩與張瑛在子女小時便指腹為婚，結為親家，但王瑩子癡，張瑛女賢，王瑩為隱瞞真相，買通胡培德之父逼子假冒新郎迎親，胡培德身不由己，到了張家卻因天雨困住難以脫身，但卻依然謹守分際，不敢逾矩，後來張素貞向父母哭訴，事實才得以澄清，張家見胡培德品行端正，將錯就錯，反倒成就一份姻緣。
血染衣	文必達本嫌妻醜，未加以善待，後受母親教訓遂改過，但仇氏已種病因，不久辭世；某日文必達與鄰人汪氏戲言，說到為娶鄰人朱榮之妻寇氏，甚至不惜殺害朱榮成願，恰好朱榮因濫酒，歸家途中被伍黑牛殺害，在眾人不知情的狀況下官吏將文必達押入獄中償罪，文母不忍文必達屢遭刑求，甚至假造物證為子求死，以逃苦刑凌虐，後來文必達悔過心真，故感動三王，命喜鵲扑橋，物證現世，案情大白。
審禾苗	某日屠夫韓榖生見廖桂英貌美，心起淫念，在其與夫王茂生洞房之夜藏身床下，欲伺機偷香，但被王茂生發現，於是韓榖生一刀殺茂生斃命，送親的何良易聽到洞房內有打鬥聲音，尋聲入房，卻被王正邦（茂生之父）誣陷為與桂英為遂姦情，殺茂生成願，因而桂英與何良易身陷囹圄，飽受苦刑，後遇新官白良玉明察，視茂生墳上禾苗為線索，找出真正凶手韓榖生，才使案情大白。

孝還魂	倪秦氏獨立撫養兒子毛子，生活貧困，毛子孝順，替母買線被騙，途中認識大盜韓大武，韓大武感其孝心，帶著毛子至林茂春家中盜銀，慌亂中錯殺茂春妻熊氏，大武搶奪銀子贈毛子，毛子帶銀歸家，倪秦氏不收，毛子欲還大武，大武恐盜銀之事敗露，竟毒死毛子，後菩薩感毛子孝心，讓毛子人死還魂，大武也禁不住良子譴責，供出盜銀、殺人原委。
蜂伸冤	段老陝資助陳大忠出門做買賣，留其妻何氏一人在家，段老陝心懷不軌，時常出入其門戶，欲伺機偷香，某日黃毛牛經過陳，一時淫念起，逼何氏就範，何氏不從，黃毛牛錯手殺了何氏，又因心驚，情急之下將何氏頭臚丟進隔牆內的觀音閣，小道人的徒弟丁丁乍見心驚失聲，小道人喊丁丁不應，一時生氣出手太重又使丁丁喪命，幸後來黑蜂指引冤情，縣官查明真相，一切才水落石出。
僧包頭	蘭英自小許親伍大魁，後伍家家道中落，蘭英父嫌貧愛富，三番兩次想殺害伍大魁，好將蘭英另配楊監生，蘭英不從，助大魁脫險且與其私奔，大牛兄弟二人外出尋妹不著，反惹上姨娘姦夫殺身之禍，一行人全為此下獄，受官懲罰，後來在官吏主持下，蘭英與大魁完婚，善人惡人皆虛心悔過。
香蓮配	桂芳林本是好賭之人，敗盡家產，幸後聽妻施氏勸諭，真心悔改，生子香遠，事母至孝，且有助人之心，因其善良本性在路上助史家母女，因此史家感念香遠救命之恩，許女香蓮結為連理，成為佳話。

附錄二：四十回的韻語統計

回　目	全篇韻語 出現段數	韻　語	字　　　　　數				
雙金釧	5	10	7	7	7	7	
十年雞	7	7	7	10	7	3,3,7,9,9, 3,3,5	10
		7					
東瓜女	4	7	8	10	7		
過人瘋	5	10	10	3,3,7,10	7,7,10,9, 9,7	10	
義虎祠	11	10	10	8	7	7	7
		8	10	10	3,10,11, 10,7,9,8, 12	10	
仙人掌	4	10	4,5,6,3, 4,8,7,11	7	10		
失新郎	7	8	10	8	10	8	10
		7					
節壽坊	4	7,9	10	7	7		
賣泥丸	3	10	5,3,7,4, 6,5	3,7,10			
啞女配	3	7	7	7			
捉南風	5	7	10	3,7,5,9, 11,7	7	8	
巧姻緣	5	7	7	7	10	8	
白玉扇	3	10	7	8			
六指頭	4	3,7	10	10	8		
審豺狼	3	10	3,3,7,4, 8,9,5	8			

回　目	全篇韻語 出現段數	韻　語	字　　　數				
萬花村	4	10	10	10	3,3,7,8, 10,9,5,6		
棲鳳山	6	7	10	10	7	7	7
川北棧	4	10	7	10	10		
平分銀	3	10	10	10			
吃得虧	4	7	8	10	10,7		
陰陽帽	6	8	7,10	10	7	7	8
心中人	5	7	7,10	10	10	10	
審煙鎗	5	10	7	10	10	8	
比目魚	7	7	10	7	10	10	10
		7					
假先生	6	8,11,7,10, 4,5,6,	7	3,7,4,5,6, 10,8,	8	10,5,4,11	7
南鄉井	6	7	10	3,4,11,5, 8,7,10,6,9	10	7	8
雙冤報	9	5	7	7	5	10	7
		10	8	8			
解父冤	5	10	10	7	10	7	
南山井	6	7	10	10	10	3,7,5,10, 4,	3,7,9
巧報應	4	8,7,5	7	8	8		
螺旋詩	6	10	7,4,6,5	6,7,3,9,5, 10,8	8	8,10	8
活無常	7	7	3,7	10	10	4	7
		7					
雙血衣	4	10	10	10	8		
錯姻緣	5	7	10	7	10	10	
血染衣	4	10	8	10	7		
審禾苗	4	8	10	10	7		
孝還魂	6	5	10	10	7	10	8
蜂伸冤	4	8,7	10	10	8		
僧包頭	6	7	7	7	8	10	10
香蓮配	4	8	10	10	10		

附錄三：四十回下場詩

回目名稱	內　　　　容
	元　集
雙金釧	起心用心，反害己身。害人終害己，越害越隆興。 古云：人善人欺天不欺，人惡人怕天不怕。
十年雞	古云：兄弟如手足，妻子如衣服。衣服爛，尚可縫；手足斷，不可續。 善有善報，惡有惡報。人巧於機謀，天巧於報應。
東瓜女	0
過人瘋	0
義虎祠	0
仙人掌	為善之人，天不負他。為惡之人，天不饒他。
失新郎	善惡之報，如影隨形。禍福無門，惟人自招。
節壽坊	0
賣泥丸	天之報應，隨人而施。善有善報，惡有惡報。
啞女配	0
	亨　集
捉南風	0
巧姻緣	0
白玉扇	從前寂寞無人問，一朝際遇天下聞。 時來風送滕王閣，人人都把大人稱。
六指頭	0
審豺狼	0

萬花村	0
棲鳳山	男子當盡忠，女子當守節。富者莫嫌貧，貧者莫壞心。
川北棧	古人有云：難中好救人，一錢當幾百。出錢不恰當，還是莫功德。
平分銀	古云：勿以善小而不爲，勿以惡小而爲之。
吃得虧	0
利　　　集	
陰陽帽	0
心中人	0
審煙鎗	0
比目魚	0
假先生	0
南鄉井	端品正行，莫造罪孽。富貴由天，莫壞心術。 禍福無門，惟人自召。善惡之報，如影隨形。
雙冤報	0
解父冤	0
南山井	0
巧報應	淫爲萬惡首，孝乃百行源，行之獲福，反之遭報。
貞　　　集	
螺旋詩	善惡兩途，禍福攸分。行善福至，作惡禍臨。報應原是不差的。
活無常	0
雙血衣	人一起心，神已先知
錯姻緣	爲人要有把持，存心最宜正大；放心則爲禽獸，收心則爲聖賢。
血染衣	0
審禾苗	0
孝還魂	0
蜂伸冤	0
僧包頭	0
香蓮配	0

附錄四：四十回插詞

回目名稱	內　　　　　容
	元　　集
雙金釧	明鎗容易躲，暗箭最難防。胸藏無情劍，看把誰損傷。
十年雞	生意錢財似虛花，運去猶如水推沙。 要作兒孫長久計，還須下鄉做莊家。
東瓜女	合想欲吐心內事，妻子前頭不好言。 眉彎新月映春山，秋水澄清玉筍尖。 櫻桃小口芙蓉面，紅裙下罩小金蓮。
過人瘋	0
義虎祠	0
仙人掌	0
失新郎	指鹿爲馬成冤獄，無中生有定罪名。 罈內栽花多曲死，活人抬在死人坑。 善惡之報，如影隨形。 禍福無門，惟人自招。
節壽坊	閻王註定三更死，豈肯留人到五更。 任你費盡千般力，除了死字總不行。 不怕難題目，只要有心人。 少女嫁老漢，這才是新文。
賣泥丸	0
啞女配	0

亨　集	
捉南風	0
巧姻緣	0
白玉扇	無錢王孫受胯下，家敗妻子上別船。 如今世上人眼淺，只重衣冠不重賢。 從前寂寞無人問，一朝際遇天下聞。 時來風送滕王閣，人人都把大人稱。
六指頭	0
審豺狼	0
萬花村	0
棲鳳山	0
川北棧	0
平分銀	0
吃得虧	0
利　集	
陰陽帽	冤中遇難，一跌三戰。 家少清吉，人不平安。
心中人	從前寂寞無人問，今朝富貴逼人來。
審煙鎗	0
比目魚	0
假先生	0
南鄉井	千山無飛鳥，萬徑少人行。 滿天飛白玉，世界放光明。 端品正行，莫造罪孽。 富貴由天，莫壞心術。
雙冤報	銀錢壯人膽，玩蘇又玩款。 日裡進秦樓，夜晚宿楚館。
解父冤	時纔名登金榜，又遇花燭洞房。 極盡人間樂事，不殊織女牛郎。
南山井	0

巧報應	報應好似簷前水，點點滴滴毫不差。 一報還報都是小，還要從中把利加。
	貞　　集
螺旋詩	此處莫停留，久住禍臨頭。 急早歸家去，小燕山莫住。 頭闖油莫洗，斗穀三升米。
	善惡兩途，禍福攸分。行善福至，作惡禍臨。報應原是不差的。
活無常	0
雙血衣	0
錯姻緣	非義之財把禍招，得者喜歡失者焦。倘若情急尋自盡，欠下命債豈能逃？好好還是莫要。
血染衣	洞房花燭夜，金榜題名時。
審禾苗	穿帶時興款，容顏美且都。行俏風前柳，步痕三寸餘。
	渾身有口難分辯，遍體生牙說不明。
	聞者傷心見者流淚。
孝還魂	一兩黃金四兩福，四兩黃金要命消。 湊得多金不吉祥，留來定要把禍招。
蜂伸冤	0
僧包頭	0
香蓮配	0